ハヤカワ文庫JA
〈JA753〉

永遠の森　博物館惑星

菅　浩江

本文イラスト　菊池　健

目次

永遠の森　博物館惑星

I

天上の調べ聞きうる者

だいたい、それでなくても「愛と美の女神」をローマ神話で解釈してここが金星《ヴィーナス》にあると思っている連中がいるというのに。既知宇宙一の博物館苑に〈アフロディーテ〉なんて陳腐な名前をつけたのはどこのどいつだろう。

もともとこのギリシャ神話の女神は、アドニスを追い回したりプシュケに嫉妬したりと神様のくせしてずいぶん喧《かまびす》しいのだ。多神教の魅力は神々の人間臭さと下卑たドフマにある、と僕だって知ってはいるけれど、こうもご難が続くと名づけた人を恨みたくもなる。

先週のピアノ騒ぎもひどかった。ベーゼンドルファー・インペリアルグランド、しかも「九十七鍵の黒天使」と異名を取るほどの逸品をわざわざ小惑星帯開発基地から搬入したというのに、展示権利を巡って〈ミューズ〉と〈アテナ〉が真っ向から喧嘩を始め、いまだ収拾がつかない。音楽・舞台の管轄部署〈ミューズ〉が、当然うちの展示物ですよと言い張ると、絵画・工芸担当の〈アテナ〉は歴史的技術力からいっても工芸分野の傑作であるとして譲らず、可哀想な黒天使はまだ泡梱包《フォーム・パック》を解かれずに倉庫で眠っているのだ。〈デメテル〉だけは静観しているが、動・植物部門とピアノは関係ないから、というよりそれまでにさんざん喚《わめ》き疲れて今回はお休み、といった感じだろう。三週間前に絶対零度室の目張りと八十気圧室の圧搾管が同時に故障して、一生懸命集めた植物コレクションを瀕死の状態にしてしまった彼らは、うちの庁舎へ役員総出の波状攻撃をかけて保険金の再計算と予算拡張を主張した。その騒がしさといったら、まるで、まるで……なんだっけ？

——〈記憶の女神《ムネーモシュネー》〉、接続開始。検索を。ほら、こんなふうに籠に入ってて「コンニチハ、コンニチハ」って……。

——鸚鵡《オウム》または九官鳥。画像を出力しますか？

いや、そこまではいいよ。とにかく、あいつらはソレみたいに同じことを繰り返し繰り返し叫び続けたのだ。その騒動がなかったら、きっと〈デメテル〉の奴らだって、ピアノの原料は木材ですからうちが、とかなんとか、展示権利争いに参加したに違いない。いい加減気の滅入る状況だというのに、かてて加えて案山子《かかし》からこのお呼び出し、だ。絶対にいい話ではない。決まっている。絶対、だ。

田代孝弘は、ふう、と吐息をついてから、

「駄目だ。愚痴ばっかりで日記にならない。〈ムネーモシュネー〉全取り消し。完了したら接続終了だ」

と、口に出して言った。

——了解しました。

内耳に直接響く柔らかな声。

それまで彼の垂れ流しに近い思考電位を拾ってくれていた直接接続対応データベース・コンピュータ〈ムネーモシュネー〉は、命令を気真面目に実行し回線を切った。

夜陰の中、急にひとりぼっちになった気分がする。居住区から総合管轄部署〈アポロン〉の庁舎へ続く自走路には、孝弘の他に人影はない。観光ルートにも入っていないので街灯もぽつぽつと灯っているだけだった。

静かだ、と孝弘は思う。二十度に保たれている気温すらひやりと心地好い気がする。ここにある美術品や動植物たちも、本当は観光客の喧騒や学芸員のいざこざの中ではなく、こうして静かに暮らしたいだろうに……。

地球と月の重力均衡点のひとつラグランジュ3にぽっかりと浮かんだ巨大博物館苑〈アフロディーテ〉には、人類が手に入れられる限りの動植物、美術品、音楽や舞台芸術が集められている。小惑星帯より拉致されてきたオーストラリア大陸とほぼ同面積の岩石の表面には、収集物のために科学で実現できるすべての環境が整えられていた。重力はM《マイクロ・ブ》

B《ラックホール》方式で制御され、広大な窪地は海に、急峻なでっぱりは山に仕立て上げられている。ここへ来れば、火星の地球化《テラ・フォーミング》で使用されているグロテスクな植物をその赤い惑星と同じ状況で観察できるし、マリアナ海溝の底にいた真っ白な海老の泳ぎっぷりをすぐ傍で見ることもできるのだ。

整えられた環境は動植物のためだけではない。朽ちかけた絵画は厳重な空調管理のもとでそれ以上の年寄りにならずにすんでいる。一時期流行した大掛かりな低重力演劇はいまや資料的価値しかなく、常設舞台を残してしつこく再演しているのはここだけだった。つまり、見物する、という言葉の目的語になるものを網羅するのが博物館苑の目標なのだ。〈アフロディーテ〉が何でもありの見世物小屋との誹《そし》りを免れているのは、ひとえにその学術調査力にある。ギリシャ神の名で呼ばれる三つの専門部署には、三美神《カリテス》たちの名を取った優秀なデータベースがそれぞれ用意されているのだ。

音楽や舞台と文芸全般を担当する〈詩と音楽の神々《ミューズ》〉には〈輝き《アグライア》〉。絵画工芸部〈知恵と技術の女神《アテナ》〉には〈喜び《エウプロシュネー》〉。動植物園〈農業の女神《デメテル》〉には〈開花《タレイア》〉がついていて、分析鑑定や分類収納保存を輔《たす》けていた。

しかし芸術なるものはいかにも捉えがたく、膨大なデータ量を誇るコンピュータシステムをもってしても易々と検索ができるわけではない。〈アフロディーテ〉を優秀たらしめているのは、学芸員の多くが直接接続者だったからだ。彼らは手術によってデータベースと直結され、イメージを思い浮かべるだけでデータの絞りこみができる。

例えば新顔の青磁にどこか見覚えがあると感じた時、手作業での検索は悲惨なほど繁雑になろう。過去に扱ったものとの類似点は、貫入《ひび》の具合なのか、形か、色か。似ているとしか表現できない曖昧な感覚に対し、言葉や映像データで絞りこもうとするとたいへんな労力と時間が掛かる。しかし〈エウプロシュネー〉と直接接続をしている〈アテナ〉学芸員ならば「こんなシェイプの……」と肩口の丸みを思い浮かべたり、「こう、てらっとした……」と釉薬《ゆうやく》の照り具合を確かめたり、果ては「見たのはいつ頃だったかなあ」とつらつら考えるだけでいい。検索命令を受けた〈エウプロシュネー〉は、閃いては消え、とんでもないところにリンクしては戻るきまぐれな思考電位を丁寧に拾い、広大なデータの海の中から目的のものを選《え》り出してくれるのだ。

それによって絞りこまれたものは、ほとんどが単なる類似を示すにとどまるのだが、時には画一的な分類では得られない意外な関係を教えてくれることもあった。

実際〈アグライア〉と勘の鋭い〈ミューズ〉学芸員の働きがなければ、二十一世紀初頭に流行したという作者不詳のタヒチ歌謡「私のそばで逆立ちして」の解釈は旧態依然としたままだったろう。〈ミューズ〉の学芸員はその前奏に妙な聞き覚えを感じ、〈アグライア〉に「こういう上昇系のフレーズに、こうしてパシンと決めが入る」ものを探らせた。検索結果は該当曲が多すぎて惨澹たるものだったが、不自然な歌詞の「前歯の大きいあな

た」を関連語として絞りこむと、バレエ音楽「くるみ割り人形」の「大団円」が立ち現わ
れたのだった。「くるみ割り」はクリスマスシーズンに好んで上演される。加えてバレエ
の本場はどこかということを考慮すると、「逆立ち」の暗喩はそのころ北ユーラシアで起
きた十二月事件ということも……。かくてユーモラスな恋愛歌だと思われていたものが実
は別地方の社会批判を含んだブラックな内容であったと証明され、それ以降、地上の歴史
民族学者たちは美術分野の直接接続学芸員にも一目置くようになった。

 ただし、個人や部署内だけでうまくいくことばかりではない。
「逆立ち」の例で判るように、芸術とは歴史・風土・民族・文化の混淆物である。工芸品
の紋様は、絵画の技法に関連し、植物学にも通じ、有名な神話や詩歌から題材を取ってい
ることも多い。一口に分析分類と言ってもぱっきりと専門部署に割り振れるものではない
のだ。
 そうした部署間の問題を総轄するのが孝弘の所属する〈美の男神(アポローン)〉である。彼らは科学
界で言うところの総合科学者(ネクシャリスト)であり、採用試験では美術のみならず社会常識や雑学までも
が重んじられるほどだった。
 〈アポロン〉の存在意義は、芸術という広大な物言いでしか括られないものを分野を超越し
た高い視点から分析検討することにある。だから、彼らにはおおむね他の部署よりも強い
裁量権限が与えられていたし、ハード的にも彼らが繋(つな)がっている統括コンピュータ〈ムネ

ーモシュネー〉は〈カリテス〉システムを束ねる立場にあった。〈ムネーモシュネー〉は〈カリテス〉の上位であって、〈アポロン〉学芸員の指令のもと、下方のそれぞれに自由介入できるのだ。

しかし、エリートだと持ち上げられても結局は体《てい》のいい調停役だ、と〈アポロン〉学芸員はみんなぼやいていた。孝弘ももちろんそのひとりだ。

優位な条件を与えられているのだから、各部署で手に負えないもめ事を持ちこまれるのは当たり前だ。でも、もう少し思いやりはないものか。せめて搬送されたものを予備検討している間くらいは部署間の争いを控えてもらいたいものだし、上司たる者は部下の心労をもう少し慮《おもんぱか》ってしかるべきでは……。

これから乗りこむ庁舎の中で上役がどのような難題を押しつけてくるのか、予想するだに気が重い。

採用試験の出題範囲が広かったのは、総合的視野を試すんじゃなくて、如才のないバランス感覚を求めてたからなんだ、きっと。

孝弘は暗澹たる思いで庁舎の扉をくぐった。

人造大理石の外見とは異なり、庁舎の中は安っぽさ丸出しの造りである。〈アフロディーテ〉は半官半民の施設だが、観光客の目が届かないところはまったくもって、官、なのだ。

灰色の寒々しい廊下を抜けて所長室のドアを開けると、山積みの図版の向こうで薄い頭髪がひらひらしているのが見えた。

「お呼びでしょうか」

声を掛けると、エイブラハム・コリンズの痩身がひょろりと立った。胴体はツーピースの中で泳ぎ、手足は寸足らずの袖から突き出ている。そのわりには丸いつやつやした顔。大袈裟に両手を広げてにっこり笑うさまはまさしく案山子そのものだ。

「やや、タカヒロ。ミワコは元気かね？　新婚さんにふさわしい、いい仕事だよ」

「それはそれは」

「そんなに気乗りしない声を出さないでくれたまえ。本当にやりがいのある仕事なんだから」

身振りで椅子を勧められた孝弘は、素直に座らず、ただ片眉を上げた。

「やりがいのある仕事というのは、きっとてこずるよ、という意味ですから」

「仮にそうだとしても、喜ぶべきじゃないかね。私がそれだけ君を買っているということだよ。いいから掛けなさい」

孝弘は椅子の上に散らかったオークション・カタログを床に置き、不機嫌な顔でやっと座る。エイブはというと、自分の机の上から端末を発掘するのに忙しいようだった。

「あさっての便で来る絵がなかなかの……何と言うか、曰くつきなんだ。それを君に……ああ、あった。今、資料を出す」

エイブのような役員は多くが美術協会か役所からの天下りで、データベースとは非接続である。彼は端末を引きずり出すと、縒《よ》れた襟元にマイクをつけた。

「〈ムネーモシュネー〉接続。タカヒロ・タシロ用の準備ファイルを」

名指しだった。孝弘は、もう自分がこの仕事から逃げられないことを悟って肩を落とした。

壁面照明が暗くなり、右側の壁がぱっと原色に染まる。

「これがその絵だ。コーイェン・リー作『おさな子への調べ』。まず第一印象を聞こうか。大物だぞ。八十号だ」

エイブはにんまりとして手を後ろで組む。

その絵は一口で言うと抽象画だった。油絵の具のチューブから繰り出したままの鮮やかな色。不規則な線と面。

「〈エウプロシュネー〉に訊かないとはっきり言えませんが、抽象絵画にしては何か違和感がありますね。計算がどこにもない。計算しないことを主義とするアンフォルメル派とも印象が違う。偶然を楽しむ、といった感じもないように見えますから」

「とりとめがなく、美術価値はほとんど皆無。そうだね？」

「まあそうですね」

「絵画の専門家も同じことを言っているよ。君が接続する手間をはぶいてやると、コーイェン・リーは画家ではない。ほとんど無名の作曲家だった。三年前この絵を描いてすぐに亡くなっている」

　と言って、エイブはそのままにたにたと笑い続けた。孝弘が痺《しび》れを切らす。話を進めるためには、上役が言ってほしい言葉を口にしなければならない。

「日曜画家が描いた無価値の作品をどうしてここへ？」

「そこなんだよ」

　案山子は薄い胸を精一杯反《そ》らせた。

「リーが死んで、病院にこの絵が残った。実のところこれはいわゆる絵画療法の結果というわけなんだ。彼はサックス記念病院の脳神経科病棟で最期を迎えている」

　壁面がリー自身の画像に変わった。浮かび上がった老年の男は、頬がこけ目ばかりがぎらぎらしている。薄い唇は両端が急角度で吊り上がり、今にも甲高い声で喋りだしそうだった。

「病院側が部屋を整理しようとして、邪魔っけな絵をちょっと廊下に立てかけた。それが、だ」

　エイブはまたもったいぶったが、孝弘は二度もご機嫌を取る気がない。間が保《も》たなくなった案山子はしぶしぶ口を開いた。

「立てかけたこの絵に患者が群がり、収拾がつかなくなったらしいんだよ」

「脳神経科の患者がですか」

「そう。群がると言っても三千人の病棟患者のうち、まあ十人ほどだったらしいが。彼らは口を揃えて、この絵が世界最高の傑作だ、と言うんだ」

孝弘が苦笑を漏らす。

「場所が場所ですからそういうこともあるでしょう。一人がいいと言うと、集団ヒステリー状態を引き起こして――」

エイブは骸骨のような手を振って遮《さえぎ》った。

「そんな狂騒状態ではなかった。しかも、言い出しっぺはハイアラスだ」

「ハイアラスって、あの口うるさい美術評論家のブリジッド・ハイアラス？」

孝弘はようやく背凭《もた》れから身を離した。案山子の瞳が満足げに細められる。

「そう。去年亡くなった時には芸術家連中が総出で祝った、その彼女だ。ハイアラスはしつこい偏頭痛のためにサックス記念病院へ通っていた……ほら、これが『おさな子への調べ』に関する彼女の評だ」

神経質そうなリーが消え、替わりに文字データが映し出される。美術雑誌に掲載された文章だった。俎上《そじょう》にのぼった作品の多くが彼女ならではの感情的な辛辣《しんらつ》さで斬り捨てられているのに対し、素人画家の「おさな子への調べ」だけは手放しの絶賛を受けている。

〈……ほんとうにこれは音楽なのだ。しかも天上の調べである。耳から入るどんな曲も、この絵と対峙した時には無力と化す。私は病院の廊下に立ち尽くした。この絵さえあれば世の中のどんなものも惜しくはないと思った。私は色彩からこぼれる旋律に翻弄され、その音色に酔った。ふと気がつくと、私は大勢の人に囲まれていた。彼らもやはり立ち竦《すく》み、じっと静かに絵を見つめている。作品の前で安らう人々の中には、どうやら普段は狂乱を呈する男性もいたらしい。あとで医師たちが「彼にあのような穏やかな顔をさせられるのは、強い薬剤以外になかったのだが」と不思議そうに私に告げた。私にとってはあの幸せを解さない医師たちの発言こそが不思議だった。私たちはその時、調べに導かれて天上にいたのだ。そこには幸福以外の何物もなく、妙なる調べに癒されて病気も痛みも忘れることができたのだ。私たちを包みこんでいたのは美による至福。ただそれだけだった〉

文字画面が縮小し、もうひとつウインドウが開いて、かの絵が再び投影された。

孝弘は首を捻《ひね》る。何度見てもハイアラスがここまで惚れこむような絵画ではないのだ。音楽が聞こえる、という比喩は、普通、リズミカルな画面処理の評価なのだが。

「いったい彼女はどこをどう見てこんな好評を書いたのかな」

呟くと、ふいに部屋が元の明度を取り戻した。画像を切ったエイブが、さあここからが仕事だよ、という顔をして立っている。

「大部分の人はそう思った。しかし彼女は知っての通りの有力者で、下手に反駁すると美術界から追い出される。ある評論家は、君も言ったアンフォルメル派を例にとって適当に茶を濁した」

「まるで裸の王様ですね」

孝弘は吐き捨てた。派閥だの日和見《ひよりみ》だのというものには彼も幾度となく悩まされている。

「譬《たと》えがうまいな、タカヒロ。なるほど、みんな見えもしない衣服を誉めたわけだ。結局、これは彼女がサックス記念病院から譲り受け、現在は彼女の遺産扱いになっている。病院側は、彼女の死を機会にもう一度絵を買い戻したいらしい。患者の精神が安定した原因を詳しく調べ直したいと言うんだ。だが、高名な評論家ハイアラスの数少ない御墨つきとあって、ハワイの富豪も高値で引き取りたいと言っている。まったく日系人は美意識を十九世紀に置き忘れてきたのかねえ。評価さえあれば何でも買う」

「それはどうも」

「ああ、すまん。君も日系だったね」

エイブはわざとらしい咳払いをした。

「それで僕は、王様は実は裸だよ、と金持ちの同胞に言えばいいんですか？」

「いや。それなら誰だって言えるさ。もうハイアラス女史も死んだことだし。君の仕事は、王様がもしかしたら本当に着ているかもしれない透明な衣装を見つけ出すことだ。そのために鑑定目的でうちが預かる」

「この絵の美点を洗い出せって？　そりゃ無理ですよ。それこそ芸術的なほどの価値のなさだ」

エイブは顔をしかめたが、すぐ元に戻した。

「念には念を入れろということだよ。今回の判定いかんによってこの絵の価値が未来永劫にわたって確定されてしまうからな。〈アフロディーテ〉の立場からして困難な鑑定は積極的に受け入れるべきであるというのがマネージメント委員会の結論だ」

「はあ」

孝弘の返事は投げやりだ。エイブは丸い顔をくしゃくしゃと歪め、所在なげに身体を揺すった。

「委員会は三つの可能性を示唆している。一つは本当に駄作だということ」

「支持します」

孝弘が片手を上げたが、エイブは続ける。

「次に、壁に掛けておく未知の精神安定剤かもしれないということ。そして三つめが、やはりハイアラスの目は鋭くて『おさな子への調べ』には我々が理解できない次元の究極美が秘められている、ということだ」

「究極美、ですか？」

案山子はもごもごと口籠りながら、委員会からの受け売りを伝えた。

「絵を評価しているのは切れ者の美術評論家と脳神経科の患者だ。つまり、美意識を最高に研ぎ澄ました者と、彼女とまったく反対に美術的理論に振り回されない無垢なる魂が、この絵に価値を認めていて、生半可な美学体系に洗脳された我々凡人には理解できていないんだ。特に患者たちの反応には注目すべきだ、と委員会は言っている。技法や流派の知識もなくもしかしたら美という言葉すらじょうずに使えない純粋な魂を揺さぶるもの、それは純粋芸術の持つ力だ。彼らを感動させるものは何かが判れば、美の核心が見えてくる。そいつを解析できれば、うちの株も上がる」

仮定、仮定、仮定、だ。要するに、美術を扱わせれば世界一の〈アフロディーテ〉はその面子《メンツ》にかけて万に一つもない可能性を見逃すわけにいかないということらしい。究極の美？　美術の核心？　そういう世迷言《よまいごと》は「モナリザ」か「ミロのビーナス」で論じると相場は決まっている。この滅茶苦茶に塗りたくった絵の具の海から黄金率を引き揚げろとでも？

話にならない。孝弘は怒りを抑えて懇願の体裁をとった。

「お願いですからそういう絵画に関する厄介事は〈アテナ〉に振ってください」

「忘れたかね？　ハイアラスの評論は音楽に言及していることを。これは〈ミューズ〉と〈アテナ〉にまたがる仕事、つまり〈アポロン〉の仕事だ」

評論家が使った比喩を理由に仕事を振るなど、冗談にしか思えない。しかしエイブは笑っていなかった。案山子は本気で自分にこの結論の判り切ったつまらない問題を処理させるつもりなのか。

「究極美を探るなんて、僕みたいな若造には荷が勝ちすぎます」

「これも忘れたかね、さっき言ったばかりのように思うんだが。私は君を大いに買っているんだよ」

言うべきことを言い終わったエイブは、もうごちゃごちゃした机の向こうに隠れていた。

「頑張ってくれたまえ、タカヒロ」

それは案山子が好む別れの常套句である。これ以上は何を言っても無駄なのだ。

「判りました。失礼します」

孝弘は何ひとつ納得していなかったが頭だけはきちんと下げた。

「おさな子への調べ」はコーイェン・リーの精神病が描かせた無価値な絵で、ハイアラスはひどい偏頭痛による判断力低下状態でそれを過大評価した。他の患者たちがうっとりと眺めたのは、無論、集団心理で説明がつく。

「完璧だな」

孝弘は自分の判断に満足していた。あとはそれを、究極美などというたわけたことを言い出した委員会が納得する形で理論武装し、絵はさっさと記念病院に渡してしまえばいい。本当に精神に効用があるかどうか……そんなことは考えられないが……は、病院が調査すればいいことで医学の分野だ。ハワイの富豪にエイブがどう言い訳するかは知ったこっちゃない。以上終わり。実にめでたい。

彼は手早く片づけようと、早速、自分にあてがわれている個室に入った。

机と椅子と、カウチ。それだけの部屋である。直接接続者はすでに自分の身体にオフィスをくっつけているので、あとはその身を支える家具さえあればいいというありがたい御配慮なのだ。

左腕に巻いたリストバンドから折り畳んだF《フィルム》モニターを取り出し、机の上へ丁寧に広げる。

――〈ムネーモシュネー〉接続開始。

孝弘が心の中で唱えると、すぐさま彼女が反応を返してきた。

――接続しました。

ただし、彼女の柔らかく深い音声を内耳に受けるA《オーディトリ》モニター方式ではない。すでに十四インチのFモニターが広げられているので、彼女からの返事は自動的にそちらへ文字出力されている。

Fモニターは画像や大量の文字伝達に強い出力方法だ。かつては視覚情報の網膜投影も試みられたようだが、危険度も高く評判も悪かったので、この原始的とも言えるFモニターへの出力がいまだに使用されていた。

直接接続での返事の貰い方には、あと、リストバンドに埋められた針の圧感刺激を点字のように読むP《プレッシャー》モニター方式がある。音楽や舞台の鑑賞時には、暗い客席でも見所や示唆を得られ、曲にかぶさって訳詞を囁かれる煩《わずら》わしさもないので便利だったが、いかんせん情報量が少なすぎるのでそれ以外にはあまり使わなかった。

孝弘はまず、コーイェン・リーの経歴をフィルム画面に上げさせた。

彼に関するデータは、最大の人物データベースとされる〈点呼《ロールコール》〉から拾っても、悲しいくらいに短かった。

リーはプライオリ音楽院作曲科を出ている。彼の楽曲は美しいが古典的で、卒業課題の評価も「流麗だが訴えるものがなく、BGMのような聞き流しに向く」と厳しい。その言葉を証明するかのように、卒業後は毒にも薬にもならない三流の環境音楽などで糊口を凌《しの》いでいたようだ。一度は著作権協会に「過去有名楽曲の繋ぎ合わせ」であるとして訴えられ、証拠審判には〈ミューズ〉も乗り出している。

孝弘の口から溜め息が漏れた。人類が音楽をたしなんでから幾千年。実験音楽以外、作られ続ける曲は大なり小なり既存のモチーフと重なっているはずなのだ。まして人が心地好く聞ける音律やリズムに限ると、もう盗み合いに近い。それを訴訟にまで持ちこまれるとは、策を弄しなかった無邪気さに不運が追い撃ちをかけたとしか思えなかった。

その後リーは側頭葉付近の腫瘍《しゅよう》による情動不安定が原因で、六十歳の若さでサックス記念病院脳神経科病棟へ入院。五年後、世を去っている。

経歴中、絵に関して触れているのは、「入院中に描いた『おさな子への調べ』がブリジッド・ハイアラスによって高く評価された」との一文だけだった。

喫茶室から真空管輸送されたコーヒーがやたら苦く感じられる。

「よし次だ、〈ムネーモシュネー〉」

孝弘は口に出して言い、自分に気合を入れた。

——検索、コーイェン・リー作、絵画「おさな子への調べ」。関係物は全部だ。

——了解しました。ゲートオープン、絵画工芸データベース〈エウプロシュネー〉。検索完了。六件あります。

しかし、Fモニターに映し出された評論類はハイアラスへのお追従《ついしょう》ばかりで、エイブの部屋で得た情報以上のものではなかった。

「じゃ、次。サックス記念病院に繋ごう。脳神経科だ。コーイェン・リーの……」

——あの絵は絵画療法の一環として描かれたから……療法である以上、カルテかどこかに医師の所見が残ってるはず……。

——了解しました。サックス記念病院のゲートを探しています。ゲートオープン、サックス記念病院脳神経科記録公開版。検索終了。一件あります。

今度のファイルは内容が難しそうだった。孝弘は我知らず腕まくりをしている。

〈絵画療法医師会の所見。

コーイェン・リーの絵は、線が過剰に装飾され、脈絡のない点や破線が絡み合い、時に衝動をそのままぶつけたような放射的な広がりを見せている。

しかし彼の側頭葉腫瘍による情動不安定が周囲に異常を感じさせない程度であることから、絵画療法医師会は破壊的な絵を描くに至る真の原因についてさらなる分析を試みた。

このような抽象画に至る病歴として、まず第一に脳内視覚部位の認知能力低下が考えられた。具体的な物を捉える力が失われて現実把握力が低下することにより、患者の絵画はリアリズムから非現実、やがて抽象へと変化するからだ。が、リーの場合は、物の名前を発音する名称口述、言葉で指示した物を指差す指呼《しこ》検査などにより、認知能力に異常は認められなかった。

一方でこの絵画は、神経伝達物質ドーパミンの増加による躁的なものとも思われ、トゥレット症や神経性梅毒、またはLドーパ系麻薬を摂取した可能性もあった。しかし彼は情緒不安定ながらも、制作時に躁病的な態度は認められずむしろ真摯に取り組んでいたことから、一概に上記の判断を下すことはできない。ドーパミンを抑制するハルドールを投与した状態で別紙に自由課題を書かせたところ小書症が見られたが、文字や絵の萎縮の程度は健康体に投与したのと同等の正常値範囲内であった。

結論として、絵画療法医師会は、コーイェン・リーの絵画は彼が脳腫瘍による情動不安定をなんとか理性で抑えつけ、自らの意志で真面目に抽象画へ挑んでいると考える〉

「自らの意志で真面目に、だって？」

ばかな、と孝弘は思った。あのぐちゃぐちゃは人間のまともな神経では描けない。だからこそ孝弘はそれを病気のせいにしてしまうつもりだった。

リーが真剣に絵画に取り組み、ハイアラスが本気でそれを絶賛しているとなると、異常なのは王様が裸にしか見えない自分たちのほうになってしまう。

彼は不運の音楽家ではなくジャンルを間違った天才画家なのか？　案山子が言ったようにハイアラスと患者だけが究極の審美眼を持っているのか？

「そんなはずは……ない」

彼は慌てた。空になったコーヒーカップを手荒に置く。

——〈ムネーモシュネー〉！

軽く目を閉じる。

——画像のイメージ検索を。

孝弘の記憶の中から既知の絵画が掘り起こされていく。原色を基調とした抽象画たちだ。

フラッシュバックしていく絵に、彼の思考が重なる。

――原色の線……違う、これはモジリアニの整理された……もっと色数が多いな。いや、こういうのではなくて。これでもない、むしろ絵画と呼ぶよりはデザインだ……。マン・レイでももちろんピカソでもない！　くそ、どうしてこう有名絵画ばっかり思い出すんだ！　〈アテナ〉の連中に協力を仰いだほうがいいかも……あっ、これは近い！

ぱっと目を開くと、女神はすでに彼の脳から画像を紡ぎ出していた。Ｆモニターに紛《まご》うことなき色の混乱が映っている。

しかし、その解説を見て、孝弘はがっくりきてしまった。

「なんだ、合わせ絵《デカルコマニー》と絵の具流し《ドリッピング》の説明図版か」

抽象絵画だと思って呼び出したものは、絵の具を二枚の紙に挟んで図柄を作る方法と、ゆるく溶いた色を息で吹き散らす方法の作例であった。どうやら彼の思考は有名絵画から瞬時にして学校の美術教育へとリンクしてしまっていたらしい。

彼は吐息をつくとカップを口に持っていった。それが空だったことに気づいて、顔をしかめる。人差し指で目をこすると、彼はまた〈ムネーモシュネー〉と共に記憶の大海原へと沈んでいった。

二日後。問題の絵画「おさな子への調べ」は、夥《おびただ》しい美術品や動植物標本と共に、〈アフロディーテ〉の暫定北極にある宇宙港へ到着した。

混雑を極める荷受けカウンターでは、あちこちから叫びが上がっている。「もっと慎重に扱え」「揺らすな」「早くしてちょうだい」

各部の学芸員たちはそうやって怒鳴りながらも他の荷物の箱書きを盗み見ていた。〈カリテス〉は情報の相互乗り入れにほとんど制約がないが、入荷リストはその数少ない秘密の一つである。学芸員たちは俄《にわか》スパイと化し、覚えて帰った他部署の獲得品をなんとか自分のところでも飾れるよう後から〈アポロン〉に掛け合うつもりなのだ。

荷受けを済ませたら長居は無用だ。すっかり目が落ち窪んだ孝弘は、音楽関係のタイトルを〈ミューズ〉たちに見つけられないように梱包をし直す。

絵を〈アポロン〉専用の金色をしたカートに載せた彼は、庁舎へのルートをいくぶん遠回りに決めた。難題を後ろに載せて走るには、荷に似合った距離が必要に思えた。

皆はまだ港でがたがたしているのか、公道に他のカートは見当たらなかった。時折、散歩途中の観光客が目立つ色のカートに物珍しげな視線を投げかけてくるだけ。

彼が〈ムネーモシュネー〉を開いて今後のアプローチを検討しようとした時。

「ハイ、新婚さん」

歩道から聞き慣れた声が掛かった。

「ネネ」

黒豹を思わせる黒人女性が、中年らしからぬ猫科の動作で山吹の植えこみを跳び越えてきた。

〈アテナ〉のネネ・サンダースはいつも男物の黒いオール・イン・ワンを着ている。彼女は孝弘より四バージョン前の方式で直接接続しているベテランの学芸員で、短く刈った髪にはすでに白いものが混じっているが、瞳の動きは仕草と同じくきびきびしていた。

「私に内緒でいいもの貰ってきたんでしょう」

彼女は彼を弟のように思っているのか、顔を合わせると必ずこうしてからかう。孝弘は苦笑いを返した。

「喜んで進呈するよ。案山子の野郎に無理難題をふっかけられて困ってるんだ」

「あらら。気をつけなさいよ。エイブは自慢の第一秘書ミワコをあなたにとられて相当悔しいみたいだから」

孝弘は、ふっ、と強く息を吐いた。

「よろしければ美和子も返品したいところだね。僕は別にあいつが仕事を続けるのに反対しているわけじゃないんだから」

彼のつっけんどんな物言いに、ネネはやっと真面目な顔をした。片眉を上げてカートに寄りかかる。

「どうやら本当に深刻みたいね。どうしたの？」

「駄作と究極美の間をさまよってる」

「あはは、なによ、それ」

「だから、そういう命題を頂戴したんだよ。助けてくれるかい」

孝弘はカートを山吹の植えこみに寄せた。こそこそと梱包を解きながら、これもこそこそとネネに一件を語った。

「僕は最初、病気が描かせたつまらない絵だと思っていたんだ。リーは側頭葉に損傷があった。けれど絵はドーパミンや大脳基底核に問題がある場合の特徴を示してるんだ。病気と絵が一致しない。癲癇《てんかん》や不随意運動もなかったようだし、彼は本気でこんなものを描いていたと思わざるを得ないんだけど……」

保護ボードの中から顔を見せた絵に、ベテラン学芸員は、

「なによ、これ」

と鼻の上に皺を寄せた。

「まるでペインティングナイフを拭いたボロ雑巾《ぞうきん》ね。ここまで見るべきところがないのも珍しいわね。それで音楽的なアプローチは？　音が聞こえるなんてただの比喩だとは思うけど」

「一応調べてみたよ。画像ファイルをハイコントラストに修正して眺めたりもした。けどリズムなんて言葉には程遠いね。推理小説みたいに色を音階に当てはめたりもしたんだよ。誉めてくれ」

「バカねえ。ハイアラス女史のお堅い頭がそんなふうに絵を見るわけないでしょ」

「だから、一応、だよ。脳の働きと絵の関連性を調査するうちに、知恵遅れの天才《イディオサバン》なんて言葉が出てきたんで念のために」

　ネネがぱちぱちと目瞬きするので、孝弘は簡単に解説した。

「知恵遅れの人は、計算や音楽、美術に異常なほどの才能を表わすことがあるらしい。瞬時に素因数分解をやってのけたり、一度聞いただけでピアノの難曲をさらさら弾いたり。絵画関連の才能開花もあると書いてあったので、僕はちょっと期待したんだけど……。なんのことはない、全然はずれ。ちらっと見ただけの絵や写真を正確に模写するというやつだった。リーの抽象画とは別物」

　彼女は孝弘に、珍しく宿題をしてきた出来の悪い生徒を見る顔をする。

「よく勉強してるわね。脳の問題が描かせた絵を洗っていけば、リーの類似ケースにたどり着くかもしれないってことよね。スピード・アートはどうだった？　該当しそう？」

　孝弘の肩の落ち具合が、それを否定した。

「彼は覚醒剤《スピード》なんかやってなかった。それにこの絵のとりとめのなさは勾玉模様《ペイズリー》も裸足で逃げ出すよ」

「尼さんの幻視の絵ってなかったっけ？」

「ヒルデガルドの幻視。それも違うんだ」

「だって、たしかあれも頭痛持ちの尼さんで、ハイアラスも同じ……」

　ネネは言葉を途切れさせた。自分のＦモニターを引き出すと同時に、少し吊り上がった大きな瞳がくるんと回る。頭の中で〈エウプロシュネー〉に記憶の確認をしているに違いない。

　そのキーワードには孝弘もすでに突き当たっていた。十二世紀初頭の修道女が神の啓示として幻視図を書き残しているのだ。しかしそれは異常な絵ではあるがリーのものほど抽象的ではないし、特徴が異なっている。

「そうね、こっちは具象よね。偏頭痛持ちの絵の特徴は同心円模様と光暗反転した星……リーの絵には見当たらないわね。女史が、自分の特殊体験をもとに傑作だと評したのだったら、少しは納得してあげられたのに」

　彼女はＦモニターから目を上げ、「おさな子への調べ」を凝視した。ヒルデガルドの場合のように何らかの法則性を見つけようとして。絵の具は、塗りたくられ、ぶつけられ、かと思うと繊細な線を踊らせている。ネネは腕組みを解いて吐息をついた。どうやら降参のようだ。

「信じたくないわね、人間が本気でこのごちゃごちゃを描いたなんて。この中に理論を超越した究極の美が存在するなんてことは、もっと信じたくないわ。今までやってきた勉強がふいになっちゃう」

彼女はくすりと笑った。艶やかな黒い顔に白い歯が映える。

孝弘もつられて頬笑んだ。ずいぶん久しぶりに頬の筋肉を引き上げた気がする。

「きっと、ハイアラスの域に到達できなかった落ちこぼれはみんな同じことを思っているよ」

「あら、一緒にしないで。私は総合管轄部署で四苦八苦するほどには落ちこぼれてないつもりなんだから」

二人は大笑いしながら梱包を直しはじめる。

ネネが先に気づいた。

「あら、誰か来るわ。早くしまわなくちゃ」

孝弘は、彼女の視線を追ってちらりと道路の向こうを見、そのまま眉をひそめる。

かえって目立つほどに地味な、何の飾りもない灰色のツーピースを着た男が駆けていた。

どうやらこちらへ来るらしい。その走り方が少しばかり孝弘たちと違っていたのだった。

手の振りが大きく見えるのは肘を曲げていないせいだった。足はまるで深雪の中を急ぐようにじたばた動いている。白目の多い眼は恐ろしいほどに引き剝かれ、口は空気を取りこもうとして、はくっ、はくっ、と開閉していた。

「どうしたんだろう」

孝弘がそう呟いた時、ネネが絵に保護シートをばさりと掛けた。

「やめてくれ！　おおおおお、やめてえ、くれえ」

　ネネはぎょっとして手を止める。

「その絵を！　絵を」男は号泣していた。「聞こえない。聞こえなくなった」

　駆け寄った男は乱暴にシートを毟《むし》る。

「何をするんだ！」

「聞こえない。隠したら聞こえないよ」

　止めようとした孝弘に向き直ったかと思うと、彼は人間離れした力で学芸員の胸元を引き寄せた。彼の目からは、側溝から溢れる雨水のようにびしゃびしゃと涙が流れ出している。

「聞こえない！」

「何が、だ！」

　負けじと怒鳴り返す。すると、男は盛大に洟《はな》をすすり上げながら堰《せき》を切ったように喋りだした。

「決まってるじゃないか。音楽《うた》だよ。あんた、あんたも俺のこと、バカだと思っているんだろう。そうだろう。聞こえない人はみんなそう言う。絵から音が聞こえるなんて、みんなバカの証拠だって。ちゃんと聞いてくれるのは先生《ドクター》とブリジッドだけだった。でも聞こえたんだ。あんたらが隠す前は、ちゃんと！　盗らないでよ。絵を盗らないでよ。あんたのせいだ！」

いきなり殴られた。道端に転げながら、孝弘は、

「本当に音楽が聞こえるの？」

というネネの愕然とした呟きを聞いた。


男は、首に下がっていた札からマイク・レイモンドという名前だと判った。住所はサックス記念病院。

彼は感情の起伏が激しかった。神妙の後にやってくる激昂の嵐。鼻歌の後の大泣き。言葉は同じところをぐるぐるまわり、内容はとんでもないところにジャンプした。三時間かけてやっと聞き出したところによると、マイクは「ずるっこいことなんかしないで、ちゃんとちゃんと外出許可をもらって、自分のお金を自分で銀行端末からおろして、ひとりでシャトルに乗って、絵を追いかけてきた」のだという。

狭い個室に彼と長時間詰めている孝弘は、すでに気力の限界を感じていた。が、先ほどから何度も訊いていることを辛抱強くまた訊ねる。

「で、音楽が聞こえるって、どんなふうに？」

マイクは、カウチベッドが軋《きし》むほどの貧乏揺すりをぴたりと止め、しくしく泣き出す。またた。泣いて泣いて、ちっとも答えてくれない。顎をさするとまだぴりぴりした。こん

な堂々巡りを繰り返すのなら、こっちも一発殴ってやろうかという気になってくる。

駄目だ。

孝弘はカップの底にわずかに残っていたコーヒーを呷《あお》った。

マイクの心は頑是《がんぜ》ない子供と同じなんだ。なまじ身体がおとなだからついついおとなの言動を求めてしまうけれど、彼は彼なりに必死だし、これで精一杯なのだ。泣いてしまうほどに……。だからゆったりと構えてあげなければ。

「マイク。僕は責めてるんじゃないんだよ。むりやり喋ってもらおうとも思っていない。だから泣きやんで。ただね、君が一生懸命追いかけてきた『おさな子への調べ』がどんなに素敵な音を君にプレゼントしてくれるのかを知りたいんだ。残念ながら、僕は君みたいに優れた耳を持っていないからね」

マイクは真っ赤になった目を孝弘に向け、ぐしゅぐしゅ鼻を鳴らした。

「先生《ドクター》……」

「僕はお医者じゃないよ」

男は構わなかった。

「先生《ドクター》、今の先生の顔、絵の音に似てる」

「は？」

「優しい、いい音楽《うた》なんだ、先生。キラキラっとしたり、ふわわわって大きくなったり。

まるで、マリーみたいな音なんだ。マリーはね、看護婦長さん。優しいんだよ、とっても。いつも、よくできました、ってにっこりしてくれる。他のものを見ても喧《やかま》しいだけなのに、あの絵とマリーだけはね……いいんだ。ずーっと見ていたいって思う。死んじゃったブリジッドも、病院にいるバッドもチュリーお婆ちゃんも、そう言ってる。僕だけじゃないんだよ。だから、見る時に音が聞こえても、バカだって言わないで」

「言わないよ、もちろん」

――〈ムネーモシュネー〉接続開始。

孝弘の鼓動が速くなっていた。そんなことがあるのだろうか。本当に、見ると聞こえるなんて。

――ゲートオープン、サックス記念病院脳神経科記録。データ要請、マイク・レイモンドに関するファイル。特に、視覚と聴覚の混同について。あと、通称バッドと年配女性のチュリーにも共通の絞りこみで検索を。

――了解しました。ネネ・サンダースから伝言が入っています。どちらを先にしますか。

――ネネのを。Fへ出力してくれ。

――了解しました。表示終了。

「ねえ、先生。絵を見せて」

「う、ん……」

孝弘は生返事をしながらモニターを盗み見た。

ネネからの通信文は彼女の思考から直接作成されたものらしい。話し言葉そのままで、サックス記念病院の担当医が明日こちらへ来ること、マイクは今晩〈アフロディーテ〉病院のセラピストが面倒を看てくれることが書かれている。

「見せてよ、先生、絵だよ。見たいんだ。すぐ！　見たいんだ！」

「うわ」

男の気がまた昂ぶってきたようだ。孝弘は必死になって押さえつけ「見せてあげるから、落ち着いて」と、なだめる。

――地上からのデータ取得、すでに終了しています。表示しますか？

「ちょ、ちょっと待ってくれ！」

相手は力の加減というものを知らない男だ。ほとんどレスリングの様相である。

セラピストたちが到着した時、息を切らし服を乱した男二人のいったいどちらを連れていけばいいのか判らない状態だった。

「あら、顎だけじゃなくて頬っぺまで蒼い」

ネネは会議室に入ってきた孝弘を見るなり、笑いを含んだ声でそう言った。

「触るなよ。痛いんだから……失礼しました。『おさな子への調べ』の担当学芸員、タカヒロ・タシロです」

エイブと並び、窓を背にして座っていた初老の紳士が立ち上がる。おそらく七十歳を越えているだろうが、ぴんと背筋を伸ばした立派な体軀《たいく》をしていた。彼はまた朗々とした声の持ち主でもあった。

「サックス記念病院、脳神経科のアラン・ルルーです。このたびはマイクがお世話になり……お怪我までさせてしまったようで、申し訳ありません。どうもあの絵のこととなると必死になるようで。こんな遠いところまで追いかけていくなどとは予想していませんでした」

アランからは、どんな人でも彼のことを一目で好きになってしまうような慈愛が感じられた。この医者だったらマイクのような患者も幸せにできるだろう。孝弘はなんとなく恥ずかしい気持ちがした。

「いいえ。謝るのは僕のほうです。話をうまく聞いてあげられなくて。きっとマイクはつらい思いをしたことでしょう」

孝弘は部屋を隅々まで確認してから尋ねた。

「あの、他の患者の方々もいらしていると聞いているんですが」

「ええ。お部屋を一つ貸していただいたので、今、みんなで絵を見ています」

アランはまたすまなさそうな顔をした。

って」

「大勢で押しかけてしまいました。噂を聞きつけた患者たちが我も我もと付いてきてしま
「あら、少しも構いませんよ。むしろ来ていただいて嬉しいくらい」

ネネがにっこりする。

「私、視覚を音楽として感じる人たちがどんなふうに絵と接するのかを、この目で見てみたかったんです」

「そこなんですが」

案山子が、えほっ、と咳払いをした。

「見たものを音として捉えるということを、私にも判るようにお話し願えませんか。その……なんというか、最初の目的はリーの絵の価値判断だったわけでして。絵に医師も認める精神的な効用がある場合には、価格も変わってくるというもので」

とことん無粋な言い方をするんだな、と孝弘は鼻白んだ。〈アフロディーテ〉にとってもっとも名誉になる究極の美を捕まえそこねた所長の顔は、すでに金銭欲のぎらつきを浮かべている。

賢人の風格を持つ医師も、彼の過度の期待に気がついたようだ。「がっかりなさると思いますよ」と前置きをしてから話しだす。

「『おさな子への調べ』が薬品的な効果を顕すかどうかは調査の結果を待たなくてはなり

ません。もちろん、あれを我々に返していただけないことには調べようもありませんが。今は、みなさんが一番興味を持たれているマイクたちの主張について、少し説明をいたしましょう」

アランの話は長くて医学用語も混じっていたが、その誠意ある話しぶりとよく響く美声のために少しも聞きづらくなかった。

生物化学、分子学、医療テクノロジー、心理学。日進月歩の科学は、人間という捉えどころのない生き物の謎をしだいに明らかにしていく。なかでも人が人たる根源の脳は、哲学を科学で輪切りにするようにして秘密のベールを次々に剝がされてきた。二十世紀にはすでに五感はどこで受けとめられているか、さまざまな思考はどこから浮かんでくるのかがほぼ明らかになり、頭の中のおおまかな地図が作成された。二十一世紀になってからはさらにその地図が詳細になり、「思う」だけで言語と画像を取り出せるようになった。それは孝弘たちも恩恵を受けているヒト・コンピュータ直接接続の基本でもあった。

「しかし病気や事故で脳の機能が異常をきたし、脳内地図が混乱してしまうことがあります。通れるはずの道が封じられることもあるし、壁に隔てられているはずの場所から情報が漏れることもある。そうして、彼らは見たものを音としても感じてしまうのです。これを我々は『共感覚』と呼んでいます」

当たり前すぎることだが、人は感覚を混同することはない。足は靴の中に「触れて」いるし、瞳は空の青を「見て」いる。耳には鳥の声、鼻をくすぐるのは木々の息吹。色彩学で「酸味の色《アソートカラー》」、音楽評論で「堅い音」などという言葉を使用することはあっても、それは譬えであって実感覚の混乱ではないのだ。

しかし、脳になんらかの問題が生じたとき、光は音に、音は味に感じてしまうこともある。二十世紀の神経心理学者アレクサンドル・ロマノビッチ・ルリアの症例によると、ある患者はベルの音を聞いた時、目の前を丸いものが回り、指に縄の手触りを感じ、塩水を呑んだような味を得たという。

共感覚を引き起こす原因としては、大脳皮質の連合野異常が考えられた。連合野は文字通り感覚器の情報を整理する部位である。そこの血流量が減り活動が低下すると、感覚器で受けとめている外界を正しく認識できなくなってしまうのだ。

もう一つ、海馬、中隔、扁桃核などの辺縁系に障害があった場合にも共感覚症状が出る。辺縁系も連合野と同じく感覚情報のやりとりをするのだが、こちらはその相手先が意志や感情を司《つかさど》る前頭葉であり、深く情動に関係していた。

コーイェン・リーは側頭葉腫瘍により情動に問題があった。側頭葉は海馬のすぐ横の位置である。ブリジッド・ハイアラスもアランが調べたところ感情不安定が見られ、それは初期のアルツハイマーによる軽微の脳萎縮のせいだった。そして孝弘に情動発作の一端を見せたマイクもまた、辺縁系の血流過多、とカルテに書かれている患者なのだ。

「辺縁系を病む彼らは、心が繊細になってしまっているのです。その代わり、共感覚によってあの絵を『聞く』ことができる――」

アランは目を細めた。自分の患者の能力を誇りにし、また、自分にその感覚がないことを哀しむ複雑な表情。

「私は美術の専門家ではないのでリーの絵にどれだけの価値があるのかが判りません。ただ申し上げられるのは〈絵を聞く〉彼らにとって『おさな子への調べ』は最高傑作であるということだけです」

エイブは、ううむ、と一声唸ってソファに身を沈めてしまう。孝弘も、喋り出すためには唇を舐めなければならなかった。

「ハイアラスの論評……色彩からこぼれる旋律、というのは、比喩ではなかったのか。彼女は本当にその音を耳にしていたんだ」

「でも」とネネが組んでいた足を解いて上半身を乗り出した。「その共感覚にはきちんとした法則性はあるんですか？　つまり、ある波長の色や特定の形が、共感覚の持ち主全員に同じ音として聞こえるんでしょうか」

「正直に白状しますと、彼らの音を探る方法は簡単ではないのです。患者たちは自分の耳が捉えた音の正しい表現方法を知りません。モーツァルト並みの音楽家ならば夢で聞いた『魔笛』を再現して聞かせることができるでしょうが。あなたがたのように、自分の身体の中に頼りになるパートナーがいて、漠然とした音の記憶を拾ってくれるわけでもありませんしね」

「まあ。だったら、あの絵を見ている人たちが同じ音楽を聞いているという保証はないんですね」

「むしろ、まったく別の曲だという可能性のほうが高いのです。今回とは逆の音声から視覚への共感覚を持つ患者たちに絵を描かせる研究では、同じ音を聞かせても絵の一致は見られないそうですから」

孝弘は深く首肯した。

「仮に色や図形が特定の音に対応していたとしても、ハイアラスとマイクが同じ曲を聞けることはないでしょうね。あの絵は大きい。視線はあちこちにさまようはずです。部分を見る順番によってメロディはまったく別のものになってしまう」

アランはサンタクロースのように頬笑む。

「もう少し医学的な予想を聞いていただけますか？　私は彼らの共感覚はもっと情動面に依っているのではないかと思うのです。辺縁系は郷愁部位と呼ばれることもあります。幼い時からの記憶が感情と結びついた形で存在し、励起するとそれらが懐かしさを伴って呼び起こされるからです。リーにそのような知識があったとは思えませんが、奇しくも彼が『おさな子への調べ』というタイトルを付けた絵は、郷愁に訴える何かを孕《はら》んでいるのかもしれません」

「絵から呼び起こされるのは音楽の姿を借りた『郷愁』であると？」

「可能性はあります。しかし今はまだ可能性だけです。我々が研究したいと思っているのはまさしくそこなのです」

アランはそう言うと、エイブの丸い顔にぴたりと視点を合わせた。

「そのためにも、あの絵を我々に委ねていただかなければ」

案山子は、急に迫力を増したアランから視線をはずし、孝弘に助けを乞う。孝弘は結論した。

「『おさな子への調べ』には美術的価値はありません。ハイアラスの評を読み間違って利殖に使われるよりは、サックス記念病院でさらなる研究を重ねたほうがいいでしょう」

「それは〈アフロディーテ〉として正しい判断だと思うかね？」

念を押す案山子を、孝弘はひと睨みした。

「もちろんです」

エイブはゆるゆると立ち上がり、骨ばった手をアランに伸べた。

「あの絵はあなたがたのものです」

マイクたちは冷え冷えとした床にうずくまり、身じろぎもしなかった。

普段はテーマ展の素材選考に使われる中規模の部屋、その壁にリーの絵は立てかけられていた。絵の前には、膝をぎゅっと抱えたマイク、声もなく泣いている痩せこけた老婆、四つん這いになってまるで怒ったように絵を睨みつけている少年。幸せそうに頷いているのは三つ編みの中年女性、目の前の何かに触れようと腕を突き出して頬笑んでいるのは生白く太った青年だった。

表情はさまざまであったが、孝弘には彼らの静けさが心の安逸を表わしているように思えた。この絵は、彼らの激しく揺れ動く心を治め、目を奪っている。

ネネがそっと囁いた。

「どんな曲を聞いてるのかしら。やっぱりリーが作っていた曲と同じく、どこかで聞いたようなメロディなのかしらね。だから、懐かしさで胸がいっぱいになる……。それとも彼の作曲家としての評価が天才に変わってしまうような前例のないすばらしい曲かしら」

「君はどっちだと思う?」

彼女は、マイクたちの背中と原色の絵に顔を向けた。

「たぶん、あなたが望んでいるのと同じほうよ」

孝弘も彼らと絵を見つめる。

「思うんだ……。共感覚は確かに脳の異常だけれど、絵は見るもの、という固定観念を捨てて、分析もせず、彼らのようにあるがままを受け入れる清い心になれれば、僕にも聞こえてくるんじゃないかなって」

「あら、聞こえたハイアラス女史は嫌味なほどに理論派だったわよ」

「彼女だってこの絵の評では理論のいっさいを放棄しているよ」

理論だけでは推し測れない究極の美。

穏やかに絵を眺めるマイクたちは、それを見つけたような気がするのだ。

人間の魂をここまで釘付けにできるもの。無垢なる心が、ただ真摯に、ひたすら一途に、命懸けで対峙するもの。その胸に迫るものこそ、芸術が持ちうる究極の力ではないだろうか。

「頭痛のせいで筋道立った美術論を揮《ふる》うことができなくなって、やっとハイアラスは究極の美を鑑賞できたのかもしれない。彼女は理論武装で生き延びるしかないこの俗界を離れたからこそ、天上の妙なる調べに身を浴することができたんだ」

「ずいぶんセンチメンタルじゃないの」

肘で小突かれたが、彼は照れながらも続けた。

「僕らは脳に機械を繋げた分析屋だけれど……美を扱う人間だもの、それくらいのロマンが残されていてもいいじゃないか」

ネネはいたずらっぽく肩をすくめる。

「自分のセリフにはにかんでいるうちは、あなた、まだまだ煩悩《ぼんのう》捨てがたしってとこかしらね」

二人は笑いを押し殺し、幸福に陶酔するマイクたちの邪魔にならないよう、忍び足で部屋を出た。

そして安物の薄い扉を閉め、一枚の駄作と至福の音楽を閉じこめる……。

Ⅱ

この子はだあれ

夕暮れ。〈博物館惑星《アフロディーテ》〉で一番好きな時刻。

樹々の影は長く伸び、ギリシャふうで統一された展示館の群れは憂愁のビーナス像のごとく半身に薄墨を纏《まと》う。そこここの街灯にあたたかな光がぽっとともり、ホテルへと向かう人々はかすかなオレンジ色に染め上げられる。

〈総合管轄部署《アポロン》〉学芸員、田代孝弘は日暮れの穏やかさを愛していた。しかも今日は夜勤がない。雑務と称して庁舎へ戻り、あと一時間ほど時間をつぶせば、この身はめでたく解放されるのだ。

その一時間はコーヒーを飲みながらだらだら過ごすぞ、と彼は固く決心していた。金輪際、香炉のことなんか思い出すものか。

詩歌を染めつけされた磁器の香炉は、詩文に重きを置こうとする〈音楽・舞台・文芸部《ミュー》門《ズ》〉と意匠に執着する〈絵画・工芸部門《アテナ》〉を真っ向から戦わせた。保管庫に併設された会議室で口角泡を飛ばす両担当者の間で、調停役の孝弘は神経を擦り減らしてきたばかりなのだった。

当の香炉はというと、机上でひとり静かに白々と輝き増し、まるで、お好きになさって、と言わんばかり。

孝弘は、右から左、左から右へと飛び交う激論にさらされながら、お高くとまった香炉の存在そのものへの恨みを抑えこむのに必死だった。

戦い済んだ孝弘は、〈アポロン〉庁舎の前で反省をこめて街灯を見上げる。

――〈記憶の女神《ムネーモシュネー》〉、日記の続きを。

――了解しました。記録を開始します。

頭の中で響くデータベース・コンピュータの優しい声に励まされ、彼は今後へ向けた戒《いまし》めを綴った。

――物品は言葉を喋らない。もちろん生物ではないから感情もない。澄まし顔に見えるのは、そう見たい者の心を反射しているだけなのだ。凝った詩文や端正な姿がこちらの心に気取りを感じさせたなら、それは香炉のすばらしいパワーと呼ぶべきであって、学芸員たるものはけして周囲の人間どもの状況に染めつけられた印象を引きずってはならない。人を憎んで物を憎まず、だ。

孝弘が言葉にならない「終わり」の気持ちを添えると、女神は即座に応えた。

――記録しました。既存の日記の末尾に付加します。

――ありがとう。接続終了。

彼が庁舎のポーチへ足を掛けようとした時。

「あの」

若い女に呼び止められた。

振り向くと、〈アフロディーテ〉規定の事務服を着た女性がおずおずと近づいてくるところだった。中肉中背で瞳がこぼれそうに大きな彼女を、孝弘はうまく思い出すことができない。

「ミワコさんのご主人ですよね」

「そうですが」

彼女は背中まである栗色の髪を押さえながら「突然申し訳ありません」と詫びる。

「私、資料室詰めの係員です。資料室にはよくミワコさんがいらしていて、あなたのお噂をうかがっていましたので」

「それはどうも」

孝弘は特別そっけない返事をしたつもりはなかった。しかし彼女は、ぱちりぱちりと二度目瞬きをすると、自嘲の表情で、

「ご不審は当然ですよね。直接接続の方は資料室などに足をお運びにならないから、こいつはいったい何者だろうと思ってらっしゃるんですよね」

「いや、そんなふうには」

孝弘の否定を無視し、彼女は絞り出すように続けた。

「なんなら権限Aを行使して職員名簿の詳細履歴をお調べになっても構いません。あなたが〈ムネーモシュネー〉にお問い合わせになる間、このままお待ちしますから。名前はバンクハースト。セイラ・バンクハーストです。私の人相からもイメージ検索がおできになるでしょうけど、念のため」

厄介なタイプだな、と、孝弘は吐息を噛み殺す。

よくいるのだ、この手合いが。

直接接続者にとって、脳にデータベースをくっつけている状態とは、背中に大部の事典を背負《しょ》った有能な秘書を連れ歩いている感覚に等しい。言葉にならない曖昧なイメージすら検索できる能力は便利だしありがたいと思うけれど、直接接続の価値自体はそれ以上でも以下でもない。

けれども非接続者の中には、直接接続者を誤解する人もいる。孝弘のように高い権限ランクを持っていると、さらに誤解の種が増える。つまり、彼らはこう思うのだ。目の前の人間は、ちらっと思っただけでこちらのすべてを見透かしてしまう不遜で尊大な神、いや、悪魔だ、と。
　孝弘はなるべく気さくな語調を選んだ。
「君の履歴を調べるかどうかは、その喉元で止まっている僕への用件しだいだよ。言いにくい話かい？　まさか、美和子が僕と別れて君と一緒になるなんてことじゃないだろうね。それなら急いで君の経歴を洗わなきゃ」
「ミワコさんは同性愛者ではないと思います」彼女は冷たく真面目に答えた。「申し遅れ
ましたが、私の用件は、所長から言われた仕事が手に負えないのであなたにお任せできな
いか、と」
「案山子《かかし》か。これはまた……」
　思わず呟いてしまった。案山子こと所長のエイブラハム・コリンズが絡んでいるとなる
と、おそらく一筋縄ではいくまい。
　彼女はうっすらと笑い、髪をさばいた。
「大丈夫ですよ。私の能力が低いだけで、きっとあなたには簡単なことなんだろうと思い
ますから」
　簡単だなんて言ってくれるな、と孝弘はもう少しで口に出すところだった。所長が関係
する用件で簡単だったためしがない。たとえ自分が権限Aを持つ〈アポロン〉職員でも、
だ。仮に自分が彼女の言うとおり何でも簡単にできる万能の人間なら、とっくの昔に案山

子の頭へ脳味噌を詰めこんでやっている。それが果たせないから日々苦労の連続なのに。

孝弘はかろうじて平静さを保った。

「簡単かどうかも具体的に君の話を聞いてみないと何とも言えないな。とにかく庁舎へ。さしつかえなければ会議室で話したいんだ。案山子、じゃない、所長の名前が出てくるからには、立ち話じゃくらっときて倒れるおそれがあるから」

彼女は小さく頷いた。

「光栄です。〈アポロン〉庁舎に入るのは初めてなんです」

「庁舎はどこも同じさ。殺風景なくせに散らかってってね。緊張することないんだよ、バンクハーストさん」

身構える相手を呼ぶには堅苦しいな、と孝弘は思い、

「サリーと呼んでも？」

と、いたずらっぽく訊いてみた。

「ええ、お好きに。きっとあなたは、あれの失われた名前も簡単に手に入れてしまうんでしょうね」

三十分後、孝弘は庁舎の自室でデスクチェアに座りコーヒーを飲んでいた。

傍目《はため》には香炉を忘れてぼんやり過ごすという彼の予定が達成されているかに見えるだろ

うが、同じぼんやりでもこれはちっとも心地よくない。頭の中には「なんでこんな羽目に、なんでこんな羽目に」という語句がぐるぐる回っていて、何もする気にならなかっただけだ。

サリーの依頼は、古い抱き人形の名前を探してほしいということだった。彼女はてきぱきと喋り、ほんの十五分ほどの間にすべてを語り終えた。

彼女は理路整然と事の発端から口火を切った。

サリーの話では、一週間ほど前から、資料室へ日参して端末に画像を呼び出しては熱心に語り合う老夫婦の姿があったとか。見るともなく目に入った画面にはいつも人物関連の創作物ばかりが映っていて、暇つぶしの鑑賞ではなく何らかの目的があるのだろうなと彼女は予想していたそうだ。

所長の登場は三日前のことだった。彼は丸まっちい顔を自慢で紅潮させながら「うちの資料室はなんでも調べがつきますよ」と言いつつドアをくぐってきたらしい。後に続いていたのは例の老夫婦で、二人は顔を見合わせてから遠慮がちに「ここへは毎日通っていますが、私たちの調べものはまだ答えが出ません」と首を振った。

所長は一瞬絶句したあと、つかつかとサリーへ近づき、お前がなんとしてでも調べものの答えを見つけろ、と命令した。このお二人は高名な学者であるからして、〈アフロディーテ〉の面子《メンツ》にかけても結論を出せ、と。

果たして老夫婦の正体は、夫のほうがカミロ・モンテシノスという恐竜学者、同道の妻ルイーザはベテランの人類学者。カミロは〈動・植物部門《デメテル》〉の古生物展示担当者が協力を仰いで招聘《しょうへい》しているのだった。

　後にサリーが知ったところによると、〈デメテル〉は最近入手した卵の化石群がどうにも分類しきれず、今回招いたこの恐竜学者の判断しだいではそれが「〈アフロディーテ〉タイプ」と名づけられるか否かの瀬戸際であるらしい。名誉欲のある案山子がいかにも気を揉みそうな状況、というわけだ。さらに所長は、卵の個体識別に自分の孫たちの名前を付けてもらうのだと豪語しているとか。

　サリーは無表情に続けた。

「お二人の依頼はお手持ちの人形の名前を見つけ出すことでした。少年の姿をした抱き人形で、破損したネームプレートらしきものを首から提げています。とても気になる人形だそうで、名前を見つけるまでは夜もおちおち眠れない状況だとおっしゃっていました。ある程度量産されたものと思われますがメーカー品には該当がありません。顔がかなりリアルなことから絵画や彫刻をモデルにした私家版ではないかと手当たり次第に美術カタログを調べられたようです。私も名前探しのお手伝いをしましたが、お二人が納得なさる類似品はなかったんです」

　さすが案山子が持ちこんだだけあって無茶な話だった。有名作者のビスクドールなら衆知の愛称も付いていようが、出自も判らない人形の名前を探すなど不可能だ。よしんば何かの模倣だったとしても、作る側の技術が低ければ全然別ものになってしまうから、そもそもオリジナルの断定すら難しい。

孝弘は今一度吐息をついてから、サリーに「とにかく、現物を〈アテナ〉のトーマス・ワンに渡してみるしかないだろうね。彼は人形も手掛けているから」とアドバイスした。

彼女の返事は意外なものだった。

「直接接続者のワンさんのことですね？　それなら受け取ってくださいませんよ。少なくとも私からは」

「なんだって」

「この件に関しては直接接続の方の検索能力が必要だと私にも判っていました。彼に事情説明の文章と人形の画像とを送ってみたのですが、自分にも〈喜び《エウプロシュネー》〉にも心当たりはないし美術的にも価値が低い、と。会ってもくださいませんでした」

孝弘は、彼女がなぜ卑屈に見え、なぜわざわざ自分を待ち伏せしていたのかを、その時ようやく納得した。

言うべきことを言い終えたサリーはきゅっと口の端を持ち上げ、

「明日、モンテシノスご夫妻にお引き合わせしますので、後のことはよろしくお願いします」

と、さばさばと立ち上がった。

「それは、名前が見つからなかった時には君じゃなくて僕が案山子に嫌味を言われろってことかな」

彼女は泣きつく直接接続者を睥睨《へいげい》した。少し笑っていた。

「大丈夫ですよ。直接接続学芸員、しかも〈アポロン〉の権限Aが乗り出してくださるんです。きっと解決します」

この時のサリーの意地悪な顔といったら……。

こんこん、と、ノックの音が孝弘を回想から連れ戻した。

部屋の主人の返事を待たずに顔を出したのは、〈アテナ〉のネネ・サンダースだった。

「いまそこでセイラ・バンクハーストを見かけたんだけど、もしかしてあなたのお客？」

黒豹を思わせるベテラン学芸員は、猫科に似合うからかいの語調だった。

「どうして判るんだよ」

「そりゃあね」ネネは自慢げに反《そ》り返った。「長年ここに巣食っているオネエサンですもの。あの子が資料室と自宅を往復するだけの人間だってことも、かろうじてミワコとなら雑談できるってことも、この二つの耳にちゃんと入ってきてるってわけ。直接接続学芸員の牙城〈アポロン〉とはただでさえ縁遠い資料室担当、しかも人嫌いで鳴らす彼女がご苦労にもこんなところまで足を運んだとなると、面会相手はミワコの旦那様、つまりあなたしかいないわ。当然、相当に厄介な話ね」

図星を突かれ、孝弘はがっくりきた。

「うっかり用件を聞いちまうお人好しも僕しかいないらしいね。君のところのトーマスはうまく切り抜けたらしいから」

「あら、ウチも関係するの？　嬉し恥ずかしプライベートの御用だと思ったのに」

「残念ながらゴシップの種にはなってやらない」

「だったら何の話なのよ。暇潰しの種にはなるかしら？」

ネネはますます面白そうな顔をして、はやカウチに腰を落ち着けて聞く体勢。

「暇潰しじゃなくて厄介の種なら分けてやるよ」

孝弘が簡単に経緯を話すと、ネネは艶やかな黒い頬を撫でながら、ふーん、と言った。

「その脱力加減からすると、まだ全然行動を起こしてないんでしょ。いいわ、ちょっと調べてあげるから。カミロ・モンテシノスとルイーザ・モンテシノス、ね……」

ネネの視線は孝弘の膝のあたりに止まったまま動かない。〈アテナ〉のデータベース〈エウプロシュネー〉に接続したのだ。

おとなしく待っていると、やがてネネは鼻息とともに生気を取り戻した。

「ないわね、その夫婦の名前は。あちこちの資料にあたってみたけど駄目だったわ。うちのデータベースにないってことは、人形コレクターじゃないのかも。面倒だわね」

「コレクターでないと、どういうことになるんだい」

「バカねえ」ネネは呆れた声を出した。「素人さんの望みは純粋だ、ってことよ。専門家のトーマスが一見して無価値だというのなら、本当にそうなんでしょうよ。それでも夫妻が名前を探したがっているのは、営利目的ではなく彼らが心底それを望んでいる証しね。金銭絡みならどこかで諦めもするでしょうけど、納得するかしないかの心の問題となると、答えが見つかるまで〈アフロディーテ〉中の資料を漁りまくる決意かもしれなくてよ。あなたみたいな筋金入りのお人好しさんとしては、ますます無碍《むげ》にはできない状況よね」

孝弘はデスクチェアに背を預け、投げやりな伸びをした。

「そう言われてもなあ。無理なものは無理だしなあ」

「ずいぶん淡白ね。あなた、まだ実際の人形を見てないんでしょ。顔を見ると気が変わって熱心になるかもよ」

「いや、駄目だよ、きっと」

ほほう、と部屋の中で梟《ふくろう》が鳴いた。〈アテナ〉職員は、さらに、ほうほう、へええ、とからかう。

「ほー、ロマンチストらしくない発言ね。へえ、そうなのか。びっくりよ。あなた、人形が好きじゃないタイプだったのね。もしかして小猫や仔犬も苦手?」

「苦手じゃないさ。子供の頃は犬の親子を飼ってたことだってある。でも、べたべたかわいがる人には共感できないな。人形やペットに、ナントカちゃん、なんて呼びかける人の気が知れない」

　ネネは目に見えて、可哀想に、という顔になった。

「ますます苦労しそうね、タカヒロ。オーナーと学芸員の価値観が違うと、絶対に苦労する」

　孝弘は先輩の言葉を手で遮《さえぎ》った。

「判ってるってば。なるべく私情を殺して誠心誠意モンテシノス夫妻と案山子のために働かせていただくよ」

「そうじゃないでしょ」

　ネネは小首を傾《かし》げるようにして諭しの口調になった。優しく、重みのあるアルト。

「あなたの私情は、殺すんじゃなくて、モンテシノス夫妻の私情に歩み寄らなきゃいけないのよ。むりやり人形を好きになれとは言わない。けれども、ほんの些細なきっかけでもとんでもないアプローチでもいいから、彼らの熱意の源に共感すべきだと思うわ」

　さすがに孝弘は疲れてきた。普段なら聞き流すのだが、つい首を横に振ってしまう。

「今回は芸術鑑賞じゃないんだよ、ネネ。美術品の鑑定や分析なら君の言うとおりだ。たとえ理解できなくても、その物品が自分以外の人をなぜ魅了するのかを慮《おもんぱか》らないといけない。解釈の幅を広げることも学芸員の大切な仕事なんだから。でも今の僕に課せられた仕事は、重要人物のご接待だと言い切ってもいい内容だ。価値のない彼らの人形の名前を探すのは、彼らが失くしたペンを探すのと同じ程度のことだよ」

　ネネの眉毛がぴくりと動いた。声のトーンが一段上がる。

「だったらさっさと案山子に言ってやりなさいよ。我ら輝かしい〈アポロン〉職員はそんなつまんないことに時間を割いている余裕はないんだ、ってね。サリーにもいい顔しないでちゃんと言うのよ。君も学芸員なら上位権限者に頼らず自分で調べろ、って」

「え、なんだって？」孝弘は軽い眩暈《めまい》を覚えた。「サリーも学芸員？　事務員じゃないのか」

　ネネは、呆れた、と小声で言った。「依頼人の履歴もまだ調べてなかったの？　彼女は優秀な学芸員よ。総合成績はトップクラスだったわ。そもそも資料室のアドバイザーが一般事務員に務まるわけはないでしょう？」

　確かに。閲覧者のあやふやな要請から目的の資料を引っ張り出すには学芸員の広範な知識が必要だ。自分は、彼女の卑下や事務服に目くらましされていたのだ。

　ネネは腰に手をあてて、一息つき、声の調子を普段に戻した。

「彼女は直接接続者になるための申請を出していたそうよ。でも、適性がなかった。身体のほうなのか精神のほうなのかは知らないわ。とにかく、夢破れたのよ。毎日毎日端末の手動検索を繰り返さざるを得ない彼女が、私たち直接接続者に対して歪んだ感情を持っているのは確かでしょうね。サリーを突き放すか、親身になって協力するかはあなたしだいよ。ただ、もう一度言わせてもらうと、中途半端にあしらおうとしては駄目。あなたもみんなもますます苦しくなるだけだから」

翌日になっても、孝弘はまだ態度を決めかねていた。

モンテシノス夫妻に会うだけ会ってきっぱりと断るべきか。それともサリーの話を聞いてしまった手前なんとか努力してみるべきか。

ネネの言う些細なきっかけやとんでもないアプローチが見つかるまで、自分の気持ちは定まりそうにない。

もやもやを抱えたままのタイムアップ。孝弘は顔の筋肉をほぐしてから、夫妻とサリーの待ち受ける〈アポロン〉会議室へ入った。

「遅くなって申し訳ありません」

殺風景な灰色の室内で、穏やかな二組のまなこが孝弘へと向けられた。

痩身のカミロ・モンテシノスは紳士然とした白髪で、小柄なルイーザ夫人は少女のように健康的な丸顔だった。

背を向けて座っていたサリーが立ち上がる。

「こちらが総合管轄部署〈アポロン〉のタカヒロ・タシロです。あなたがたのご用命は、ます」

今後、彼が承《うけたまわ》ります。彼は私と違って直接接続者ですので、必ずお役に立てると思います」

仕方がないから弱い笑みを浮かべて会釈した。

サリーはそれをちらりと横目で確認してから、

「では、私はこれで」

と、退室しようとする。

「ちょっと待ってくれ。君にも同席してほしいんだ」

呼び止めた孝弘をサリーは怪訝《けげん》そうに窺《うかが》う。

退出を制止したのは咄嗟《とっさ》のことだった。孝弘の中に逃がすものかという気持ちがあったことは否めない。しかしそれだけではなかった。ここで手を引かれたら、彼女は今後もずっと自分に対して卑屈な態度を取るだろう。彼女に会うたびに居心地の悪い思いをするのはまっぴらだ。この仕事の結果がどうであれ、サリーにはこの際、直接接続学芸員の等身大の姿を見ておいてほしい……。

そこまで自分自身に説明して、孝弘はしまったと思った。ということは、少なくとも結果らしいものを手に入れるまでは、自分もこの件に関わるという宣言をしてしまったことになる！

後悔しても遅かった。サリーが不服そうに着席し直すと、孝弘は仕方なく改めて夫妻に会釈した。

「このたびは〈デメテル〉にご協力くださってありがとうございます。お手持ちの人形の名前をお探しとのことですね」

「ええ」と返事をしたのは人類学者のルイーザだった。「骨董の青空市で買った安物で、あなたがたの手を煩《わずら》わすのは申し訳ないと思っているのよ。でもどうにも気になってしまって」

「我々夫婦は人形マニアではないが、それなりの数を見てきたつもりです」恐竜学者のカミロは予想よりも渋い声の持ち主だった。「私たちは二人とも古い骨と格闘する仕事なので、反動で肉づきしかないものにも惹かれるんでしょうな。かわいいのもグロテスクなのもいろいろ出会ってきた中、今回のはどうも特別らしい。謎めいた表情が、なんとしても名前を見つけ出してくれと訴えているような気がするのです」

営業用の笑みを浮かべてみた孝弘は、

「大変困難な調査であることを最初にお断りしておかなければなりません。こちらでの調査は客観的なものでしかなく、手掛かりが少なすぎる場合は残念ながら——」

「ネームプレートがあるの。割れてるけど」ルイーザは身を乗り出して急《せ》きこんだ。「そこから判るんじゃなくて？」

「そうならいいと願っています。見せていただけますか」

カミロが足元から籐のバスケットを取り上げた。蓋を開け、人形を出す。腋の下に手を入れて、そっと。

孝弘は、自分の喉から呻きが漏れたのではないかと心配した。人形は身長約五十センチ。五歳くらいの男の子だった。ソフトビニールらしい手擦れしたヘッドの上には、明らかにバランスとしては多すぎるナイロンの黒髪が、生い茂る雑草の様相で載っている。青いボーダーシャツも黄色の半ズボンも比較的清潔だが、手縫いなのかあちこちに皺が寄っていた。

手に取らせてもらった孝弘は、人形の顔と正対してみた。笑みを含んだ瞳、薄く開いた唇、浅い笑窪。

かわいいじゃないかと思った直後、別の印象がひたりと押し寄せた。第一印象とは裏腹に少年は少しも笑っていないようにも見える。

ぐっ、と嫌悪感が込み上げた。カミロは少年の表情を「謎めいている」と表わしたが、どこがどうおかしいのか具体的には指摘できない。存在するのは圧倒的な違和感だった。例えば、楽しい遊園地だけれどお父さんはお仕事でいない、もしくは嬉しい誕生日だけれどお爺ちゃんに買ってもらったケーキが小さい。少年の笑顔の裏にはそんなかすかな澱のような翳のようなものがあるのだ。大人なら作り笑いも似合おうが、年端のゆかない子供の顔でこれを見せられるのは嫌だった。

カミロが静かに口を開く。

「これを魅力的といっていいものかどうか、私には判らないんですよ。しかし放っておけない表情ではある。悲しみと喜び、平静と激情、相反するものが一度に湧き上がって戸惑っているようなこの顔が、私たちはいつもいつも気になってしょうがない」

夫人が後を取る。

「復顔術の関係で知り合った顔学者にも相談しましたのよ。けれど、自分の嫌いなタイプの顔だ、なんて言って、あとは目の細め方や口角の上がり具合を数値で分析するばかりでしたの。ちっとも親身になってくれませんでしたわ。私たちは、せめて名前が判ればこの子の表情も違って見える気がすると言ったのですが、大笑いして取り合おうともしませんでした」

僕だって大笑いしたいところだ、と心の中で言い添える。

夫人は気づかずに続けた。

「この子を完全に物として扱う人には名前探しを託せません。その点ここは心を大切にする美術の国ですから安心してますの」

孝弘はあえて返答せず、少年の顔から視線を外し、「ネームプレートはこれですね」と首に掛けられた銅色のチョーカーを持ち上げた。

軽い。金属ではなくてダイキャストか何かだろう。ペンダントトップにあたる部分が大きく斜めに割れていて、かろうじて〈My Nam〉と読める。おそらく〈My Name Is なんとか〉と彫りこまれていたに違いない。

「お二人は人形を常に名前で呼ばれるのですか」

訊くと、夫妻は微笑をたたえて頷いた。

「もちろんですわ。ナンシー、リト、ジョン・ビー、サユリ……みんな私たちのかわいい子供です」

「実際の子供も五人育て上げましたがね、みんな独立していきました。学会の都合で家を空けることが多いのでペットは飼えないし、老夫婦の密かな楽しみというところですよ」

孝弘は沈黙を守った。自分は人形を名前で呼ぶ趣味はないが、この夫婦にはある。それだけのことだと思いこもうと努力していた。

静寂が会議室を支配した。一番落ち着かない様子だったのは、意外なことにサリーだった。

孝弘は薄汚れた人形を見た。次にルイーザを見、カミロと目を合わせた。最後に傍らできゅっと唇を結んでいるサリーを見遣ってから、短く告げた。

「とにかくお預かりします」


分析室へのお使いはサリーに行かせることにした。

廊下でバスケットを渡された彼女はもちろん「私が、ですか」と訊いた。孝弘はにこやかに「そうだよ」と答え、「分析結果は、僕と君とに同報するように伝えてくれ。それを見てから二人で検討しよう」と付け加えた。

彼女はいらいらと髪を撫でつけた。

「私には無理です。だからあなたにお願いしたんです」

「僕にだって無理かもしれない。でも、僕がやろうと君がやろうと、まずは分析室へ人形を持ちこんで結果を聞き検討するという手順を踏むはずだ。それも直接接続者にしかできませんとは言わせないよ」

彼女はこくんと頷く。「いいでしょう。使い走りなら私にもできそうですから」

「そうじゃないよ。協力しようと言ってるんだ」

大きな瞳がきろりと上を向いた。

「でも、最終的にあなたは〈ムネーモシュネー〉のイメージ検索を使うんでしょ？　いくら分析したって名前が出てくるわけじゃないし、結局はあの二人を納得させるためにこの人形と似た印象の作品を女神に探させるんだわ。非接続の私が協力する余地なんかないじゃないですか」

孝弘はゆるく腕組みをし、片足に体重を寄せた。

「君はすでにいくつかの類似品を選び出し、モンテシノス夫妻に提示したんだろう？」

「そうですが」

「だったらもう僕が〈ムネーモシュネー〉にイメージ検索させる必要はないんじゃないかな」

「まさか。とてもじゃありませんが私の作品選抜は直接接続者のように網羅的なものでは——」

「検索のヒット数が多ければいいってもんじゃないよ。問題はデータの絞りこみ、つまり、何をもってして似ているとするかであって、夫妻以外の篩《ふるい》を使わざるを得ないからには、君の端末操作も僕のイメージ検索も同じ立場なんだよ。君の作品選抜で引っかからなかったんなら、僕が同じような篩で瓦礫を掻き回すんじゃなくて、別の素材で篩を作り直すべきなんだ。新しい篩は分析室が叩き出す客観的データで編み直すのが最良の道だと思うんだけど、違うかい？」

サリーの唇がむずむずと撓《しな》った。が、ついに彼女は反駁しなかった。


〈アフロディーテ〉に爽やかな風が吹き渡る。M《マイクロ・ブラックホール》B方式で繋《つな》ぎ止められた僅かな大気が身じろぎをし、道行く人々の髪や裳裾《もすそ》を揺らしていた。

若いカップル、気楽な女同士の旅を楽しむご婦人方、賑やかな観光客の一団、スケッチブックを抱えて足早に急ぐ学生。風の中を風のように過ぎる人々。

道端のベンチに腰かけた孝弘は、視野に入るすべての人に、人形の名前を知りませんか、と訊きたい気持ちでいっぱいだった。

早くこの問題を片づけてしまいたい。

彼は無性に〈ムネーモシュネー〉と正しい関係を結びたかった。こちらの曖昧な問いに〈ムネーモシュネー〉がさりりと答える瞬間の、あの胸のすくような感覚が恋しかったのだ。ささくれかけている直接接続学芸員の矜持《きょうじ》を〈ムネーモシュネー〉を使いこなすことによって一刻も早く修復したい。でなければ、なんだかこのまま身体が軽くなってくしゃくしゃと潰れ、そよ吹く風に飛ばされてしまう気がする。

サリーの褒《ほ》め殺しはボディブローのように後になって効いてきていた。彼女と別れて丸一日経ってからようやく自分がいかに必要以上に頑張ってしまったかを知り、じわじわと疲れが滲み出てくる有り様。自分は万能でないと知らせるには見栄が邪魔をし、有能さを見せつけたいのに五里霧中といったところだ。

彼の膝の間のF《フィルム》モニターには、かの人形の画像が映し出されていた。何度見ても好きになんてなれなかった。

突然、頭の上から声が降った。

「こんなところでサボってる」

「ああ、ネネか」

後ろ手を組んで孝弘の前に立った長身の黒人は、大袈裟な仕草でFモニターに目を眇《すが》めた。

「やっぱり苦労してるってわけね」

「そうなんだ。分析結果が思わしくないのか、それ以上だったのか教えてよ」

「予想通りに思わしくないさ。トーマスに頼みこんでアドバイスを貰おうとしたけど、この手のものは叩いたって埃《ほこり》も出ないとさ。いや、本当に叩いたらもうもうと埃が立つくらい汚れてるんだけど」

ネネはしなやかな動作で孝弘の隣に腰掛けた。すっと手を差し出す。そこにはレモネードのカップがあった。

彼女は自分のぶんを啜《すす》りながら「髪の毛だけは変よね。一般の量産品なら植毛でしょうに、わざわざ鬘《かつら》にしたのはどうしてかしら」と、モニターに映ってもいないことをさらりと言う。

まいった。ネネは準備万端整えてから自分の前に立ったのだ。孝弘は観念して助力の申し出を素直に受け入れることにした。レモネードのカップを軽く捧げて感謝し、一口啜る。

「ミシン植毛ができない製作環境だったんじゃないかな。ヘッドがこれまた中途半端な品物でね。一応は型抜きの量産品なんだけど、質の悪さからして人形専門の業者が作ったようには見えないんだ」

「半分ハンドメイド、半分量産品か。二十一世紀初頭の民芸関係ってそんなのが多いのよ。情報伝達手段や製作技術が発達してきて、素人でもちょっとしたものは作れるようになっちゃったから。この間も手捻《てびね》りのカップにすごくいいものがあってね、すわ隠れた銘品かと思ったんだけど、調べても調べても出自が判らないのよ。結局、組成からしてパーソナル型の電気窯《がま》で焼いたんだろう、って。日曜陶芸家の作だったのね。いまだに民具部と陶芸部が取り合いしてるわ」

孝弘は〈アテナ〉内部の騒動を頭に描いてくすりと笑ってしまった。

「たぶんこれもその手の輩《やから》が作ったんだろうな。どうであれ、鼉と服は年代測定でヘッドよりも新しいことが判ったからこれ以上調べても坊やの名前とは関係なさそうだ」

「ネームプレートは製作当時のオリジナルなんでしょうね？」

「もちろん。当時の文房具屋で売っていたありふれたものだったよ。特殊なペンで文字を書き入れて熱加工すれば浮き彫り《エンボス》になるタイプ。だからこっちも手掛かりなしだね」

「あとオリジナルのままなのは、ヘッドとボディと……」

「服を脱がせてびっくりの、クマさんの下着」

Ｆモニターの画像が孝弘の意向に反応して、黄色いクマの模様のくたびれたプリント布に変わる。

「Uネックのシャツと、同じ柄のトランクスだったわよね。ボディに縫いつけてあるって本当？」

「本当だよ。わざわざ縫いつける理由があったのかな。ペイント処理じゃなくてせっかく布を使ってるのに、これじゃ着せ替えを楽しめない。第一、ボディもソフトビニールなんだから一針一針留めていくのはかなりたいへんだったはずだ」

「なんらかの意志があったと見るのが筋ね。布を使うにしても単に恥ずかしいところを隠すだけなら接着でいいんだから」

「分析室には、シャツを中心にさらに詳細な調査を頼んである。汚れの成分にヒントがないとは限らないからね。同時進行でサリーにも手伝ってもらって布の出所を洗ってるところなんだ」

　サリーの名前が出た瞬間に、ネネは猫のように笑った。

「彼女、あなたも地道な調べものをするって知ってどんな反応だった？　直接接続者は何事も華やかにぱぱっと解決しちゃうと思いこんでるみたいだけど」

「うん。僕が虱潰《しらみ》しに問い合わせを発信するところを見て、ぽかんとしてた」

　ネネは残った氷を頬張り、がりがりと小気味よく嚙み砕いてから、

「直接接続者は検索が容易になるだけであってけして普段の仕事が減るわけじゃないのよねえ。で、クマさん探しの手応えは？」

孝弘は空になったプラカップをわざわざ目の高さに持ち上げて、握り潰して見せた。

「はいはい、判ったわよ。じゃあ、まだ人形の名前どころじゃないってことね。坊やも可哀想に」

「可哀想なのはこっちだよ」

溜め息半分に言いつつ、孝弘はFモニターを道行く人々へ向けた。

「この子はだあれ？　この子を知りませんか」

もちろん小声だ。ネネも孝弘の心情を酌《く》んで頰笑むにとどめていた。

「人形好きのあなた、この子の名前をご存じないですか。この子は誰ですか？」

通りすがりの人々は、彼の呟きに気づかないまま、さまざまな姿態で孝弘の眼前をよぎる。

「知りませんか？　僕とは違って愛情深いあなた、この子のことを知りませんか？」

リボンをつけた少女に連れられた金色のボルゾイ犬が、孝弘のほうへ長い鼻面を向けて、うおん、と一声鳴いた。

「ありがとう」孝弘は苦笑した。

ボルゾイくん、君の名前はなんだい？　僕が昔飼っていたピレネー犬はサチといったんだよ。犬同士の会話でも名前で呼び合うかい？　それは飼い主の付けた名前だろうか、それとも生まれながらに持っている真の名前だろうか。

ある記憶が孝弘の心の奥底から静かに立ち上がった。

真っ白のむく犬と、その横で転がり遊ぶ五匹の仔犬たち。色とりどりの五枚のタオルを、噛みしめたり引きずったり。生まれて三週間目だった。かわいい盛りだった——。

「どうしたの」

ネネが顔を覗きこんだ。いや、と孝弘は照れる。

「仔犬を手放した時のことを思い出してたんだ。せめて名前を付けてやればよかったかなあ、って」

ボルゾイと少女は、軽やかに弾みながら孝弘の視界の中で小さくなっていった。

サリーからの泣きが入ったのはその日の午後、〈ミューズ〉との企画会議の最中だった。地味な朗読会をいかにイベント化するかという十年一日の議論を聞きながら、孝弘は頭の中で彼女への返答を綴った。

——駄目だ駄目だって決めてかかっちゃいけないよ。肌着メーカーとファブリック・デザイナー組合はチェックが済んだ、それだけでも進歩だと思わなきゃ。各地の児童館とテディ・ベア系の博物館は僕がすでにやっておいた。ほら、だいぶ範囲が狭まってきたじゃないか。

〈ムネーモシュネー〉は端末のマイクへかじりついているであろうサリーの声を孝弘の内耳に届けてくれる。

――強がりを言わないでください。あなただって本当は辟易してるんでしょう？　もういいんじゃありませんか。ここまで調べて該当しなかったんですから、そろそろご夫妻にギブアップを告げていい頃合いだと思います。私たちは美術品を扱う学芸員であって子供の下着の匂いをたどる探偵ではありません。

会議中にもかかわらず、にやっと笑ってしまった。列席している四人が奇妙な顔でこちらを窺う。孝弘は人差し指で顳《こめかみ》をつついて交信中であることを示し、愛想笑いでなんとかその場を切り抜けた。

――君が直接接続者を自分と同列に置いてくれて嬉しいよ。学芸員の自覚が出てきたのはもっと嬉しい。

そう綴ると、あからさまにむっとした様子が伝わってきた。孝弘は構わずに続ける。

――でももう一つだけ当たってみよう。

――まだ何かさせるおつもりですか。

――うん。頼むよ。プリント柄を持っていそうなところは他にもあるだろう。ほら、ああいうのって流行があるから、文化の視点で捉えたら？

――歴史風俗系の博物館ですか。人形の照会は終わりましたが……。もう一度布で問い合わせろという意味ですか？

――今度は「こんな人形」じゃなくて、ずばり「この布」で訊いてみて。人形は見る人の印象で違って見えるけど、布は当たりはずれがシビアだ。案外この方法で人形そのものも引っかかるかもしれないよ。ああそうだ。「下着をボディに縫いつけたタイプ」も忘れずに調べておいてくれ。同じ製作者の別シリーズがひょっこり顔を出すかもしれない。

——……判りました。

サリーが素直に応じたのは、自分の調査法に納得してくれたからだと思いたい。

通信が終わった時、会議を話半分で聞いていた孝弘に新たな試練が与えられていた。朗読会は〈デメテル〉の薔薇園で行なうことになっていて、その調停役に自分が決まっていたのだ。

孝弘は、〈デメテル〉の稼ぎ頭である薔薇園を貸し切りにする交渉がどれだけ困難かを必死になって説明した。結局は逃れ切れず、落胆して会議室を出ると、はや世界は暮れなずむ夕刻であった。

それからというもの、サリーからは二時間おきに報告が入った。

駄目でした。ここにもありませんでした。あっちも該当なしとの返事でした。

報告には無言のメッセージが付与されている。ほらやっぱり無駄じゃないの、直接接続者が担当してこの体《てい》たらくなの？　と。

孝弘の調査も行き詰まり、汚れの分析結果もまだ返事がないことを知ったサリーは、夜中の三時の報告でついに苛立って提案した。

――〈ミューズ〉に頼んでこの少年ぴったりの名前を付けてもらうわけにはいかないんですか。あなたの権限なら依頼できるでしょう。

――捏造するのは気が引けるな。

――捏造じゃありません。立派な命名行為です。ベートーヴェンの『月光』ソナタだって『ピアノのための幻想曲ふうソナタ嬰《えい》ハ短調』を後世の人が勝手に『月光』と呼んだんです。

――ちょっと違うんじゃないかな。『月光』はｏｐ．２７の２という記号にイメージを付加しただけで、元の名前を無視したわけじゃない。仮に埋もれていた資料が見つかって作曲家本人があれを『湖上の小舟』と呼んでいたと判ったら、君は学芸員としてどうする？　関連資料すべてにこちらが本当ですと付け加えるだろう？　どんなに違和感があったって本当の名前には作者の思いが籠っている。他人がそれをねじ曲げてとやかくするのは不遜じゃないかな。

――たかが人形に不遜とは、ずいぶんお優しいんですね。だったらどうするんですか、タシロさん。

喧々《けんけん》とサリーが叫ぶ。

そろそろ潮時かもしれない。

――サリー。もう充分に判ってくれただろうけど、直接接続学芸員はけして万能じゃないんだ。願わくばこのことを落胆でも反発でもなく同僚に対する同情でもって受けとめてほしい。明日の朝一番でモンテシノス夫妻を二人で訪問しよう。いいね。

サリーは、ふふっ、と軽く笑った後、

——それがいいと思います。

と答えた。

にこやかなルイーザに招き入れられたホテルの一室は、学者らしく雑多な資料が散乱していた。カミロは〈デメテル〉での講演を終えたばかりで疲れた様子だったが、それでも資料室から借り出した端末は部屋の隅で絵画カタログのページをめくり続けていた。

孝弘は一つ吐息をついてから、なるべく淡々と聞こえるようにこれまでの経過を報告した。彼らは孝弘の話を辛抱強く聞いた後、汚れの分析に大いに期待しています、と力を込めた。

本題を封じられた形になった孝弘を、サリーは冷ややかに見ている。

「あれは分析室でよくしてもらっているだろうか」

唐突にカミロが言った。孝弘は面食らったが、なんとか話を合わせた。

「あなたがたと同じようにとはいきませんが、ぞんざいな扱いはしていませんからご安心ください」

「ねえ、タシロさん」ルィーザが優しく語りかける。「もしかしたらあなたも顔学者と同じく、たかが人形の名前など、と思ってらっしゃるかもしれません。いえ、取り繕わなくてもいいのよ。物に対する愛情は人それぞれですから。ただ、私たちは名前には霊性があると思っています」

「霊性、ですか？」

孝弘が訊き返すと人類学者はゆったり頷いた。

「名前は個体識別のためにだけ存在する記号ではないと思うんですの。私たち言語を操る知的生命体が付ける名前は、そのものの本質を感じ取ったり、かくあれかしと願ったりする、いわば個を個として認め愛そうとする意志の表われなのです」

絶妙のタイミングで恐竜学者が後を引き取った。

「私たちはあの人形が名づけ親の愛情を見失っているように思えてならないんですよ。後釜の私たちがどれだけ愛そうとしても、真の名前を呼ばない限り、割れたネームプレートの破断面が、違う違う、と非難し、少年の顔はよりいっそう曇っていくような気持ちがする。洋の東西を問わず、真実の名前を呼ばれると本性が表われる、という物語がたくさんありますね。あの子の名前を見つけることができれば、私たちを駆り立てる表情の謎も解けるのではないか、私たちの愛情を彼が素直に受け入れてくれるのではないか、と」

孝弘が返答に困って黙っていると、彼は軽い笑い声をたてた。

「職業病なんでしょうな。勘弁してください」

「失礼ですが、僕はあなたがたが科学者でいらっしゃるからこそ、そこまで情を重んじられるご姿勢を不思議に感じているのですが」

二人は刹那《せつな》、顔を見合わせ、上品に照れた。

カミロは言う。

「私たちが骨を扱う仕事をしているということはすでに会議室でお話ししましたな。骨には個人名がありません。種としての生態や解剖学的観点からはしつこいくらいの調査をしますが、その骨を身の内でそこまで成長させた持ち主自身の生きざまは、まったく見えてこないのです」

「あなたがたはご存じかしらね。ホモ・サピエンスよりも下等と看做《みな》される類人猿の骨と一緒に、花の名残りが見つかったことを」

「花ですか」サリーが呟く。

「ええそうなの。仲間が死者に手向《たむ》けたんだわ。もしも死者に名前があったなら、彼らはそれを呼んで泣いたでしょう。名づけの文化を持たなかったとしても、『ほかでもないその人』という命名の基本概念を用いて死を悼んだことでしょう」

「ある時期、私たちは二人とも、鈍感になってしまった自分を悲しんだのです。目の前の骨は石ではない。何かを思ってその発見場所へやってきて、何かの原因で死んでしまったのに、科学者は同定作業に必死になるあまり、生物の一部をただの物質として扱ってしまっていたのです」

「単なる試料を追悼の対象にしようとするのは、もちろん私たちのセンチメンタリズムですわ。けれど、本業においてはどうしようもないこの問題を、あの人形が肩代わりしてくれようとしている気がするのよ。私たちは、あの言問いたげな表情をした少年を今はまだ『人形』という種でしか呼べません。彼の名を見つけ、呼びかけ、慈しみ、これまでの学者人生で犯してきた、物であって単純に物ではなく生物の影を曳きながら生物ではないそれらに対しての数々の心ない対応を償いたいのです」

孝弘は唇を結んで考えた。自然と、お行儀の悪い腕組みをしていたが、気がつかなかった。

頭の片隅で仔犬が鳴いている。記憶の遠い彼方から賑やかな声が響いていた。

もしも今度犬を飼って仔犬が生まれたら、自分はすぐさま名前を付けるだろう。お気に入りの毛布で区別するだけで一度も名を呼んでやることなく手放したことを償い、自分自身の寂しさと後悔のトラウマを癒すのだ。いつもそれぞれの名を呼び、名を呼んで一匹ずつ抱きしめ、姿と名前を記憶にしっかり刻み、溺愛しすぎだと誰に笑われようとも、悔いのないよう精一杯かわいがるのだ。

そうして初めて、「犬は苦手じゃない」ではなく元のように「犬が好き」と公言できるようになるのではないか――。

仔犬の鳴き声に重なって黒猫が一声上げた気がした。

ネネの言っていた歩み寄りとはこういうことなのかもしれない。

「お話はよく判りました」孝弘は低い声で口を開く。「分析室からの報告が来る前に気弱なことを言わせていただければ、我々は恥ずかしながらあの人形の本当の名前を見つけ出すことはできないかもしれないと思っています。けれども、あなたがたの心を安らかにするための名前を授けることはできます」

「でも、新しい名前は駄目だってあなたが――」

「サリー、僕がしようとしているのは〈ミューズ〉に頼むのとはちょっと違うんだ。お二人に必要なのは、あの人形の名前じゃない」

目と口をまん丸にするルイーザに対し、孝弘は「極論です」と即座に断りを入れた。

「僕たち学芸員も、物であって単純に物ではない、作者の念が籠った芸術というものを相手にします。それらは見る側の心理を映して時々により千変万化の顔を見せる厄介者です。学芸員は作品の真の意図を汲《く》み取ろうとしますが、それが成功しているか否かは作者本人でない身には判りません。僕たちに正解が与えられない以上、どうして自分にはこう見えるのか、何に引きずられてこう見えてしまうのか、を深く追求し、自分自身を納得させなければならないのです」

三人ともが孝弘が次に何を言い出すかをじりじりと待っていた。

「あの人形の名前を得られない可能性が高い現状では、あなたがたは別の方法でご自分を納得させせなければなりません。つまり、あなたがたの思いがあの男の子を象徴とする『名前を失ったもの』すべてに向けられているのなら、もっと直接的に『あなたがたには名無しの悲しみに見えてしまう表情』を突き詰めて哀悼してやるべきではないでしょうか」

そこで彼は夫妻に身を乗り出し、

「ところで、今まで膨大な数の図版をご覧になったようですが、少しでも雰囲気の似ている作品には何かチェックを?」

「……え、ええ、まあ」

「助かります。ずいぶん手間が省けますし、何よりもあなたがたの納得が大切ですから」

「判らないわ、タシロさん。あなたが何をしようとしているのか、ちっとも判らない」

喚《わめ》きをかろうじて言葉にしたサリーに孝弘はにっこりと笑いかけた。

「うん、ごめん。直接接続者ならではの特権的提案なんだ。自分の能力の役立てかたがやっと判ったよ」

彼の笑みはあまりにも嫌味がなかったので、サリーはますます困惑の表情になった。

芸術、いや、物作りには、意志が働く。

ここを青にしたのはなぜか、尖らせたのはなぜか。すべては人が物を作る時の感情の表われであり、物を通して人が見えてくることこそが面白いのだ。

それは作者だけが持つ正解とはまったく違う見方なのかもしれない。けれども見る者は自らの審美眼への疑いと不安に倦《う》んで最後にはこう言う。自分にはそう見えるからこれでいいんだ、と。

「演算を終了しました」

リストバンドに繋いだ外部スピーカーから〈ムネーモシュネー〉の声が流れ出た。

孝弘も声に出して命じる。

「出力指定、テッサリア・ホテル507号室内B端子。端末は資料室からの貸し出しだ」

「了解しました。出力を資料室仕様に模倣変換《エミュレート》します」

四人の前に据えられたCRTモニターに顔が映し出された。生気のないぼんやりとした顔だった。まるで人形のような表情だ、と思ってから、孝弘は、それでいいのか、と苦笑した。

「これは?」カミロが訊く。

「お二人がチェックしてくださっていた図版に、〈ムネーモシュネー〉が数値的に選んだあの人形の類似品を加えてモンタージュしたものです。ここに、人形そのものの顔を重要度を上げて加えてみます」

孝弘は頭の中でその指示を女神に伝えた。画像はあまり代わり映えがしなかった。

「どうですか」

目をうろつかせる夫とは違い、適応の早いルイーザが「あの少年はもうちょっと無機質な感じがするわ」と答えた。

孝弘はもう一人の学芸員に「どんなのがいいと思う？」と水を向ける。

サリーは、瞬間、戸惑った後、「デルヴォーが……。彼の超現実的《シュールリアリスティック》な裸婦ならお二人に選んでもらえるのがあるかもしれません」と小さな声で応じた。

直接接続学芸員は〈ムネーモシュネー〉に人形とポール・デルヴォーの類似性を洗い出させ、合致度の高い順に十枚の絵画を分割表示させる。夫妻がその中から四枚を選んだので、女神はすでにモンタージュに組みこみ済みのそれら絵画の重要度をわずかに上げた。

夫妻はまだ得心がいかない。当然だろう。人形そのものに縛られた心は、類似品ごときに騙されないだろうから。

孝弘は彼らの思考を邪魔しない程度に言い添える。

「指示は遠慮せずに出してください。〈ムネーモシュネー〉に感情はありません。いま彼女は顔学者と同じくデータの分析を行なっているにすぎないのです。あなたがたの意向のみを反映させるのが大事だと思われますのでこの場はお任せします。人形嫌いの薄情な女神とやり合うつもりでとことん文句を付けてください」

「このあと、タイトルを抽出するのだったね」カミロが自信なげに言った。

「そのつもりです。人形の名前は失われていますが、モンタージュに使用した写真や彫刻や絵画には、作者によるタイトルが残されています。作品の作者たちが人物の表情に託したものを、タイトルがある程度示してくれるのではないかと僕は考えています」

「少し判ってきましたわ」と、ルイーザが言った。「私たちはあの人形を見たいようにしか見ていなかったのかもしれません。これまで個々を顧みなかった負い目が、あの不可思議な表情を名無しの悲しみに見せていたように思います。私たちにとって一番大切なのは『一体の人形』ではなく『他でもないあの少年の人形』を理解しかわいがることです。もちろん名前を見つけてやれればその霊性によって『彼』は彼自身を取り戻すでしょうが、そうしてやれない以上、あの表情の理由を知ることで『彼』の魂そのものを理解してやろうと……そういうわけですね」

ええ、と答えかけた孝弘の動きが止まった。

〈ムネーモシュネー〉が演算の間隙を縫って分析室からの呼び出しを伝えている。

――メッセージが入りました。発信者、分析室室長カール・オッフェンバッハ。

「サリー、ちょっと頼む。端末から〈ムネーモシュネー〉を操作できるようにしておくから」

大きな目がこれ以上ないほどに見開かれた。唇は今にも「私には無理です」と叫びそうな形。

「大丈夫だよ。資料室で鍛えられてきた君の能力は、〈ムネーモシュネー〉のイメージ検索に負けちゃいない。さっき的確にデルヴォーを選び出したじゃないか。それに通常の検索操作は君のほうが僕なんかより格段に巧いはずだよ」

——〈ムネーモシュネー〉、カールに繋いでくれ。

孝弘の内耳に、聞き慣れた分析室長のだみ声が響いた。

——布の汚れの分析結果だ。お待たせ。聞きたいかい？

——じらすなよ。こっちは今、佳境なんだから。

室長はそれを聞いて急にプロフェッショナルらしい真面目さを取り戻した。

——襟元から食べこぼしらしいのが出たよ。たぶんビスケットとミルクだ。古かった上に洗濯済みだったので分離に手を焼いてた。唾液成分もわずかながら含まれている。

——なんだって！　誰かの古着のリフォームなのか？

——年代測定ではこれらの汚れは人形とほぼ同い歳と出た。のちのオーナーたちの粗相ではなさそうだ。

——じゃあ、着用済みの本物の肌着にネームプレートということは……。

——そうだな。あの人形は実在の子供をモデルにしたんだろうな。あまり聞きたくない結果だとは思うが。

カールは孝弘の気持ちが判っているようだった。実在の子供をネームプレート付きの人形にして量産する動機はそれほど多くは思い当たらない。

生誕記念の配り物だとすると、新生児の姿でないのが不自然だった。何らかのパーティの引出物だとしても表情がふさわしくない。しかも汚したままのシャツを着せているとなると、祝いの気分よりは思い出への固執が透けて見える。老人が孫たちの名前を忘れないために作った？　いや、それでは量産する理由がない。

つまりこれはカールの言うとおりあまり聞きたくない結果なのだ。

この子を覚えておいてね、と死者の人形を配る親など、同情しこそすれ、行為自体は悪趣味の極みではないか。

モンテシノス夫妻が人形から追悼の気持ちを引き出されたのも、こうなってみると至極真っ当な反応だったといえる。

——唾液のDNA解析は必要ないな？

カールが念を押した。

——要らない。分析してもあの時代じゃ無名人の特定ができるはずもないから。

——判った。夫妻にはうまく伝えろよ。何かあったらまた連絡してくれ。

「これくらいでいいでしょうか」

孝弘が分析室長との交信を切ったと同時に、サリーが一同を見渡して確認を取った。

モニターの顔は先ほどとは微妙に変わっており、夫妻は諦めをこめて弱く頷いた。

死者人形であるらしいことを告げあぐねている孝弘は、半ば自動的に事を進めてしまう。

「では、タイトルからピラミッド解析を行ないます」

「ピラミッド解析？」同僚は疑わしそうだった。「そんなの初めて聞きます。これも直接接続者ならではの特権的手段ですか？」

「僕ならでは、かな。検討対象の語句を〈ムネーモシュネー〉に渡し、彼女のこれまでの学習に基づいてそれに関連のある新たな単語をいくつか提出させる。それをネズミ算的に何層か繰り返した後、今度は言葉の群れを絞りこむよう演算していくんだ。意味をいったんピラミッドの裾野のように拡散させているのは、語句の表層だけじゃなく比喩やシンボライズを洗い出すためだ。だから結果は必ずしも元の単語へ戻るわけじゃなく、思いもかけない真相が立ち表われることもある。〈ムネーモシュネー〉を手に入れたばかりの頃、この手法を思いついて勝手に名前を付けておいた。実際に試す日が来るとはね」

サリーは、初めて、感心の吐息を孝弘に送った。

「分解した上でシステマチックに再構築するピラミッドは、玄室の位置も正しいキャップストーンも明らかになるというわけですね」

「だといいんだけど。今回は最初の語句が夥《おびただ》しい数のタイトル群だから、唯一のキャップストーンを見つけるためにはいくら女神様でもかなりてこずるだろう。さあ、始めてみようか」

孝弘は〈ムネーモシュネー〉にピラミッド解析を命じながらも上の空だった。

叶うことなら、解析が夫妻の納得する語句を叩き出し、表情の謎が解けた喜びの中で人形の正体をうやむやにしたまま幕を引ければいいのだが。

しばらくして〈ムネーモシュネー〉が、

「演算を終了しました。拡散方向五階層では語意を絞り切れませんでした」

と告げた。

「じゃあ、七層にまで広げてくれ」

「了解しました。拡散方向七階層で演算を開始します」

部屋が静まり返った。

ひそとも音がしない中、孝弘の頭の中に、この子はだあれ、この子はだあれ、と言葉が響く。

この子の名前はなんていうの？　どうしてこんな表情をしているの？　名前がないから悲しいの？　生きてないから悲しいの？

「演算を終了しました」〈ムネーモシュネー〉が報告する。「解析結果、第一義は『漂泊』です」

サリーがぼんやり復唱した。「漂泊。居所がないとか、漂うとか、風来坊とかの？」

孝弘は目を閉じた。

そして瞑目したまま天を仰ぎ、ああ、と声を漏らした。

「漂泊。死者じゃないかもしれない。あの仔犬たちのように。僕は仔犬の毛のついた五枚の毛布を長いこと家の前に置いていたっけ。いつまでもそれを通りからよく見えるところに広げて、誰かが様子を知らせに来てくれないかと……」

「タシロさん、何のことですか」

ルイーザには答えず、孝弘はかっと目を見開いて女神に命じた。

「〈ムネーモシュネー〉、通信だ。カール・オッフェンバッハに繋いでくれ。唾液のDNA解析を頼みたい」

気圧《けお》された三人は、厳しい顔をした直接接続学芸員を見守るしかなかった。

「まさかロスト・チルドレンだったとはねえ」

孝弘からコーヒーを受け取りながら、ネネは首を横に振った。

「昔は子供が行方不明になることも多かったようね。ミルクパックのパッケージに捜索願いの写真を印刷することもあったようよ。でも、そっくりさんの人形を特注してまで情報提供を促すだなんて、親の悲しみって深いわよね」

孝弘は苦い液体を一口啜ってから、風吹き渡るベンチに腰掛ける。

「着古したシャツを頑丈に縫いつけたのは、身元判明に必要なDNAを知らせるためだったんだ。今みたいに申請すれば自分の遺伝子データが数値でもらえる時代じゃなかったから」

「その子の肌着を汚ないものから選んで人形たちに着せたんでしょうね。鬘になってしまったのも判るわね。おそらくオリジナルはいくらか自毛が混じってたんじゃないかしら。ブラシから掻き集めたり部屋で拾ったりしたやつが」

「たぶんそうだろうな。人毛は傷みが早いのでオリジナルが残らなかったんだよ」

「で」と、ネネは横の孝弘に向き直った。「国際警察の記録はどうなってたの」

「行方不明リストの中から人形のそっくりさんはすぐに見つかった。でもその子自身の行方はついに判らなかったそうだ」

可哀想に、とネネが呟く。

孝弘はさきほど、この結果を夫妻に伝えてきたばかりだった。

ルイーザは分析室から戻された人形を大切そうに撫でながら、

「今さらですが、あなたのお話で腑に落ちたことがあります。私たちがこの子の表情に見覚えがあったのは、学生時代に受けた復顔術の授業のせいだったんですわね」

と、感慨深げだった。

かたわらで人形の顔を覗きこみながらカミロも同意する。

「教諭によく言われてましたな。肉を盛る時には感情を排せ、と。けれどまだ骨に慣れない若い生徒たちは、どうしても死の影を感じて悲しい顔にしてしまうんです。これではいけないと思うと、今度は変な笑い顔になったりしましてな」

「顔学者の言っていた意味も今は判ります。彼がこの人形を嫌ったのは学生の作る中途半端な復顔像の印象を受けたからだし、私たちに親切でなかったのは学生と同じレベルの感情過多に手を焼いたからですわね」

夫は妻の肩を軽く叩いた。

「私たちはまたもや個体識別ではなく種の同定をしてしまっていたんだよ。死を意識するまいとの努力をもって作られたこの人形は、復顔像たちと同じ種だったんだ」

孝弘はぽつりと告げた。

「国際警察への問い合わせでこの子の名前が判明しました。けれど、それを知るには、彼の不幸な人生を具体的な情報として引き受ける覚悟が必要かと思われます。どうなさいますか」

夫妻は即答した。「ぜひ、教えてください」と。

「私は妻と一緒にこの子の親族を探すつもりでいます。もしも彼らがその名を覚えていたら、この子を家族のところへ戻します。きっと彼らは、おかえりなさい、と迎えてくれるだろうから」

「もしも覚えていなければ、もちろん私たちがかわいがりますわ。頭を撫でて、手を握って、朝な夕なにその名を呼んで」

ネネはその話を黙って聞いた。孝弘は彼女の横でもう一口コーヒーを含んだ。

彼はまだ、人形をかわいがることについて本当に理解はできていない。

いくら夫妻が人形を慈しんでも、死んでしまった子供の魂は救われない。救われると思うのはそう思いたいからであって、まさしく生きている人間のエゴだ。けれど少なくとも制作者の魂は救えたのではないかと思う。産み出し、名を与え、かくあれかしと念を籠めた両親の思いだけは……。

「あ、また来たわよ、あの犬」

顔を上げると、風の中、少女とボルゾイが小走りに近寄ってくるのが見えた。

孝弘はプラカップをベンチに置いてすらりと立ち上がる。

「やあ」

彼は少女に近づいて笑いかけた。

「かわいい犬だね。名前はなんていうの?」

Ⅲ

夏《なつ》衣《ぎぬ》の雪

「笛のリサイタルにどうして〈総合管轄部署《アポロン》〉が首を突っこむんです？」

はや逃げ腰の田代孝弘に対し、案山子《かかし》は一言返してくれた。

「まあ、掛けなさい」

孝弘は座り心地の悪いソファにどっと腰を落とし、大きく吐息をつく。

彼とて判っているのだ。博物館惑星〈アフロディーテ〉の名物所長、案山子ことエイブラハム・コリンズが椅子を勧めるときは、もう何がなんでも自分に担当させるつもりなのだということを。

「笛といってもね」と、エイブは痩身に不釣り合いな丸い顔に笑みを広げて言った。「ジャパニーズ・バンブー・フルートなんだ」

「ですから？〈音楽・舞台・文芸部門《ミューズ》〉にだって日本人はいますよ。しかもあちらは便利屋の僕と違って邦楽の専門家だ」

「ああ、いつもながら冷たいな。ミワコは君がこの舞台を担当することをとても喜んでいたぞ」

孝弘は一瞬天井を仰いだ。

「あなたのせいだったのか。ゆうべ帰ったら、家中が呉服屋の店先みたいになってた」

案山子は、細い首から西瓜《すいか》頭が転げ落ちそうなほどに遠慮なく笑う。

「そうか、君の新妻はキモノで来るつもりか。ミワコのスタッフ・パーティ好きは変わらんな。いや、君を摑まえようと連絡を入れたんだが、元第一秘書の顔を見るとついつい仕事の話をしてしまって。一応、私から直接話すからと言っておいたんだが……そうかそうか、態度に出たか。ははは、ミワコらしい」

「コリンズさん」孝弘はいつまでも続く上司の馬鹿笑いを遮《さえぎ》った。「僕も、美和子の話ではなく仕事の話をうかがいたいんですがね」

案山子はぱくんと口を閉じ、そうだな、と言った。

「まずリサイタルの企画書を見せよう。原文は日本語だ。壁面投影しようか？」

「いえ、どうせデータ取得しますので、転送を」

孝弘は左手首のリストバンドから薄いフィルムを取り出した。

——〈記憶の女神《ムネーモシュネー》〉、接続開始。所長からの転送情報を。出力先《アウトプット・デバイス》、F《フィルム》モニター。

――了解しました。

と、瞬時にフィルムにそう書きこまれる。彼の頭脳と直結された〈アポロン〉専用のデータベース・コンピュータは、直接接続していないエイブののろくさいキーボード操作をじっと待ち、やがて、一連の文字を一気に吐き出した。

「へえ」企画書を読む孝弘は、久しぶりに自分の中の日本人の血を思い出す。「ただのリサイタルじゃなくて家元襲名披露なんだ。広告代理店がらみのイベント仕立てとはまたご大層な。笛方《ふえかた》・十五代目襲名鳳舎霓生《ほうしゃげいしょう》。ああそうか、まだ若いんだ。十六歳ならイベント屋が邦楽界のアイドルとして祭り上げるのも判る」

「で、だな……」

案山子は表情を変えないまま、鳥がらのような指をもじもじと組み替える。

「実はそのイベント屋とゲイショーのマネージャーが早々と到着してて、だな……。六階でプロデューサーを待ってるんだ」

顔を上げた孝弘はエイブの表情に嫌なものを感じて恐る恐る訊いた。「プロデューサーって」

「君」

「僕？　そんな急な。リサイタルは三日後ですよ」

鼻を押さえた孝弘が身を乗り出すと、エイブは笑いだけをその場に残してぐっと身を引いた。

「それでも、君」

上司はにこにこっと赤ん坊のような顔をする。

「プロデューサーといっても名前だけだ。すべてはイベント会社が段取ってくれてる。うちはただ場所を貸すだけだし、これまでの手続きは私がみんなやったんだ。とはいえ、実際の準備段階まで私がしゃしゃり出ていくこともあるまい？」

「だったらやっぱり〈ミューズ〉の連中を」

エイブは、一瞬、気の毒そうな顔をした。

「まあ、先を読みたまえ」

もう日本語を懐かしんでいる余裕はなかった。

そして知ったのは、今回の襲名披露が〈動・植物部門《デメテル》〉の日本庭園で行なわれるということ、霓生の持つ笛が名器の誉れ高いということ、鳳舎家が〈アフロディーテ〉への謝礼に年代もののキモノ・コレクションを多数寄附するということ。

〈デメテル〉を引っ張り出しておいて何が場所を貸すだけ、だ。その上、名笛に着物となると〈絵画・工芸部門《アテナ》〉が黙っているはずがない。これでめでたく三部門打ち揃い、縄張り争いの整理に〈アポロン〉が必要になるという始末。

ちくしょう、厄介な実務はこっちに回そうっていう魂胆だ。

孝弘は心の中でさんざん悪態をつきながら額を掻く。その手がぴくっと止まった。

「何ですか、この思わせぶりな惹《ひ》き文句は」

エイブはまだ、責任回避のための無心な笑顔、というやつに固執していた。

「書いてあるとおり。先代も継承式典で見せたそうだよ」

「じゃあ、三代目霓亀《げいき》とかいう隠居名になる祖父も、霓生襲名の時にやったんですか」孝弘の眉が怪《け》訝《げん》そうに歪む。「夏に雪を降らせる、っていう奇跡を？」

「実は、降らなくて困ってるんですワ」

〈アポロン〉庁舎の展示準備室に派手な声の日本語が反響する。広告代理店の小田倉は、芝居掛かってぺちりと首筋を叩いた。

「いやなに、雪といってもホログラフでして。『回雪《かいせつ》』っていう題のついた夏の着物がありましてね。それに向けて家元が『勁雪《けいせつ》』ってぇ笛を吹くと、ちらちらーっと出るらしいんですワ。ところがそれがうまくいかないときてる」

ホログラフの大奇跡！　場末の遊園地じゃあるまいし。聞いて呆れるとはこのことだ。

孝弘は、自然と気のない受け答えをしてしまった。

「装置が故障したんなら、修理の者を呼びますが」

小田倉は白髪の混じった長髪を掻き回す。

「いや、なんというかよく判らんのですワ。なにせお家の秘芸のことで……先代の時のも記録映像すらないってんだから念入りだ。でもこちとらも段取りする都合ってのがあるんで、さっきやっと、瑛君《あきら》を拝み倒してリハーサルをやってもらった。そしたら、それこそ脳天貫くほどの音を出してもちらりともせず、なんですワ。瑛君も判らんの一点張りでして。演目の目玉の大奇跡がこれじゃあ、彼の言うとおり煽《あお》り文句を引っこめて普通の襲名披露にしないといけないかも」

男は頭垢《ふけ》だらけの肩をひよひよと丸めた。

「瑛さんって言うんですか、一緒にいらした霓生のマネージャーさんは」

「ええ。あ、ちょうどお出ましですナ」

孝弘の背後の扉がしゅっと開く。

「すみません、遅れました。どうも着物コレクションのほうでも手違いがあったみたいで」

そう言いながら入ってきた男はまだ若かった。いいとこ二十歳そこそこだろう。二枚目役の文楽人形をもっと精悍にしたような顔だな、と孝弘は青年の白い面《おも》を見て思った。

薄灰色の壁面に、彼の濃色《こいいろ》の和服が映える。黒に近い藍色と焦茶色の精緻な絣《かすり》模様、たしかこれは泥染め大島とかいう上等の着物だ。孝弘はけして和服に詳しくはないのだが、美和子が自慢気に広げていたので判る。

ぴっちり仕立てられた和服は、青年からえも言われぬ緊張を引き出していた。いからせた肩から腕に落ちる袖山《そでやま》の直線。襟元でVの字に輝く襦袢《じゅばん》の白。細い胴は何も補正していないのか、とかく上がってこようとする腹の角帯《かくおび》を両の親指で押さえこんでいる。

彼が頭を下げると横に分けていた前髪がさらりと落ちた。

「お世話になります。橋詰瑛と申します。十五代目霓生の兄の」

兄だって？　伝統芸能のほとんどは世襲制のはずだ。どうして長兄を差し置いて弟が襲名する？

目瞬きを繰り返す孝弘に、瑛は薄く笑ってみせた。

「私も霓柏《げいはく》という名で笛をやるのですが、祖父曰く、弟のほうが巧いらしいのでね」

口の端は笑みの形に吊り上がっているが、剃刀で切ったように細い目が微塵も笑っていない。

――〈ムネーモシュネー〉接続開始。

孝弘はそっと彼女に鳳害家の資料を要請し、後で読むからと加えた。

「それで、いま小田倉さんからホログラフが出ないとお聞きしたんですが」

「困ったことです」つっと視線が逸らされる。

「故障じゃないんですか」

「さあ。私は継承者ではないので雪の奇跡についてはあまりよく知らないんです。ただ祖父に言われたとおり、コレクション展示用の着物と、襲名披露用の道具一式を運んできただけで」

「よろしければこちらで調べますが」

「ええ、まあ……。祖父に許可をもらわないと私の一存では。しかし祖父は弟と一緒に山に籠っていまして」

「山？」

訊き返すと、小田倉が知った顔でしゃしゃり出た。

「特訓っつーわけですナ。若先生は野外で吹く機会があまりなかったそうですワ」

「もしかして連絡が取れないとか」

「はい。日に一度は向こうから自宅へ架けてくるようですが。今こちらは……午後二時ですか」

と、瑛は角帯の間から鎖時計を出した。七宝《しっぽう》を施した和装用だが中身は世界時計であるらしい。男にしては細い指がかすかに動いて、〈アフロディーテ〉の準じろグリニッジ標準時間の表示を消し、日本時間を繰り出した。

「駄目ですね。少なくとも明日にならないと。いつも日本時間の夜十時頃に連絡がくるそうですから、もう今日のぶんは済んでいる」

さらりと言う。

　リサイタルを目前にイベントの成否を賭けた問題が起こっている以上、プロデューサーとしてはそんな呑気なことは言ってられない。孝弘はできるだけ誠意を認めてもらえるよう、ぐっと顎を引いた。

「とにかく笛を調べさせてください。物品の扱いは心配要りません。分析室は〈アテナ〉傘下で、スタッフは美術品の専門家です。滅多なことはありません」

「そうですか。ではよろしくお願いします。僕としても雪の奇跡を取りやめるのは心苦しくて」

「よく言うよ」

　かすかな、しかし鋭い刺のある小田倉の声。孝弘はびっくりして彼と青年を見比べた。

　小田倉の口は憎々しげに歪み、言葉を浴びた瑛の瞳は冷たい炎《はむら》のようなものを映していた。

　この二人の間に何があるのかは知りたいが、深入りすると大変なのは目に見えている。

孝弘は焦って話題を変えた。

「で、お家元はいつこちらへ？」

　それがねえ、と、また小田倉が頭垢をばらまく。

「当日の朝の予定だっておっしゃるんですよ。これじゃリハーサルもできやしない」

　瑛は声高に非難したイベント屋を掬《すく》い上げるようにして睨んだ。

「小田倉さん。前にも言ったと思いますが、私たちはリハーサルなんてものはもともとしないんです。そんなに仕掛けの出来具合が心配なら、見世物じみた企画を潔く引っこめて、普通の演奏会にしたらどうですか。そのほうが襲名披露の格も上がる」

かちんときたのか、小田倉が豹変した。したたかな、業界人の顔だった。

「格ね。これでも僕は伝統にしがみついてかつかつしてる邦楽界のお役に立とうとしてるんですがね。それに君がなんと言ったって、もう大《おお》先生も新家元も納得済みなんですワ」

瑛は目を伏せてふっと笑った。「そう……でしたね」

「そんじゃ田代さん、『勁雪』と『回雪』はそこの桐箱の中ですのでよろしく。衣桁《いこう》も持ってくと便利ですよ」

「カートを準備したほうがよさそうですね」

小田倉の応対をする孝弘の背後で、立ち去る瑛の裾がしゅっと鳴った。


机と椅子とカウチしかない直接接続者専用個室で、孝弘はサンドイッチの最後の一切れをコーヒーと一緒に流しこんだ。〈デメテル〉の出張売店まで足を伸ばして買った新鮮な野菜サンドだ。分析室へ着物を届けていたのでようやくありついた遅い昼食である。ほとんど嚙まずに飲みこんでしまってから、彼は、データを見ながらの食事にはもったいなかったと後悔した。

文字の並んだFモニターを指で弾くと、大きく伸びをする。

「ええい、案山子め。いつもいつもやり甲斐のある仕事をまわしてくれて」

小田倉の言葉を思い出すと、さらに嘆息が漏れた。彼は瑛が退室すると肺を丸ごと吐き出しそうな溜め息を轟かせたのだった。

「いやあ、襲名披露の格とはうまいこと言うもんですナ。全身から、弟憎し、って蒸気がもくもく上がってるってのに。田代さん、よく調べてくださいよ。雪降らしがうまくいかないのも、あの半オカマの小細工かもしれませんしナ」

孝弘は調子の良さだけで世を渡ってきたようなこの男の話を全面的に信じたわけではなかった。しかし最悪の事態というものに対しての心構えはしておくに越したことはない。

事実、瑛の糸のような目と冷徹な声からは、雪の奇跡を快く思っていないことが充分窺《うかが》えた。それに、鳳舎の看板を背負って準備に携わる彼が雪降らしに関して何も知らされてないのはおかしいのではないか。

孝弘は画面に目を戻し、所長があえて渡さなかった重要な資料をもう一度ぴんと弾いた。これを見るとエイブが逃げを打った理由がよく判った。世界最大の人物データベース〈点呼《ロールコール》〉にある鳳舎家の事情はこうだ。

十四代目霓生、つまり瑛兄弟の祖父は、邦楽界屈指の笛方として名を馳せる一方、独奏者として前衛的なセッションにも参加する柔軟な芸風をもって知られていた。が、高齢の上に重ねて昨年交通事故で手を痛め、一部の体組織を人工のものに変換。日常生活には支障がないが素人には判らぬ芸の上の障《さわ》りがあるらしく、霓亀と名を改めて相談役に退くことになっている。

瑛こと霓柏も当然のように幼少より父と祖父の手ほどきを受け、卓抜な超絶技巧で名を馳せてきた。しかし親身に教えてくれた父が十五代を襲名しないまま他界して以来、定期演奏会でもどことなく軽んじられ、ついに、一年ほど前からは流派の理事および事務局長に就任したという建前で奏者としてではなくマネージメント業務に専念している。

反対に十五代を継ぐ弟は、十六歳では無理もないが兄と違ってまだこれという功績もない。評論家の筆は、演奏は粗雑でまだまだ未知数、と手厳しかった。

なぜ、巧いお兄ちゃんが事務に下り、粗削りの弟がお家元様なのか。祖父の依怙《えこ》贔屓《ひいき》か何らかの確執か。

「いくら〈アポロン〉でもお家騒動の調停は管轄外だぞ」

愚痴をこぼした瞬間、耳の中でころころとかすかな音がした。〈ムネーモシュネー〉が話したがっている。

孝弘の肩の力がふっと抜けた。彼女の慎み深さがありがたく頬笑ましかったのだ。彼女はただのデータベース・コンピュータだが、孝弘が深い思考の泥沼に溺れて脳内電位が上がっている時には優しい音でまずお伺いを立ててくれるのだ。自分勝手な人間どもとは大違い。せめて女房である美和子も少しは……ああ思うまい、爪の垢《あか》を飲ませたくともこの女神には身体がないのだ。

「いいよ〈ムネーモシュネー〉。接続開始。ご用はなんだい」

——メッセージが入りました。発信者、分析室室長カール・オッフェンバッハ。

「内耳出力してくれ」

——了解しました。『結果が出たよ、おちびさん』以上です。

内耳出力の場合、彼女は指示されない限り発信者の声を用いる。カールの間延びした物言いに孝弘は苦笑した。

——返信を。『早かったな、のっぽくん』。

——すでに発信者から、返信がなされた場合の返答が用意されています。

「えっ、なんて？」

——『急げと言ったのはお前だぞ。これ以上急げる奴がいるんなら連れてこい。踏み潰してやる』

〈ムネーモシュネー〉は、以上です、と澄まして言った。

科学分析室では、連日、机同士の陣取り合戦が繰り広げられている。各部署から回された試料が隣接する机上を侵犯し、分析機器のコードは境界線さながらに奔放なのたくりを見せている。侵略された側は参考文献の束を積み返し、機器の使用待ちリストにこっそり細工をする。

その場所争いはけして陰険なものではなく、むしろ稚気《ちき》溢れるお遊び気分に彩られていた。分析室はいつも家庭的な雰囲気と笑いが満ちている。この好ましい状況は、地味な研究から楽しみを見つけるのがうまい室長カールの人柄の反映だろう。

孝弘が部屋に入るやいなや、ごたついた棚の上から茶色の巻毛がぬいっと現われた。

「よお、ちびさん、こっちこっち」

とんでもない大声。入り口近くで陶片の年代分析をしていたクローディア・メルカトラスがくすっと笑う。

「タシロさんはすっかり彼のおもちゃね。いまに抱き人形にされちゃうわよ」

「いいさ。お膝に抱き抱きしてもらったら、いくらちびでもアッパーカットが届く」

棚の上の生きたさらし首は、孝弘が近づいてくるのをにやつきながら見守っていた。カール・オッフェンバッハは本当にこの仕事に向いている。人柄もさることながら、なにより優に二メートルを超える身長はところ狭しと並んだ解析装置から頭を出すのに最適だった。東洋人としては背が高いほうの自分をちび呼ばわりしなければもっと評価を上げてやってもいい。

孝弘がずば抜けて散らかった彼のエリアに到着すると、待ちかねたカールはさっそく左手でマペット遣いの真似を始めた。

「で、俺の膝の上で、尻の穴から手ぇ突っこんでほしいって？」

「ほんとに一発食らわせるぞ」孝弘は怖い顔をしようとしたがうまくいかずに笑ってしまう。「リサイタルができるかどうかで、四苦八苦してるっていうのになんて気楽な」

愛想のいい巻毛のドイツ人は急に真顔になった。

「残念ながらその式典は中止しないといけないよ」

「やっぱりどこか故障してるのかい？」

「故障も何も。とりあえず見てくれよ」

操り人形そっくりの動作でふかふか歩くのっぽの後を、孝弘がついていく。

迷路の壁のようなパーティションをいくつも回りこむと、突然、眩しいほどの白が目に飛びこんできた。衣桁に広げられているのは透かし織りの横縞がランダムに入った純白の着物だった。夏の雪の奇跡に使われるという『回雪』は、衽《おくみ》までもをクリップで引っ張られ、悠然と裾を広げていた。

「へえ、柄の一つもなかったのか。まさに雪の色だな」

「イメージぴったりだろ」

「舞台でも衣桁を使うそうだから、きっと雪山の見立てに清純な舞姫の立ち姿を重ねたってとこかな。回雪という言葉は、本来、風に舞う雪のことだけど、転じてそんなふうに見事に舞うこと、って意味もあるらしいからね」

「そうか！」カールは大きな掌で自分の額を叩いた。「そういう意味があったのか。言われてみれば確かに、広げた着物は山の形だ。全体像にまで含みを持たせるなんて、うーん、ワビ・サビは奥が深い」

襟を孤峰とするこの山は師弟制度のヒエラルキーの表われかもしれない。孝弘はふと瑛を思った。

「じゃあケーセツにも何か深い意味があるのかな、〈アポロン〉君」

カールは紫の紐のついた筒状のものをぶらんと提げて見せる。雪の結晶をデザインした蒔絵が黒漆に映えていた。揺れているのは名笛の鞘なのだった。瑛が知ったら卒倒しそうな光景である。

カールは脚の長い蜘蛛のような指で鞘から『勁雪』を取り出す。糸状のものでぐるぐる巻きにしたむっくり太い笛で、指孔《ゆびあな》と息を吹きこむ歌口《うたぐち》には朱が塗ってあった。

孝弘は素直に告白しておくことにする。

「言葉の意味は『固くてなかなか解けない雪』だよ。でもそれ以上のことは勘弁してくれ。僕は邦楽系に弱い上に、ちょっと他に調べることがあってまだ勉強できてないんだ」

カールはからかいの表情を閃かせて、

「仕方ないなあ。Ｆモニターを出せよ」

と言い、エウプロシュネー、と呼びかけた。〈ムネーモシュネー〉の下部システムである〈三美神たち《カリテス》〉の一人、絵画・工芸担当の〈喜び《エウプロシュネー》〉が主人に即答する。

　カールは腰を屈めて孝弘のFモニターを指さした。

「笛の種類は能管《のうかん》。構造は煤竹《すすたけ》を八つに割って繋《つな》ぎ直したもので、管内に『喉』っていう別の竹管が塡《は》まってるのが特徴だ。いいかい、先端の頭金《かしらがね》にも鞘と同じ雪の結晶が一片、この部分の意匠がたいていは名前の由来になる。ここが裂貼《きれ》りじゃなくて象嵌《ぞうがん》なのも能管の証しらしい。まあ、あまりいい笛じゃないがね」

「えっ、名器だって聞いてるよ」

「音質のことはタカヒロから〈ミューズ〉の連中に訊いてもらわないとな。けど少なくとも造りは駄目。表面にぎっちり巻いてあるのはナイロン製でこそないものの樺《かば》じゃなくて籐《とう》だし、上塗りの漆の質もよくない。まあ、それくらいでないとこんな装置をつけようなんて思わないかも」

　四角い爪先が笛の頭から尾部へ移動する。

「ここが問題のホログラフ発生装置。能管の指孔は七つだが、この端っこの側面にもう一つ孔があって、そこからマイクロウェーブを照射する」

「マイクロウェーブ？　ホログラフってレーザーじゃ……」

「一般的にはね。コヒーレントなら別にX線でも構わないんだ。白色光を使う方法なんかはむしろぎらつき《スペックル》がなくていい」

俺が思うには、とカールは科学者の顔で続けた。

「レーザーの可視領域を避けたのは舞台効果を重んじているからじゃないかな。野外は浮遊塵芥《じんかい》が多い。笛から光線が走っちゃ興醒めだよ。それに奏者は演奏中ずいぶん身体が揺れる。発光源がふらついてホログラフの見た目もよくないね。おそらく参照波を受けるほうは別角度映像が何重も準備され、それが雪の動きや奥行きにもなってるんだろうけど。ま、確かなことはちゃんと干渉縞の刻まれた本物の『回雪』を調べてからだな」

「本物って」孝弘は二度ほど目瞬きした。「じゃあ君は、つまり、この着物が？」

「偽物じゃなければ奇跡の存在自体が嘘っぱちってこった」

孝弘は着物を仰いで唸った。

「これが『回雪』じゃないなんて。透かしの縞の具合なんか、いかにも干渉縞って感じがするんだけど」

「ちびさん、山の見立てには感心したけど、全体の雰囲気にとらわれすぎるのも困ったもんだな。ホログラフの縞の間隔はマイクロメートル単位だよ。目で見えるもんじゃない。〈エウプロシュネー〉の織物カタログによると、あれはただの乱絽《らんろ》。早くトリック満載の本物を探したほうが——おっと」

と、カールは、また口を開きかけた孝弘の頭をぎゅっと押さえこむ。

「お前さんの言いたいことくらいは判ってる。もちろん繊維分析もしてみたさ。何もなし。ただの絹だったよ。笛と違ってこちらは上質だけどね……どうした？　ごめん、痛かったか」

孝弘は俯《うつむ》いたまま、いや、と首を振る。彼の脳裏では、ただ、瑛が仄白《ほのじろ》い顔で意味深長に目を細めていた。

「奇跡どころか、端《はな》からぺてんにかけられているのかもしれない」

「なんだって」

「気にしないでくれ。独り言だ。ところで滝村のおばちゃんはもう家へ帰ったのかい。笛と着物をオーナーへ返しに行くつもりなんだけど、僕が〈ムネーモシュネー〉に教えてもらうより彼女のほうが綺麗に畳める」

日本の服飾及び生活工芸品を担当する婦人の名を口にすると、カールの顎ががくんと落ちた。

「なんだ、タカヒロも知らなかったのか。こりゃ本当に急なこって」

「何が急だって？」

「俺もおばちゃんにこの着物を見てもらおうと思ってた。けど、三時の便で地上《した》へご出張とか。所長がやれそれ急げとばかりに追い立てたって話」

「案山子はいったいどこへ行かせたんだ？」

カールはまた能管の鞘紐を指に引っかけてぶらぶらさせた。

「このホーシャって家」

〈アフロディーテ〉が浮かぶラグランジュ３は、月地球間の重力均衡点の中でも安定度の低い場所ではあるが、几帳面な軌道修正によって位置保全のための忙《せわ》しない自転を免れていた。したがって、小惑星の裏側に広がる〈デメテル〉の領地を除き、ほとんどの学芸員たちの勤務は地上の慣例を踏まえて午後五時で終わる。

しかし仕事が定時を超過するのも地上とご同様だった。

孝弘はホテルへ戻る観光客の間を縫い、黄金色の〈アポロン〉専用カートを走らせる。美術品搬送用のそのカートの荷台には安手の笛と偽物の着物、心の中にはもちろん瑛への質問を満載している。

〈ムネーモシュネー〉が滝村ふさえの乗ったシャトルに空き回線ができたと伝えてきた。孝弘はやれやれと爺さん臭く呟く。滝村は直接接続していないので、〈アフロディーテ〉を離れられると連絡を取るにも一苦労だ。

「田代さん、どうかしたかね」

気休めほどの風防へ挟んだＦモニターに、パーマをかけた半白髪と目尻に皺をいっぱい寄せた丸顔が映る。どこの生まれか知らないが、彼女の日本語は懐かしさを感じさせる独特のイントネーションだった。

「どうもこうもないよ。おばちゃんのほうでも着物の取り違えがあったんだってね」

「そうなのよぉ。今朝、鳳舎家から荷物が着いたんで腕まくりして最初の箱開けたらね、目録と違う着物がずいぶん入ってるんね。後の箱数からして枚数は合っとるから、こりゃ必要なのが抜けとるんでないかと思ってよぉ。なんせ展示は襲名披露との同時開催でしょぉ。カタログやら表示板やらもう出来とるし、生きた心地がせんよ」

「たいへんだったね。それでわざわざ家まで取りに行くの？」

彼女は少しも困ったふうではなかった。

「いえね、そこへちょうど瑛さんてのが『回雪』を取りに来てね。事情を話すともう平身低頭で謝ってくれるんね。荷詰めの準備は私が指示しました、私の責任です、ちゅうて。で、家に連絡を入れて正しいものを準備させておきます、お詫びに国宝級の能装束も特別にお貸ししますから行ってお好きなのをお選びに、てね。気前いい人よねぇ」

「彼、どんな着物を持っていきました？」

「中までは私も見とらんよ。瑛さんが畳紙《たとうし》を見て、ああこれか、て、さっさと攫《さら》ってったに。で『回雪』がどうかしたかね」

孝弘は手短にこれまでの経緯を語った。滝村の相鎚は、まあ、そりゃまあ、と民謡のように調子がいい。

「まあまあ、そりゃまあ大事《おおごと》だわねぇ」

「僕は『回雪』の偽物を出したのは故意じゃないかと思うんだ。彼は奇跡を行なうことを快く思っていないようだから。展示用として送られた中に本物らしいものはなかった?」

皺深いよく働く手が合掌し、虚空の向こうから孝弘を拝む。

「すまんことねえ。半分は開けたんだけど目録どおりでないことにうろたえてしもうて、はっきりは見とらんのよ。それに瑛さんが、お見せするに堪えない普段の着物も混じってるようだから、て、開けた端から蓋をしていってね。明日中に自分で整理して要らないぶんは送り返します、て言うとったよ」

「そのそぶり、怪しいな」

「そう言われりゃ、えろう慌てた返品だわねぇ。もしかしたら本物はその中に混じっとるかもしれん」

もしも返送分に『回雪』が混じっていたら取り返しがつかない。たとえ地上に着いてすぐ送り直したとしても、襲名披露には絶対に間に合わないのだ。

「とりあえず、僕は瑛さんと話をしてきます。今、日本は……夜中の二時半か。連絡を入れられる時間じゃないな。おばちゃん、悪いけど現地の朝一番に鳳舎家へこの旨を伝えてもらえませんか。本物の『回雪』の柄行《がらゆき》を聞いてください。彼が返送しようとしている着物にそれがないか確認します」

「はあ、お安い御用だよ。どうせ二十八時間もここに閉じこめられるもんで暇だしよぉ」

滝村は、そうそう、と、一つ頷いてから彼に言い含めた。

「田代さん、何をするにも気ぃつけにゃいかんよ。事はお家騒動なんだから、なるべく表沙汰にせんようにね」

「おばちゃん、脅かしっこなしですよ」

どうも日本人というのは、伝統芸能とか家の権威とかいう冠に弱いようだ。孝弘は、滝村も自分も必要以上に身構えてしまっているのをひしひしと感じていた。


訪ねたホテルの部屋に瑛はいなかった。同宿している小田倉に訊ねると、裏の公園へ笛を吹きに行っているらしい。

だだっ広い公園は、はや群青色に暮れなずんでいる。涼風を身に受けながら歩いていくと、やがて笛の遠音《とおね》が流れてきた。

街灯の白々とした輪の下に和服の男が見える。

瑛は何かに憑かれたかのように上半身を激しく振りながら奏していた。まるでジャズ・フルートのアドリブのようだ。音は柔らかいのだが旋律が目まぐるしい。評論家が瑛を超絶技巧者と呼んだのももっともな凄まじさだった。

孝弘が近づく気配を読んだのか、瑛はぴたと音を断じる。能管とは異なり、竹を切りっぱなしにしたような白く細い篠笛《しのぶえ》だった。

「すごいですね、よくそんなに指が動くな。今のは何という曲ですか」

とっつきにくい相手にはまず質問をしてみる、というのが孝弘の信条だった。天下の〈アフロディーテ〉学芸員に説明を開陳するのは、相手にとってかなり気持ちのよいものだろうから。しかし瑛の頰に上ったのは薄笑いだった。

「曲名なぞありませんよ。横笛《おうてき》はもともと即興演奏の楽器ですから」

「そうなんですか。でも古典曲はどうするんです？　合奏部分には決まりがあるでしょうに」

「はい」

瑛はあくまでもそっけない。

「そういうのは譜面が？」

「譜のこともありますし、ショウガヲスルこともあります」

「生姜を、擂る？」

おろし金を扱う手をすると、青年の拳が口許へ運ばれた。初めて聞くささやかな笑い声。

「面白い方ですね。唱歌《しょうが》をする、というのは口三味線《くちじゃみせん》のようなものです。よく言うでしょう、チントンシャン、などと。ああいうのが笛にもあって……」

と、瑛は白い喉を街灯にさらし、「オヒャラーイ、ホウホウヒ。オヒャヒューウイ、ヒョーイウリ、リーリーリートーヒートートーウロ」と、歌ってみせた。

「発音でちゃんと笛の節回しを写してるんだ。すごいな」

心から感心して言ったのだが、瑛の瞳には、ちら、と火が灯った。

「騙されませんよ、田代さん。すごいすごいを言いにいらしたわけではないのでしょう？『勁雪』と『回雪』のこと、何か判りましたか」

孝弘はできるだけ感情を表わさないように努力した。

「残念ですが、どうやら『回雪』は偽物のようです」

瑛は表情を固くして、右手でしゅっと和服の襟を正す。

「そうだったんですか。困りましたね」

「本気で困ってられますか？」

彼は孝弘の目を覗きこみ、伏せ目で吐息をついた。

「襲名披露にけちがつくのはマネージャーとして本気で困っていますよ。でも雪の奇跡が出来なくなることについては正直ほっとしています。弟は技巧的にはまだまだなのに祖父に似て際物《きわもの》好きで。祖父は雪降らしは情緒のあるいい趣向だと言っていますが、私は弟が仕掛け物に手を染めるのは芸が固まってからでも遅くないと思うのです」

そこまで言って、彼ははっと顔を上げた。

「もしかして、私をお疑いですか。『回雪』を隠したとでも」

図星を突かれて孝弘は戸惑った。無難に質問で切り返すしかない。

「あなたは明日着物の返送をなさるそうですね」

「はい。ああなるほど、その中に本物があるんじゃないかとお思いなんですね」彼は器用に眉だけを八の字にした。「だったら私の荷作りに立ち合われたらいかがです。内々の着物でさぞお目汚しでしょうが、あなたの目の前で荷物を詰めますよ」

疑われたのが気に触ったらしく、挑戦的な言葉だった。よし、受けて立とう。孝弘は似合いもしない賭けに出る。

「では遠慮なく。その頃にはお家から『回雪』の模様も知らせてもらっているでしょうしね」

瑛は一瞬目を見開いたように思えた。が……。

「それはありがたい。私にもどんな着物かを教えてください。一緒に探しましょう」

彼も狸、いや風体《ふうてい》からして狐だった。

「まあまあ、まだ庁舎にいたのかね。ご苦労さんだわねぇ」

シャトルに閉じこめられている滝村から泊りこみ覚悟の孝弘に連絡が入ったのは、夜九時を少しまわったところだった。彼女にとっての朝一番とは、どうやら現地時間の早朝六時だったらしい。孝弘は鳳舎家が早起きの家庭であることを祈った。

「よかったねえ、田代さん。『回雪』がどんな着物か判ったよ」

「そうですか！　すみません」

よほどほっとした顔をしたのだろう。自分の気持ちを見透かしたような滝村の言葉が画面から返ってきた。

「幸せだね、田代さんでもすぐ判る。雪は模様になっとると」

「模様ですね？」

具体的な模様なら、伝統文化の知識の薄い自分にも苦労なく見つけ出せそうだ。あの雪山のように抽象的な含みだったら危ないところだった。

「向こうのお家でも蔵の中を確かめるて言うとったよ。また連絡するで、そっちも頑張んなさいね」

彼はもう一度滝村に感謝を述べ、通信を切った。

思わず「ほんとうに幸せだ」と呟いてしまう。模様さえ判ればこっちのものだ。

徹夜を免れた孝弘は、上機嫌で帰り仕度をはじめた。

翌日、彼は気心の知れた〈アテナ〉のベテラン学芸員ネネ・サンダースに協力を求めた。

彼女は滝村に後を任されて和服展示の準備を進めていたのだ。

廊下に呼び出したスレンダーな黒人女性は、「別にいいけど」と答え、黒豹の仕草でしなやかに腕組みをする。

「私で役に立つかしら。おばちゃんの代理とは名ばかりで、目録の番号通りにキモノを並べてるだけなのよ。日本文化のことはあまりよく知らないの」

「その大きな目がガラス玉でなければ大丈夫だよ。雪の模様の着物を探してるんだ。たぶん結晶のデザインじゃないかな、笛の意匠がそうだったから」

彼女は、ふふっといたずらっぽく笑った。

「それなら判りそうね。タカヒロはいつも難題を持ちこむからつい身構えちゃったわ」

「ひどいな」

とはいえ、実際、彼女の手を煩《わずら》わせたことも一度や二度ではないので、孝弘はそれ以上の申し開きができない。

「でもまあ今回は安心してくれていいよ。おばちゃんに、幸せだね、と言われたくらいの楽な仕事だから」

ネネは芝居掛かって天を仰いだ。

「一人を幸せにするために、周囲はどれほどの不幸に耐えねばならないのか――」

孝弘がぶつ真似をすると、ネネはひゃっと声を上げて笑いながら頭をかばった。

展示会場に隣接する会議室には、すでに返送用の着物が積まれていた。ネネたちが前もって目録にないものを除《の》けていたのだ。

ほこり一つ見逃さないよう掃除された床に不織布《ふしょくふ》が敷かれており、その上の畳紙はざっと数えただけで百五十枚あまり。なんと展示物の半分近くが別物だった勘定になる。

昼過ぎに現われた男を見るなり、ネネは小さな声で「すてき」と漏らした。

今日の瑛は細かい縞の着物を身につけている。深緑の地に茶の帯という渋い色合わせはかえって彼の若さを強調していた。着物に負けず、着物自体も良く見せる。これが本当の装いというものだろう。

彼は例の冷たい笑みで会釈すると、不織布の端でついと草履を脱いだ。足袋の白さも鮮やかに足を運び、二人の前に座す。

「『回雪』は雪の模様だそうです」

孝弘が言うと、彼はただ、こく、と頷いた。そのまま膝で回り着物の山に向かう。

「まず畳紙をはずしましょうか。書いてあるメモは信用しないでください。何の手違いか中身と包みとが違ってるものもありますし。それとも私は触らないほうがいいですか、田代さん」

彼の日本語の翻訳を〈エウプロシュネー〉から受け取ると、ネネはちょっと眉を上げた。嫌味の受けとめ方は万国共通というわけだ。

「いいえ。一緒にやりましょう。そこまで疑ってかかっているわけではありません」

「そこまで、ね」

瑛は苦笑しながら畳紙の紙縒《こより》に手を掛けた。

見る見るうちに色彩の山が築かれる。金茶、黄土、薄紅、浅葱《あさぎ》、茄子紺、若緑、萌黄《もえぎ》……。

「帯の確認は必要ありませんね、田代さん」

「ええ」

錦糸の帯が乱暴に投げられた。

「じゃあ検分を始めましょう。あるといいですね、田代さん」

名前の連呼が孝弘の気に触った。瑛の唇は確信犯的に吊り上がっている。

「『回雪』は夏衣《なつぎぬ》ということですから、袷《あわせ》と単衣《ひとえ》を分けましょう」

裏地付きかそうでないかなら、幼稚園の子供でも仕分けができる。例外として裏を付けない冬物にウールがあるが、繊維が違うので問題ない。ネネが間違えたのは単衣の長襦袢だった。しかしこれも紅梅柄で雪とは間違いようがなかった。

瑛は自分で仕分けた冬物をわざわざ孝弘の前に積む。そしてそれらを再び畳紙に入れ、発送用の桐箱に詰めていった。

かさばる袷が消えると、部屋は涼しげな色に染まった。残っているのは、ほとんどが寒色系という薄織物が四十三点。

青年の瞳がゆっくりと着物を見回す。

「きっとこの中ですね、『回雪』は」

孝弘は彼の横顔をじっと見つめた。目が柔らかく、突っかかるような態度はもうなかった。

孝弘は自分の肩の辺りがこわばってくるのを感じていた。もしかしたら自分はこの青年にあらぬ疑いをかけてしまったのかもしれない。本物の『回雪』が露見するかどうかの瀬戸際だというのに、犯人役の青年の表情はこんなにも穏やかだ。

「ほとんどが透ける生地なのね。昆虫の翅《はね》みたいに薄いわ」

ネネが濃い臙脂《えんじ》色のを掌の上に滑らせて感嘆する。孝弘が通訳してやると、瑛は明るい声で説明した。

「そうです。白い駒絽《こまろ》の長襦袢の上に着て、透ける涼しさを見せるんです」

「さっき間違えちゃったユーバイのオジュバンでは駄目なの？」

「感心しませんね。生地の季節も合いませんし、色も柄もかえって暑苦しいですよ」

「私はキモノに向かないみたいね。オビよりも決まり事で締めつけられて苦しくなりそう」

軽い笑い声。孝弘はますます落ち着かなくなり……そして危惧は現実のものになった。

瑛は最後の一枚、自ら越後上布《えちごじょうふ》と解説したものを畳み終わると、まるで文楽の一シーンのように両手をついてがっくり頭を垂れた。

「なかった。雪の模様などどこにも。そうですね、田代さん」

孝弘はただ無言で、将棋に負けた爺さんのように胡座《あぐら》の股ぐらへ視線を落とした。

「田代さん、お手数を掛けて申し訳ありませんでしたが、結果はこれでよかったんです」

柔らかい声に顔を上げると、瑛はにっこりと頰笑んでいた。

「襲名披露は至極真面目なものになるでしょう。弟にはそのほうがいい。芸は荒削りでも一生懸命にやれば皆もさほどひどいことは言わないでしょうから」

瑛の弟思いは本物に見えた。孝弘は罪悪感で身体が沈んでいきそうだった。


冬物を三時の便に乗せるための発送手続きはネネが引き受けた。彼女はクールで端整な面持ちの青年が気に入った様子で、あとから特別に笛を聞かせてもらう約束まで取りつけたようだ。瑛は、いったんホテルに戻って家と善後策を相談します、と涼やかに告げる。ちょうど家元から自宅へ連絡が入る時間だった。

彼らと別れた孝弘は能天気な金色カートに乗るのが億劫《おっくう》でたまらない。〈デメテル〉では小田倉と日本庭園の管理担当者が睨み合いながら彼を待っているのだ。担当者は、舞台設営の一行が予定面積以上に庭園を荒らしていている、と言ってきていた。夏庭園は、舞台の他に照明の櫓《やぐら》がおっ立ち、搬入用の大型カートが丹精こめた夏草を蹂躙《じゅうりん》していて目も当てられないとか。そんな中に「奇跡はできないかもしれません」と言いに行く自分が、我ながら可哀想になる。

しぶしぶカートに乗りこみ、Ｆモニターの準備だけはしておく。〈ムネーモシュネー〉はまだ滝村の乗ったシャトルの回線空きを知らせてくれなかった。地球への旅も終わりに近づき、出迎えの手筈を確認する旅行者たちはなかなか長話を切り上げてくれないようだ。

「本物の『回雪』はどこへ行ったんだろう」

ひとりごちると吐息が誤魔化《ごまか》せた。舞姫は鳳舎の家にちんまりと取り残されているのか。だとしたら、あと十六時間が勝負だ。おそらく凄まじい量であろう鳳舎家の和服の中からそれを探し当て、当日の朝十時に〈アフロディーテ〉へ着く船に積めばなんとかイベントには間に合うのだが。いや、これも家に『回雪』が残っていると仮定してこその皮算用だ。『回雪』紛失などということになったら目も当てられない。預かり品の破損及び紛失は博物館にとっては致命的だった。

――通信回線が繋がりました。受信者、フサエ・タキムラ。

〈ムネーモシュネー〉が言い終わらないうちに、孝弘はカートを道端の植えこみに寄せていた。

「おばちゃん、鳳舎の様子はどうですか？　あっちに『回雪』はありそうですか」

モニターの中の滝村が彼の一言で十歳は老けこんだ。

「そっちも駄目かね」

彼女の返事を聞いた孝弘の老け方は十歳どころではない。

「最悪の事態を考えないといけないかもしれないな。せっかくおばちゃんに幸福を請け合ってもらったのに、結果がこのざまとは我ながら情けないよ」

へえ？と滝村が訊き返す。

「幸福て何だね。私、そんなこと言っとらんよ」

「言ったよ。幸せだね、田代さんでもすぐ判る、って」

ちんまりした彼女の目が大きく見開かれ、すぐに孝弘の耳に叫びめいた一撃が届いた。

「そりゃあ誤解だよぉ！　私が言ったのは紗《しゃ》合わせなんだよ。紗っちゅう薄い生地を二枚重ねて無双仕立てにしたやつなんだよ！」

「二枚重ね！」孝弘は挨拶も忘れて彼女との回線を切り、そのまま叫び続けた。「〈ムネーモシュネー〉、通話を！　相手はネネ・サンダース。緊急だ！」

カートをUターンさせながらダッシュボードの時計に視線を投げる。午後二時五十二分。シャトル出航八分前。

アクセルを蹴りこむと同時に、「何事なの」と、ネネがFモニターに現われた。孝弘はいきなり怒鳴った。

「着物を降ろしてくれ！」

「ど、どうしたのよ」

「やられた。『回雪』を見逃したかもしれない。あれは単衣なんかじゃない。紗合わせっていう二枚仕立てのものだったんだ」

「シャーワセ？」

ネネは新婚夫婦をからかうような口ぶりで和服の種類を発音した。


カートは美術品を搬送する仕様のため、とんでもなくのろくさい。観光客満載の循環バスに抜かれるほどだ。それでも孝弘が精一杯の速度を出してようやく空港へ到着した時、定期便は五キロメートルにおよぶ滑走をちょうど開始したところだった。あれに着物を乗せたままにしていたらと思うとぞっとする。

空港内の通路を走る孝弘の左手から、丸めて握ったFモニターの中のネネが喚《わめ》く。

「ないわよ、タカヒロ。降ろしたキモノの中にそれらしいのは見当たらない。どうしよう。私たちはオーナーの返還要請を無視したことになるわ。規律に引っかかっちゃう」

「本当にないのか？」

検討に使用している空き待合室までがとてつもなく遠く感じられた。角を曲がり損ねて壁で肘を打つ。

ネネは力なく答えた。

「紗合わせらしいのは四枚あるの。でもスノウ・マークじゃないのよ。二枚は草花で、一枚は歪んだ水玉で、あと一枚は川の上にマイオーギが流れてる」

「よく見て。舞扇の中に描かれた柄は雪じゃないか？　彼が紗合わせを冬物だと偽った以上、絶対にそこにあるはずなんだから——ああ、いい。今」

待合室の扉を開けながら「着いた」と、言う。

電源を落とした大型スクリーンの前で、ネネは泣きそうな顔をしていた。応接セットの上に広げた着物から一枚をだらりと持ち上げ、孝弘を見上げる。

「マイオーギの柄はススキよ」

彼は散らかった四枚の紗合わせを一つ一つ手に取った。かすかに畝《うね》のある半透明の生地は、二枚合わせたことによってモアレを生じている。柄はみな下のほうの布に描かれていた。文字通り『紗をかけた』透かしの幽玄を楽しむ着物。

孝弘の手が黒地のもので止まった。彼はしげしげとそれを眺めると、やがて力ない笑い声を漏らしながらうずくまる。

「タカヒロ？」

心配げなネネに手を振り、彼は笑いの間から日本語で言った。

「僕はまた生姜を擂ってしまったんだ。それも、二つ」

「ねえ、ジンジャーがどうしたって？　しっかりしてよ」

　孝弘はまだ身をよじっていた。

「聞き間違いなんだ。幸せと紗合わせ。雪は模様と──雪輪模様」

　笑い涙を拭きながら、彼は裾に散った水玉を指す。縁がうねうねと歪んだ拳大の水玉は分光スペクトルの虹色を放っていた。

「これがスノウ・リングなの？」

「その翻訳は正しくないかもしれない。日本人の好きな見立て、つまりシンボライズだからね。自然界を幾何学デザインで表わすのが好きなんだ。ただの三角を蛇の鱗に譬《たと》えたり、勾玉《ペイズリー》に魂魄《こんぱく》の姿を見たりする。天眼鏡がなかった時代、雪を表わすのはこの丸い模様だった。日本に降る雪はぼったりしてて六角形がはっきりしないから」

〈アテナ〉の学芸員は、刹那《せつな》、上を向いた。勉強好きな彼女のことだ。きっと〈エップロシュネー〉に伝統柄の資料でも要請しているのだろう。目を戻したネネは軽く腕組みをする。

「残念ね。アキラはとてもいい人に見えたのに」

「そういう奴さ。きっとしれっと言い抜けるよ。着物の種類について間違った覚え方をしていた、柄行はもともと自分には知らされていなかった、ってね」孝弘は再びシャトルと交信するために視線をFモニターに落としていた。「とにかくおばちゃんと鳳舎の家を安心させてやらなくちゃ。これでイベントも当初の予定通り無事敢行できると――」

ネネが息を呑むのと、扉が開くのとが同時だった。

「探しましたよ」

瑛は乱れた前髪を片手で押さえ、絞り出すような声で言った。力の籠った視線が学芸員と『回雪』を射貫く。

「バスの窓から田代さんが夜叉のような顔で運転しているのが見えたので」

尋ねもしないことを低く語ると、彼はすっと手を出した。着物の袂《たもと》がじゃっと鳴る。

「それを返してもらいましょう」

「いや、これは――」その時、孝弘の内耳で軽い音がした。

瑛は絶句した孝弘を怪訝そうに眺める。学芸員は数瞬の沈黙を守った後、ちょうどいい、と呟いた。

孝弘は一度唇を結ぶ。

「橋詰さん。家元になれなかったあなたの心情も理解できますが、僕は、こんな形で弟さんへの妬《ねた》みを出すのはよくないと思います」

瑛はかろうじて頬笑んでみせた。いまにも崩れそうな悲しげな表情。

「みんながそう言うから大芝居を打たざるを得なかったんだ。確かに弟を妬んでないと言えば嘘になる。でも同じ笛に携わる者として、心底、私は可哀想が先に立つ。あれはまだ若いんだ。祖父の際物好きに踊らされて、ろくろく指も回らないのに家元に据えられて。今はいい。けれども、祖父が亡くなり後見人がいなくなったらいったいどうなるか……」

　女のような指で、彼は何度も角帯の布目を通す。ネネは腕を組み替えた。

「周りの人たちはどう思っているの？　相談してみた？」

　自嘲の笑みを投げ、瑛はまた目を伏せる。

「そうすれば田代さんが言ったと同じことをもっとひどい形で噂にされますよ。私の本当の気持ちなどいくら言っても聞いてはもらえない。みんなは言いやすいように言うのです。妬み、嫉《そね》み、骨肉の争い……。私にできるのはマネージャーとして弟を守ることだけだったんです。さあ、それを返してください。所有者からの返還要請ですよ、田代さん」

　孝弘は瑛の顔を正面から見返し、意志の固さを確認してから静かに命令を下した。

「〈ムネーモシュネー〉、通信出力先指定。空港内J待合室、テレビモニター」

　大型の画面に光が灯り、了解しました、と文字が浮かんだ。

「聞こえましたか？」

　孝弘の呼びかけが終わらないうちに画面が切り替わる。瑛は、あっ、と小さく叫んで硬直した。

「お兄ちゃん」画面から乗り出さんばかりの少年。旅館の公衆通話器なのだろう。吉原繋ぎの浴衣の肩越しに、闇に沈んだ庭木が見える。

十五代目霓生は早口にまくしたてた。

「違うんだ、お兄ちゃん。雪の仕掛けはただの前座で、本当の襲名演奏はその後なんだ。雪の奇跡で口慣らしをしたあと、誤魔化しのない真剣なやつを演《や》るんだ。だから、だから……。僕、一生懸命にやるから。これからも精進するから。もっと巧くなるから。だから……」

言葉を失った一同の耳に、木々を揺する夜風の音だけが残った。


オーストラリア大陸に匹敵する人工惑星〈アフロディーテ〉。その面積のおよそ七十三パーセントは農業の女神《デメテル》に捧げられていた。既知世界から掻き集められた生き物たちは、あるものは環境調節された擬似海やミニチュア山脈の中で幸せに騙されて暮らし、またあるものは立派な施設の中で手厚い世話を受けながら過ごしている。

その夜、もう二度とイベント用に場所は貸さないと不満たらたらの〈デメテル〉職員がやっと孝弘を解放したのは、舞台の襲名口上が終わる寸前だった。

「間に合いましたね」

スタッフ席に着くと〈ミューズ〉のヘルベルト・木村がたぶついた頬を引き上げてにやりとした。カラヤンと同じ名前を自慢にする風変わりな邦楽研究家に、孝弘は「なんとか」と苦笑を返す。演奏を聴き逃したら、彼から仕入れた付け焼き刃の邦楽知識がふいになるところだった。

舞台の下手《しもて》脇《わき》に仮設されたスタッフ席からは、観客の様子がよく見て取れる。客の数は予想より多かった。シャトルとバートルとバスを乗り継いできた熱心な聴衆は、〈デメテル〉職員入魂の美しい夏野原を丸く取り囲んでいる。

万雷の拍手が湧き、舞台では口上を終えた新旧家元が深く頭を下げた。

小柄な新家元は紋付の羽織を鮮やかに肩から滑り落として、退場する祖父へ渡す。黒無地の着物に縞の袴姿となった少年は、正装の弟子が衣桁に『回雪』を掛けるのをしんと見つめていた。

「ああ記録が撮れればいいのに」ヘルベルトは悔しそうだ。

霓生が『勁雪』を手にすると、櫓からのスポットライトが溶暗する。

少年は、すう、と胸を張ると、幕開きの笛「一声《いっせい》」に備えて息を止めた。

観客が水を打ったように静まり返り、満ちるのはただ期待と緊張だけ。

その音は針のように放たれた。女の悲鳴のごとき能管の最高音「ヒシギ」。四オクターブ上のF音は聴衆の背筋をぴんとさせた。微妙な運指と息とでピッチが下がる。固い雪という名の笛の音が怜悧《れいり》な刃物の突き立つさまを思わせて再びFに跳ね上がると、観客たちの目は雪の幻影を吐き出す霓彩《にじいろ》雪輪紋黒地紗合わせに集まった。

兄によく似た荒ぶる演奏に合わせてホログラフの雪が乱舞する。ほんのり光る十重《とえ》二十《はた》重《え》の雪の幕。

孝弘の心にようやく安堵が来たった。

猛く響く能管が頭の芯を鷲摑みにし、激しく散り狂う雪は眩暈《めまい》を引き起こす。霓生は、勁《つよ》い糸のごとき旋律をしばし繰り出した後、透徹したヒシギで曲を収めた。

形のよい唇が歌口から離れた直後、いきなり照明がすべて落ちた。

やるな、小田倉さんも。と、孝弘は感心した。拍手を抑える方法としては申しぶんない。

観客は手を宙に上げたまま、舞台袖の発光掲示を読むことになる。

〈Be quiet. And listen to the murmur of the universe....〉

〈お静かに。森羅万象のかそけき声に耳を傾けてください…〉

文字が闇に溶けると、フットライトが蒼い光をわずかに放った。浮かび上がるのはホログラフの絶えた一枚の着物と少年の体の細い線。

水底の色の中、笛を替えた霓生はすでに構えて身じろぎもしない。

彼が手にする簡素で上品な篠笛は、〈アテナ〉〈ミューズ〉両者が垂涎《すいぜん》する、五笨《ほん》調子の名笛『韶雪《しょうせつ》』である。

家元は切れ長の瞳を伏せ、軽く首を傾けていた。まだ丸みを残す頰には軽く朱がのぼっている。

霓生は動かなかった。いつまでも。人々はしだいに、緊張に堪えがたくなり——。

その時。

すう、と柔らかな風が頬を撫でた。貴婦人の衣擦れに似た幽《かす》かな草のざわめき。野原を渡る風に紛れ、『韶雪』から、とおお、と、たおやかな音が伸びた。

横のヘルベルトがゆっくりと力強く頷く。

なるほど専門家の喜びそうな竹の音だった。彼は昨日「私は霓亀の人選は正しいと思うよ」と孝弘に言った。「霓柏は確かにすごいけど、あの乾いた音はフルートみたいだ。その点、霓生は技巧はともかく音だけはちゃんと竹の音がする」

笛の音は風が熄《や》むと絶え、風を待って再び生を得た。今度は風の相方を務めるような短い奏法に転じている。夜風と草の音と笛。伸び上がっては落ち、絡んでは離れ、急《せ》いてはかわす、微妙な掛け合い。

いつの間にか、虫の声までもが加わっていた。草原《くさはら》の中から絶妙の返事をもらった少年の目が仄かに笑う。

霓生はしだいに胸の昂ぶりをさらけだしはじめた。しかしそれは兄の霓柏の熱情とは明らかに異なっている。瑛の激しさは技術の力をして自分の主張を突きつけるものだったのに対し、弟の早笛《はやぶえ》は、自分を取り巻く大気にもっともっととせがまれ、背骨から引き出されているような印象。

鳳舎霓生という少年はもういなかった。細い身体は笛の音に洗われて冷たく透明になっていく。

もはや彼は、吹く風であり揺れる草であり時を超えた竹であり翅を打ち合わせる虫であり、この夜を友にしておおらかな呼吸を繰り返す『音』でしかない。

孝弘が音に身を投じて瞑目すると——。

かすかな照明を受けて紗の奥で光っていた雪輪の残像が眼裏《まなうら》に残った。風にそよぐ絹地の動きそのままに、ホログラフではない幻影の雪が孝弘の脳裏を埋め尽くす。微光を放つ雪の残像は、紡がれる夏野原の旋律に乗って、星のごとく螢のごとく、ちらちらちらちら舞い踊る。

夏の雪。奇跡は起こったのだ。

紋付を着た瑛と祖父は、舞台袖に並んでじっと霓生を見つめていた。兄の人形じみた顔にいつもの薄ら笑いはなかったけれど、孝弘には彼が心の底で頬笑んでいると判った。

舞台撤収の大型カートが演奏の余韻を踏みにじっていく。

孝弘は駄目押しとも思える〈デメテル〉職員の愚痴からやっと逃げ出し、ふうと息を吐いた。

「田代さん」

振り返ると、瑛が深く頭を下げている。

「お手数をお掛けしました」

　彼の肩の線はこんなに柔らかかっただろうか、と孝弘は思った。やっと見せてくれた歳相応の笑顔のせいかもしれない。青年は爽やかに言った。

「祖父に叱られました。けど、笛は続けてもいいと……マネージャーを兼任するなら霓柏の名は剝奪しないと言ってくれました」

「弟さん思いが通じたんですよ。笛は思いを口移し、って言うんでしょう？」

　孝弘は、恥じらう瑛を初めて見た。ネネ好みの綺麗な表情だ。

「でもこれからは芸敵です。私にあんな音艶《ねづや》が出せるとは思えませんが、家元の指はもう少し訓練が必要です」

「楽しみにしてますよ」

「あの、大先生がゆっくりお話をと申しているのですが。スタッフ・パーティにはいらっしゃいますよね」

　孝弘は、ああ、と情けない声を上げた。

「残念ながら駄目なんです。厄介事は次から次からありましてね」

「では改めてお礼に伺います」

「お礼だなんて。そうだ、代わりにお願いがあるんですが」

　瑛がぴたと目を据え、「なんなりと」と構える。

「いえ、たいしたことじゃありません。パーティには妻がお邪魔すると思うんですが、あれが着ている和服の一つでも誉めてやってくれませんか。このところ忙しくて愛想をする暇がなかったから、ちょっと拗《す》ねてるみたいなんです。あなたに誉められると機嫌も直るでしょうし」

青年の目が和《なご》む。

「では油を飲んでおきましょう。奥様はどんな方ですか」

「中背で、おかっぱで。よりによって今日は一番婆さん臭い白い浴衣みたいなのを着てたな。目が悪くなるような絣柄の」

突然けらけら笑いだした瑛を孝弘はきょとんと見守る。

若い笛方は、「その方なら、もうお見掛けしました」と言う。

拳を口許にあてた瑛は、さらりとした前髪の間からいたずらっぽい上目を遣った。

「あれは夏結城という最高級の織物で、浴衣なら五十枚は買える代物《しろもの》ですよ」

「えええっ」

「お忙しくて幸いでしたね」

若者は、私の騒動も無駄ではなかったかも、と冗談を口にした。

Ⅳ

享《う》ける形の手

博物館惑星〈アフロディーテ〉。わざわざラグランジュ3くんだりまでやってくる人はおおむね二通りに分類される。

夢を見たい人と見せたい人、だ。

見たい人は単純明解。ここには、一ヘクタールの荒野を必要とする環境芸術《エンバイラメント》から火星の採掘プラントで変異した黴《かび》まで、博物館というお題目のもとに既知世界のありとあらゆるものが集められているのだから。好奇心満々の人たちは、ほんの二十八時間、虚無の旅を我慢すればいい。

複雑なのは、見せようとしてやってくる人だ。〈アフロディーテ〉はいまやかつてのカーネギーホールの役を担っている。ステイタスを欲しがる人種が博打を打つ場所としても認識されてしまっているのだ。別にこれは〈音楽・舞台・文芸部門《ミューズ》〉に限ったことではない。公演にせよ特設展示にせよ、学会発表にせよ、同じことだ。

結果、大望《たいもう》を抱いた企画屋や美術商がイベント申請に列をなし、〈動・植物部門《デメテル》〉への収蔵を希望する種苗業者が窓口の仕事を増やしてくれ、新人をここで歌わせようとするプロダクションは一師団引き連れてきたかのような人海戦術を取ってくる。

博物館に打算が混入した時、学芸員たちが必死に蒐集してきたものは美という無意味な単位を持つ貨幣になり下がってしまう。

学芸員たるものはせめて気概だけでも忘れじと、〈総合管轄部署《アポロン》〉庁舎のロビーには壁際に控え目な戒《いまし》めが置かれていた。

「掌《たなごころ》」という題を持つルネッサンス趣味の濃い女性の立像《りゅうぞう》である。人工大理石のつややした頰、襞《ひだ》の入った優雅な衣、豊満で完成された肉体。腕をたわめ、彼女は仰向けた掌を顔の前で宙に伸べる。左手がわずかに前へ出ていて、手の窪みは両方とも空っぽだった。

シーター・サダウィは軽く飛び上がって掌の中を確かめた。

「バカにしてるわ」

唇を突き出す。

そこへ、背後から男の声が掛かった。

「そこには僕たちが美を載せるんですよ。今のあなたの跳躍《パ》のような、極上のやつをね」

　シーターは振り向き、男へ冷たい微笑を返した。人一倍大きな吊目が黒曜石のようにきらりと輝き、黒髪を引きつめにした小麦色の顔に鮮やかな星が灯ったようだった。

「せっかくお褒《ほ》めいただいたのですが。私はバレリーナではありませんわ」

「じゃああなたの踊りではジャンプをなんと呼ぶんですか」

　演劇評論家がこぞってアルカイックだのオリエンタルだのと絶賛していた謎めく笑顔をもう一度投げかけてから、彼女は答えた。

「そのままよ。跳ぶ、とか、跳んだ、とか。素直でしょう」

「確かに」

　男は靴の踵《かかと》をこつこつと鳴らしながらゆっくりと近づいてきた。

「勉強不足はお詫びします。僕は〈ミューズ〉の職員ではないもので」

　弁解する顔が若く見えた。もじゃもじゃした藁色の髪もどこか悪戯小僧のようだし、白シャツにジーンズという姿も美の殿堂たるロビーに似つかわしくない。

　優雅な腕組みをし、その優雅さに見合わない怪訝《けげん》な表情を浮かべたシーターに、彼は臆面もなくにっこりした。

「でも跳躍をなんと呼ぼうが、シーター・サダウィはここに置いてやるにふさわしいダンサーですよ」

　ぺんぺん、と像の掌を叩いて見せる。

「ありがとう。私の名前をご存じなのね」

思いっきり口の端を上げてお返しをした。吐き気がしそう、とシーターは思った。

「ところで。演出家のコルネルさんはもう来てるのかしら。あなた、ご存じありません？

彼とは初めてのお仕事なのでご挨拶しておきたいのよ。それと〈アポロン〉のタシロさん。

ずっとお待ちしてるのにいらっしゃらなくて。別にコリンズ所長でも構わないんだけど」

「ああ、それ、僕が代理です」

「代理？」

むらっと怒りが迫《せ》り上がってくるのをシーターはかろうじて抑えた。

私には代理で充分だっていうの？　ラグランジュくんだりまで呼び寄せて、この腐った
お世辞を言う男と打ち合わせをしろと？

男はジーンズの腰で右手を拭ってから、彼女に握手を求めた。

「〈デメテル〉のロブ・ロンサールです」

大きな手を一瞥してから、シーターは仕方なく手を伸ばした。

「よろしく。でもどうして動植物関係の方が私の担当なの？」

「担当というわけではありません。あなたの舞台の準備はちゃんとコルネル氏とタシロが
進めています。まあ、いわば僕は接待係という立場で——」

「冗談じゃないわよ！」

ついに、甲高い声とロブの手を払うぴしりという音が殺風景な空間に響き渡った。

「バカにするのもいい加減にしてちょうだい。私が何をしに来たと思ってるの。踊りに来たのよ。そのための打ち合わせなのよ。いいわよ、判ってるわよ。最近のシーターはかかりしてる、自分の技量を棚に上げて無理難題ばかり押しつける、だからホストでもあてがっておいて企画会議からはずせ。どうせこんなところなんでしょう？　バカにしてるわ！」

「誰もバカになんかしてませんよ」

「いいえ！〈アフロディーテ〉で単独公演すること自体がその証拠よ。あの能無しの演出家！　ここで踊るなんて、落ち目のダンサーが話題作りにあくせくしてるって以外の何ものにも見えないじゃないの。神秘的な奉納舞で名を馳せた少女がもはや神秘的でも少女でもない三十路《みそじ》の年増女だってことはね、猫の蚤《のみ》だって知ってるのよ！」

ロブは堪《こら》えきれずに苦笑した。

「猫の蚤ですか。面白いことを言うんですね。さすがは三十路の年増女だ」

「なんですって！」

「あなたがおっしゃったことですよ」

穏やかに指摘されてシーターは絶句した。

「鸚鵡《おうむ》返しされて怒るくらいなら卑下するポーズはよしたほうがいい。それとも薄っぺらな慰めが欲しいんですか？　僕はこれでもあなたのファンなんです。あなたの気が休まるのならお愛想の百や二百は差し上げますが」

　シーターの眉が苦しげにひそめられた。彼女の窺《うかが》うような視線を受けて、ロブはひとつ吐息をつく。

「大丈夫ですよ。お愛想なんかしやしません。それこそがあなたを駄目にしたってことくらい、本当のファンなら誰でも……犬の蚤だって知ってますから」

「あなた――」

「ロブです」

「ロブ」彼女はアーモンド型の大きな瞳で彼を睨み据えた。「生意気よ」

　彼はシーターの判断が気に入ったようだった。豪快に肩を揺らして笑うと、

「結論が出たところで仕事の話をしましょうか」

「仕事？　接待役が？」

　彼は答えず、左手のリストバンドから薄い膜《フィルム》を引っ張り出した。

「〈開花《タレイア》〉、動植物園全図を。出力先《アウトプット・デバイス》、Ｆモニター」

　瞬時にロブの顔が白い照り返しで染まり、フィルムの上に〈デメテル〉の地図が映写される。

　シーターは、〈アフロディーテ〉の学芸員がそれぞれの分野に対応するデータベース・

コンピュータと接続されていると聞いていた。それは頭の中で命令するだけで反応するのだ、とも。

「コマンドをわざわざお聞かせくださるのも接待のうちかしら」

ロブはちょっと目を上げた。

「まあそうですね」

「バカにしてるわ」

「してませんてば。僕としては主役に礼を尽くしたつもりなんですよ。あなたはすべてを知る権利がありますから」

「企画会議を爪弾きにされて何が主役よ。今回もまた、私はただ言われたままに体を動かすダンシング・ドールにしかすぎないんだわ」

「違いますね。少なくともタシロはあなたの意向を尊重するつもりですよ。彼はあなた抜きの企画を進めているのではなく、あなたの要請に応える準備をしてるんです」

「……どういうこと？」

「コルネル氏もタシロに賛成しています。彼が能無しに見えるのは、今回の公演をシーター・サダウィの思うとおりにさせるつもりだからですよ」

ロブは彼女の鼻先でFモニターをひらひらさせた。

「さあ、どこから見ますか？　公演場所の候補を探しましょうか。それとも相手役になるとびきり素敵な樹を？　僕の専門は植物のほうです。おっしゃっていただければたいていいのものは移植できますよ。花を摘むには稀少レベルの制限がありますけど」

　彼女は初めてうろたえた。

「バ、バカに」

「してません。いったいどこがそう思えるんです」

「だって。場所や花まで好きにしろって……」

　ロブは意地悪く沈黙を守った。

「私、公演のことを自分で決めるなんて初めてで。どうしたらいいのか……」

「やれやれ、ずっと、私の好きにさせて、って言い続けてきたんでしょうに。もっと困らせてあげましょうか。〈絵画・工芸部門《アテナ》〉もあなたのサポートに入ります。舞台装飾に大事な展示物を貸してくれるなんて、あなたの舞踏への最大の信頼だと僕は思うんですけどね」

　シーターは両手を固く握り合わせ、細かく震えだした。

　ロブはFモニターを丸めて彫像の掌をぽんと叩く。

「落ち目だなんて言われたくなければここに載ってください。年増女がなんですか。〈アフロディーテ〉全セクションがあなたのバックアップをするんです。前代未聞の年増女じゃありませんか」

「でも」

「大失敗したっていいんです。十二分の条件で思い切り踊ることが重要なんです。それであなたの気がすめばいいいんです」

彼は急に真顔になってシーターの瞳を覗きこんだ。

「きっとあなたの才能と来歴にふさわしい、華やかな引退公演になりますよ」

彼女は怯えた少女のようにロブを見上げた。

学芸員は哀しみとも憐憫《れんびん》ともつかぬものを顔にうっすらと漂わせ、さきほどとは別人のように落ち着いて見える。

おそらく同年代だわ、とシーターは思った。私の栄華と失墜を余すところなく見た世代。彼女は初めて正直な微笑を浮かべた。くっきりした眉のあたりに翳《かげ》を帯びてはいたけれど。

この男は、知っているのだ。シーター・サダウィのすべてを、たぶん……。

彼女が一世を風靡したのはもう十八年も前のことになる。

インド生まれの彼女は物心ついた時から踊っていた。最初はもちろんテレビや映画の踊り手の真似だった。天性の音感は初めて聞く曲ですらシタールや太鼓《タブラ》のつぼをはずさずステップを踏ませたし、思うとおりの音が来て見事にポーズが決まると持って生まれた美貌が鮮やかに花開いた。周囲の人々は何度も、彼女を映画会社に売りこんではどうか、と親に進言した。

しかし彼女の父親はその苗字から知れるとおりのイスラム系で、大切な一人娘をインド文化の樽へ漬けこむ気はさらさらなかった。再イスラム化の津波とインド伝統文化復権のうねりが激しくぶつかりあう中、不幸にも彼女は本格的に舞踊を習うことなく、父親に突き落とされるようにして一日五回の祈り《アザーン》の渦へ巻きこまれた。

多分に音楽的な要素を持つ祈りの言葉を浴びながら、小さなシーターは考える。「アッラーは偉大なり」は右腕をゆらゆらさせると似合うわ。「アッラーの他に神なし」は胴を捻《ひね》って倒れるとぴったり。ビブラートでひくひくするの。「ムハンマドはアッラーの使徒なり」これは足取りに凝ると面白そう。ほんとうにやっちゃうとお仕置きされてしまうけど。

彼女がお仕置きされないイスラムの踊りに出会ったのは十一歳の時だった。神秘派《スーフィー》の布教公演で、メウレウィー教団の旋舞《ジクル》を見たのだ。荘厳な合唱と民俗楽器のリズムに乗って回り続ける男たち。白くて長いガウンの裾が綺麗な円錐に持ち上がり、波打って波打って……。

シーターはいつしか観客席の後ろで踊っていた。単純に旋回する男たちと同じ踊りではなかった。葦笛《ネイ》の流れを手で掬《すく》い、太鼓《クデュム》のリズムを足に絡め、目の動きで喜びを、静止の背骨で威厳を表わし、彼女は彼女独自の神に従って踊り続けた。

曲が絶えた時、彼女を待ち受けていたものはお仕置きではなく、巧妙に隠された好奇のまなざしだった。

次に登場したベクターシュ教団がトルコの民俗楽器を携えて吟遊詩人ばりの演奏を始めた時も、彼女の身体は自然に動いた。

周囲の視線が集中しているのを感じたが、踊りたい一心でそんなことはどうでもよかった。

人々は見た。撥弦楽器《サズ》や気鳴楽器《ズルナ》の音は神々しい衣装となって少女の身を飾り、彼女がゆるやかに身体を沈めるたびに自分たちの心の中へも聖なる重みが沈降していくのを。

イスラム教は偶像を持たないがゆえ口にすることはできなかったが、目の大きな黒髪の美少女の動きに人々はこっそり神の姿を見ていた。ある者は彼女の指の動きにコーフンの旋法《マカーム》の捻《ね》じれを感じたと言い、ある者は旋舞以上のエクスタシーで上昇的な法悦の境地へ導かれたと告白した。

たった一晩でシーター・サダウィは話題の人となった。

彼女がアッラーの申し子に留まらなかったのは、その公演に来ていた図形楽譜研究家がしつこく食い下がったからだった。音楽をグラフィックとして記譜しようとする背の低いアメリカ人は、彼女の動きは音の視覚化に他ならず、自分はその才能をさらに育てることができると豪語し、両親に飴と鞭とを抜群のタイミングで与えてシーターを連れ出してしまったのだった。

少女は彼に養育された。図形楽譜家はまず自分の研究のために、比較的記譜しやすい西洋音楽をシーターに舞わせようとした。彼女はおざなりの通信教育を受けながら、キエフやパリ、ニューヨークやロンドンで新しい舞踊に触れた。時には浅黒い足にピンクのトゥシューズを履くこともあった。が、シーターはシーター自身の踊りを手放すことはできなかった。教えられれば吸収するし、経験は彼女の気づかないところで血肉になる。しかし西洋舞踊陣営は少女が受けとめたもの以上の何かを彼女から受け取り、怯えた。

モダン・バレエの大家は後にこう語っている。

「彼女は私の門下にいてはならないと思った。彼女は収縮《コントラクション》と解放《リリース》を自然な呼吸のように扱う。神秘の国に生まれた彼女へ、神が宇宙の息吹を託しているに違いない。私には受けとめられない大きなものを彼女は持っていたのだ。彼女は私のバレエ団のシーターではなく、神と世界のためのシーターになるべきだった」

かくしてシーターは世界を踊った。バリではバリの音楽、ハワイではハワイの、ウガンダではウガンダの、日本では日本の楽曲に合わせて、彼女自身の動きで踊った。バロック音楽であれ、偶然性の音楽《チャンス・オペレーション》であれ、いつもシーターはシーターだった。

彼女が世界的舞踊家としての頂点を極めたのは、十四歳の時である。アビシニアン猫そっくりの瞳、そっくりの柔軟性、そっくりの気品。吹けば倒れてしまいそうな身体なのに、膝を折って重心を沈めた舞い姿は何者も侵しがたかった。貯めこんだ力を跳躍に転換すると、全身に輝かしい閃光が走った。

十代のシーター・サダウィは何も考えていなかった。ただ音を聞き、時には無音を聞き、自分の動きたいように動けるということが嬉しかった。

彼女にとって観客は傍観者にしかすぎない。だから、公演に押し寄せる熱狂的なファンの数が膨れ上がった時点で周囲がメディア戦術に打って出たからといって、特に不満を感じてはいなかった。

彼女はカメラの前でいつまでも踊った。観客にではなく、既成の神にではなく、自分の中の神に肉体の動きを捧げた。

当時はそれで幸せだったのだ。

ほんとうに。


「好きなように、ということは映像加工をしなくてもいいってことかしら」

二人乗りのジャイロコプターを操るロブは、前を向いたままシェークスピアになった。

「お気に召すまま」

「やるべきかやらざるべきか、それが問題ね」彼女はにこりともしなかった。「生のステージのほうがいいと思う？」

彼は軽く肩をすくめる。

「どちらでも。けれど結局あなたは仕掛けなしのライブを選ぶと思いますよ。ああほら、しっかり下を見ててください。〈デメテル〉には使えるものがいっぱい落ちてますからね」

シーターはジャイロの風防にそっと手を添え、下界を見下ろした。

五百六十万平方キロメートルにも及ぶ〈デメテル〉の領地が下方を流れている。機はちょうど海洋生物エリアの群青色を過ぎ、広大な草原地区へ差しかかったところだった。若々しい春の緑が風に煽られて漣《さざなみ》を寄せる。波を追って目を移すと、ゆくてには黒い森が岩盤のようにがっちり立っていた。

「ウィーンの森の写しです」と、ロブがやっと学芸員らしいことを言った。「酔狂な音楽家はよく演奏の場所にしますよ。ウィリアム・テルのアドベンチャーツアーっていうお子様向けのプログラムをやったこともありましたけど、お子様すぎてまるきりアパッチ襲撃戦だった」

「私には関係ないわ」

冷たく言い放ってもロブはめげなかった。

「でしょうね。あれを越えるとヨーロッパの名園エリア。観光名所のエキスみたいなところで、予算も手間も掛けています。けしてバカにしたもんじゃないですから、念のため」

「いいわね、官営は。お金がたっぷりあって」

　シーターは皮肉に皮肉を返したつもりだった。そう、資金さえ充分なら自分はいくらでも好きなことをしていられたのだ。いつの間にか観客が投影機の前を去り、お前はもはや金の鵞鳥《がちょう》ではないと宣告された時から、この苦悩が始まったのだ。

　操縦席のロブは彼女の暗い表情を見ることなく快活に言った。

「〈アフロディーテ〉はまったくの官営じゃないですよ。半官半民です。僕たちはちゃんと自分たちの食いぶちくらいは稼いでる」

「そんなに観光客が多いの？」

「さほどでも。主な収入は各部署の学術調査と研究の商業利用、それとエネルギー販売ですね」

「エネルギー販売？」

　ロブは鼻の頭を掻いた。

「ええと。僕は植物学者で物理はできないんで……。ここの重力制御はMB《マイクロ・ブラックホール》方式なんだそうです。地下に回転するMBが磁場で捕らえてあって。エルゴスフィアとかなんとかいう領域からエネルギーを取り出すことができて、それを売っぱらっているとか。すみません、要領を得ない説明で」

ないのは、芸術だ学術だ美だなんて綺麗ごとを並べていられるのも、下世話な会計計算あってこそ、ってことですね」

「でもまあ、そんなこと知らなくたってここで暮らしていけますから。知ってなきゃいけ

「ほんとうに要領を得ないわね」


ロブはシーターに顔を向け、にっこり笑って付け加える。

「孤高で純粋な芸術なんてものは存在しない。それだけを肝に銘じておけばいいんです」

彼女の目が厳しく眇《すが》められた。

「それは私に説教をしているつもりなの？」

「とんでもない。どうしてシステム説明が説教になるんですか」

否定の仕方がわざとらしかった。

やはりこの男は知っているのだ。

何もかも。忘れてほしいことまですべて。

私のファンなら当然だけど、ここまで来ていまさら思い知らされるなんて……。

「バカにしてるわ」


映像ソースで全世界にばらまかれる彼女の姿は、空前のシーターブームを作り上げた。

民族性に囚われない自由な感性、足裏で大地に接吻するかのような重心の低さと、天に

触れなんとするかのごとき華麗な跳躍。十代半ばのガラス細工めいたあやうい美しさと不可思議な微笑。

映像ソフトの中の彼女は、ありとあらゆる人が信奉するありとあらゆる神の巫女であり、彼女自身もすでに神と同列の存在として受けとめられていた。

本能で踊るシーターがものを考えはじめたのは、二十代に入ってすぐのことだった。彼女に追従しようと企む同工異曲のダンサーが巷《ちまた》に溢れたのである。

ヒンドゥの教えとシーターの柔軟性をエロチックに拡大した四人組。流行歌の再ヒットを臆面もなく狙うアクロバチックダンサー。オリエンタリズムとバレエとを密着させて新派を名乗る一団。たとえ際物《きわもの》でなくとも第二のシーター・サダヴィと称する少女はいったい何人いたことか。

シーターはいつもと同じように踊り続けた。けれどいったん甘い汁を吸ってしまった取り巻きたちは新興勢力に儲けを食われるのを恐れ、より購買者に媚びた映像加工を勝手に始めてしまった。

灰色のスタジオでのびのびと身体を使ったはずだったのに、市販された映像ソフトの彼女は池の蓮《はす》の上から一歩も踏み出さなかった。ぴんとした静止で無限を表わすと、彼女の姿は七色のドットに分解されてだらしなく頰笑む技芸天の立体映像になった。さやぐ腕には椰子の葉がオーバーラップしたし、全然リズムの合わないケニア人の演奏を合成され鹿や犀を相手に跳ねていたこともあった。

違うわ、と彼女は投影機の前で唇を噛む。

あそこの一歩は場所の移動に意味があったのよ。あの振り向きは背中の緊張と曲の緊張がぴったりだったのよ。違う、目の動きは具体的なものを見ちゃいけないんだったら！

違う。違うわ。

自分では完璧に動いているはずの身体が人の手でとめどもなく加工されていく。これはきっと自分の表現力がたりないせいだ、と若いシーターは反省した。

この曲はもっといい解釈ができないものだろうか。この動作はもっと優雅にならないだろうか。

だが、どんなに努力しても、自分はますます壊されていく。

私は、どうして私の踊りを続けられないのだろう……。

ある日、シーターはついに初めての反発を試みた。

「お願いだから私の思うままにさせて」

覚悟の申し出は、とっくの昔にただのビジネスマンに成り下がってしまっていた図形楽譜家に一蹴された。

「君はけして観客にサービスしようとしないから、私たちが手助けしてるんだよ」

サービス。感じたままを天啓として受けとめ、無邪気に踊るのがそんなに悪いことなんだろうか。観客を意識しないのがそんなに駄目なことなんだろうか。

「いやいや、そんな顔をしないでおくれ。君は掛け値なしの素晴らしいダンサーだ。もしも不幸があるとすれば、それはみんながもう君の存在を知ってしまっているという点だね。君が自己満足を押しつける段階は過ぎている。君はメディアで広く世に知らしめられるべきだし、ことのついでに、ほんのちょっと、そう、ほんのちょっぴり加工すれば、寄る年波に失われた少女の神秘性までをも取り戻せるんだ。文句はないだろう？」

　彼はくつくつと笑った。

「それにね、君自身もすでに次の段階へ進んでいるんだ。自分では気づかないだろうけどね。君は必死になって自分の中の完璧を追い求めてきた。みんなはそろそろ君の生真面目さが息苦しくなってきてるんだよ。ちょうど容姿も完璧でなくなる歳だし、イメージチェンジするにはいい頃合いだ。かつて頂点を極めた君が映像加工で全盛期を取り戻そうとあがく姿は、きっとみんなに喜んでもらえるよ。そのためにも自分のことしか考えない巫女様気取りは早くやめてもらわないとね」

　身体を動かすこと以外にものを考えなかったシーターは、その時自分の中の何かが崩壊するのを感じた。

　自分がステップを捧げているのは、自分の中の満足の神へ、だ。ゆるやかに手を伸ばしていたのは、自分の中の理想へ、だ。

観客なんて本当に要らないのに。踊りたいように踊れればそれでいいのに。

数日後、シーターはワールドネットの喜劇番組で自分の映像が使用されているのを見てしまった。どたばたと賑やかな酒場の中、自分はひとり何も見ない目で必死になってステージを務めている。大衆演劇評論家はこの演出を笑いを誘うとして大いに褒めた。

シーターは、悲しくて、おかしかった。

「ここはすべてが完璧ね。たとえ地下に下世話な会計計算機があるとしても」

散策路に降り立った彼女は、風に靡《なび》くほつれ毛を押さえながら嫌みったらしく呟く。

グリニッジ標準時は十五時だが、メインエリアからはずれた広大な〈デメテル〉はすでに夕刻の様相だった。大気層が薄いため、夕暮れは赤い照明で演出されていることにシーターは気づいていた。

「中国庭園には牡丹《ぼたん》が咲いて、風車の下にはチューリップ。ひまわりの群生も見事だったし、菩提樹の実は懐かしかったわ。植物の一番いい時季だけがパッチワークしてあるのね――人工的に」

彼女は散策路の両側に咲く蔓薔薇《つるばら》の花をぴんと爪で弾く。

落日の色に染まった癖のある髪をまるで炎のように揺らせて、ロブは答えた。

「最良の花を見てもらおうとすると、ずいぶん手間が掛かるものですよ。ものによっては全面植え替えだし、それができないものはこうやって目隠しをしておかなきゃいけない。この蔓薔薇の垣根の向こう、実は禿ちょろけのコスモス畑なんです」

シーターは悪びれない青年の顔をまじまじと見た。彼は、何、と言いたげに軽く首を突き出す。

彼女は吐息を混ぜながら空を仰いだ。

「バカにしてるわね」

「またですか」

「ここは完璧すぎて荷が重いって言ってるのよ。あなた、私のファンだって言ったわね。私の公演は〈アフロディーテ〉が全面的に支援する、とも。だったら訊くわ。今のシーター・サダウィはこの完璧な世界を自由に使う価値のあるダンサーだと思う？」

ロブは笑顔を絶やさなかった。視線も逸らしはしない。

「人気の凋落《ちょうらく》したあなたが気後《きおく》れするのももっともですね」

ずきっと胸が痛んだ。そうだった。この男は卑下するポーズはやめろとも言ったのだった。

「僕は観客離れの一因が押しつけられた臭い演出にあると知ってはいますが、それを差っ引いても、今のあなたは以前には四回転できた跳躍をやっと二回転で収めるありさまだ」

シーターは赤い世界の中で立ち止まってしまった。

ロブはくるりと振り向いて意地悪く言う。

「バカにしてるって怒らないんですか？」

彼女は答えられず、両手を固く握り締めて立ち竦《すく》んでいた。ロブは二歩戻って彼女の横に立ち、細い手をとって自分の腕に絡ませる。

彼はしばらく無言で歩き、シーターの気持ちが落ち着くのを待ってくれた。

薔薇の垣根が合歓《ねむ》の木の街路樹に変じる。しだいに暮れなずむ青の中、樹は眠たげに葉を閉じようとしていた。薄桃色の花が空一面の星のようだった。

ゆくてから老夫婦が歩いてくる。穏やかな談笑がさわさわと耳に届き、表情は見えないが満足そうに頬笑んでいるのが判った。

すれ違いざま、ロブは老夫婦に軽く頭を下げる。すると、暖かな会釈が返った。

夫婦の姿が遠ざかると、彼は肘に掛けさせた彼女の手をぽんぽんと叩いた。

「それでもね、僕はあなたのファンなんです。二回転が一回転になったって構やしません。シーター・サダウィたるもの、技術の衰えなんか表現力でいくらでも補えると知っていますからね。あなたが、自分は〈アフロディーテ〉を使うに値する、と思えば、なにも遠慮することはないんです。どうです、熱烈な入れこみ方でしょう？」

シーターは薄く笑った。頬笑んでいることが彼に見えるといいのに、と思った。

「この二年ほどのあなたはほんとうに苦しそうだった。下卑た映像加工に心を痛め、なんとかありのままの自分を見てもらおうと躍起になって、かえって本来のシーターでなくなっていくように見えました」

「それは」彼女は咳払いをして声の掠《かす》れをとった。「それは少し違うわね。私はいつだって観客なんかどうでもいいのよ。小さい時もそうだった。踊りたいから踊ったの。今だって同じよ。あんな粗悪な映像で満足してる質の悪い客なんか欲しくない。彼らに真の姿を理解してもらおうと思ったこともない。私は私の中の幸せのためにだけ、手も足も使うのよ」

彼女はきゅっとした笑みで男を振り仰ぐ。

「最初にあなたが見抜いたとおり、これを引退公演にするわ。私は私の好きにする。みんなは映像加工とあまりに違う年老いた私を見るといいわ。派手な演出のないただの踊りにがっかりするといいわ。私は観客を一顧だにしないまま踊り終え、奴らとはさっぱり決別してやるの」

彼は並木道の果てを見据えたまま、ぽつりと呟く。

「バカにしてますね」

「あら、代わりに言ってくれたの？」

「違います。あなたが僕たち観客をバカにしてるんです。僕が言った引退と、あなたのそれとは意味が違う」

「それはどういうことかしら」

険のある声で訊くと、彼はひとつ大きな息を吐いた。

「悩み疲れたあなたが自分自身の踊りを踊れなくなっているのなら、何もかもを好きにできるこの公演で満足のうちに引退してしまうのも仕方がないと思うのです。けれど引退という最後の手段を用いて観客を真っ向からバカにするつもりなら、それは間違った考えです」

「いったい今まで何を聞いてたの？　私はもともと観客に媚《こ》びを売れない自己満足に生きてきたダンサーだと言ってるでしょ！」

シーターは彼の腕を振り払おうとした。

が、ロブは思いがけない男の力で彼女の手をぐっと押さえつける。

「だったらどうして映像加工に拒否反応を示してきたんですか。自分の好きなように踊ってそれで満足だったら、どんなものが流布《るふ》しようと関係ないはずだ。今回だってそうです。自分に忠実でいようとするだけなら、〈アフロディーテ〉にあるものは遠慮会釈なく要求すればいい。観客の幻滅など気にしなければいいし、決別しようなどと身構える必要もない。あなたから満足を奪い、あなたに引退という言葉を呟かせているのは、周囲の邪念ではなく、自分の自信を保つために周囲を無視しようと努力してきた、あなたの心の歪みではありませんか？」

シーターの大きな目がさらに見開かれた。漆黒の瞳の中に驚愕と怯えを映して。やがて視線が陽炎のようにうろうろと揺れ、地に落ちる。

「だって私は……私の純粋な舞踏への衝動が穢《けが》されるような気がして……」

彼はまた華奢な手の甲を何度か優しく叩いた。

「ねえ、シーター。孤独な芸術なんかないんです。いくら純粋だの孤高だのを掲げてみたって、その気概そのものこそが吸引力を持ち、僕みたいな観客を魅きつけてしまうんです。それは仕方のないことだと思います。周囲を排斥する力はどうか舞踏に向けていてください。元のように自然体でいてください。そうすることのできる自信を取り戻してください」

彼は、こんなことを言うと〈アテナ〉の連中に袋叩きにされるかもしれないけど、ともごもご呟いてから、照れた口調で言った。

「鼻の欠けたスフィンクスが、ミロのビーナスが、サモトラケのニケが、強烈に僕たちに迫るのは誇りに満ちてそこにあるからです。完璧な美を追求した自信に溢れるがゆえ、現状の欠落部分は想像力で補完して構わない、と悠然と存在しているのです。キャンパスに線を一本描いた時、僕になくてモンドリアンにあるのはその自信です。子供が握り拳でピアノを叩くのと〈ミューズ〉の評価するトーン・クラスターが異なるのはまさにそこです。僕の大好きなシーターは、たとえ相手役にゴキブリを合成され、ゴキブリの国で映像ソースを売ることになっても、自分に自信がある限りこの輝きを失わないはずです」

いつの間にか並木道が終わっていた。

目の前に広がるのは、照明のない野原だった。わずかな残光の中、膝丈に罌粟《ケシ》によく似た花が人知れず咲き揃っている。

「私は人の反応を気にして自信を失くしていたというの？　いったん気になってしまったものをどうすれば心から追い出せるというの？　いままでだって精一杯拒否してきたのに、それすら舞踏にとっては邪念だったというの？」

彼は答えず、すっと膝を折って植物学者らしい仕草で花を一輪掬《すく》い上げた。

「〈タレイア〉、イルミネシステムを。コマンダー・パーソナリティ登録。モニタリング対象、シーター・サダウィ。僕の隣りにいる女性だ」

「私？」

ロブが立ち上がった。彼があとじさりすると、闇の中に笑顔が溶けこむ。

「〈タレイア〉、イルミネ始動」

「ちょっと、何の」

声のするほうへ駆け寄ろうとして、シーターは啞然とした。

花が光ったのだ。野原の中に薄緑の光の帯が出現し、ゆっくりと薄れていく。

「……ロブ」

指先で口を押さえる。すると、彼女の動作を読んだかのように別の場所がまだらに輝いた。

腕を下げると光の波が走り、よろめいた足取りを受けて不安定な瞬きが返る。

「ロブ！」

「やあ、そんなにびっくりしてくれるとは、感激だなあ」

花の薄明かりに照らされて〈デメテル〉職員はのんびりと言った。

「ほらもっと動いてみて。面白いでしょう」

彼女が首を振り向けると、花畑に小さな円の光がふわりと拡散した。

「LL発光する花です。イルミネ、と名前を付けました。罌粟の裸の細胞《プロトプラスト》に生物発光物質ルシフェラーゼの相補《c》DNAをエレクトロポレーションしたんです。〈タレイア〉があなたの動きをマップに変換し、根に電荷を与えると、鞭毛タイプの生体マイクロモーターが動き、ルシフェリン生成嚢《のう》が押されて反応が」

ロブははっとして苦笑を漏らした。

ダンサーは科学者のごたくなど聞いていなかったのだ。

探るように腕を動かし、指をさわさわとうごめかせ、左足を軸にして重心をいろいろ変えてみている。

彼女が優しく夜気を薙《な》ぐと、ベールのような光がたわんだ。

ぴっと足を跳ね上げると、野原の果てまで閃光が走っていった。

やがて、ロブのすぐ目の前の一群がじんわりと明るくなった。風に揺れる薄い花弁が丸くひそやかな光を広げていく。シーターが嬉しそうな顔をしていたのだった。

「素敵ね。思うとおりには光らないけど」

「そこがいいんですよ。あなたの動きを花は確かに受けとめるけれど、とんでもないところで応えたりします。気まぐれな観客のようにね」

うっとりしていたシーターがまた眉をひそめた。花叢《はなむら》に、ちりりり、と不安げな光が灯る。

「僕たち観客は映像の中のあなたにリアルタイムの反応を返してあげることができなかった。それはあなたにとって幸せだったんでしょうか、不幸だったんでしょうか。僕はずっとあなたに何もしてあげられないことを残念に思っていました。だんだん必死の形相になっていくあなたに、僕は暖かいものを何ひとつ贈ってあげられなかった」

「生意気ね」

「ええ。でも例えばイルミネを見て素敵だと思ったことはあなたのステップに反映されないんでしょうか。音と世界を踊りに映すほどのあなただ。あなたの鋭い感覚に観客の反応が侵入したら、いったいどんな舞踏になるんでしょう。その上で僕たちに媚びることなく、自分の中の神にだけ踊りを奉納してくれれば、僕はもっと嬉しくなるでしょう」

「本当に勝手気儘《きまま》なことを言うのね」

ロブは寛容に腕を広げた。

「もちろんです！　僕はあのホールの像だ。両手を差し伸べて待ってるんです。ただそうして待つしかない。美を持つ人の前で、いいものちょうだい、もっといいもの、と一方的におねだりしてるんです」

罌粟に幾重もの波ができ、明暗の縞が野末《のずえ》で重なった。

シーターは自分の腕をもてあまし、掌で叩いていた。

「私はそんなに親切じゃないわよ。何にも責任転嫁できないこの状況で、しかも観客を目の前にして踊る……みんなの反応を感じた瞬間に打ちのめされて二度と立ち上がれなくなる可能性もあるわ。はったりなしの本当の引退公演になるかもしれないわよ」

「すべてはあなたが決めることです。僕はあなたが満足するならそれでいいんですよ」

花の光がとぷんと揺れる。

「……バカにしてるわ」

薄緑の光の中で、彼女は頰笑んでいた。

開演前の慌ただしさが〈アポロン〉職員、田代孝弘の足取りを早くしていた。

灰色の庁舎がいつにも増して殺風景だ。

がらんとしたホールに足を踏み入れた彼を、

「タシロさん」

と、ロブ・ロンサールが呼び止めた。

「このたびはお手数を掛けてしまって。どうもありがとうございました」

「お手数なんかじゃなかったよ。どんな無理難題が持ち上がるやらと心配してたんだけど、気抜けするくらい何もすることがなかった。揚足取りに虎視眈々《こしたんたん》としてるマスコミ連中は所長に回してやったし」

「あはは、そりゃあいい。うるさい雀を追い払うのは案山子《かかし》の役目だって決まってますからね」

どうやら〈デメテル〉の果てまでも、所長の渾名《あだな》は鳴り響いているらしい。

しかし、と孝弘は少し首を傾けてロブの顔を覗きこむ。

「せっかく全セクションあげてバックアップしようっていうのに、協力申請は『掌』像の貸し出しだけ。会場も変わったところじゃなくて〈ミューズ〉のヘリコーン・ホールだ。なんだかもったいないな」

ロブは眉を弓なりに上げて胸を張った。

「だからこそそのシーター・サダウィなんですよ。実のところ、彼女がもし自分の芸を媚び飾る方向を選んだら、僕は〈アフロディーテ〉を辞めようかと思ってたんです」

孝弘はぎょっとした。

「それはまた……」

「ちゃんと覚悟はありましたよ。でなきゃイルミネが商業ベースに乗ったことを盾に、所長へ公演企画を捻じこんだりしません。天下の名演出家コルネル氏を丸めこむにも相当な度胸が要りましたしね」

ロブはあっけらかんとしている。それだけシーターを信用していたのだ。

孝弘はロブの二の腕を軽く叩く。

「いよいよだな」

「ええ。もうすぐ僕の大好きなシーターが帰ってきます」

熱烈なファンの顔がほころんだ。


作業用の白シャツとジーンズをソフトスーツに替えた〈デメテル〉職員は、十二列目中央といういい席に座っていた。

ヘリコーンは九つあるホールの中で一番小さい。なのに詩《ミ》と音楽《ュー》の神々《ズ》が住む重要な山の名を冠されているのは、美は観客動員数ではなく質で量られるべきだという多分にアンビバレンツな気概が反映されているからであった。

シーター・サダウィの舞踏を見るにはお誂《あつら》え向きの大きさだったな、とロブは満足している。

だって、間近に受けとめられたんだもの。一時間半もの間、彼女のこの懐かしい微笑を。

使用された東洋系各民族の音楽は、すべてありあわせの音源だった。舞台装置は下手《しもて》に「掌」像が置いてあるだけ。効果といえば、照明がわずかに色を変えるくらいだ。

シーターは踊った。何も飾らないままに。

巫女は自分の中に降臨した舞踏の神様をそのまま動きに宿した。

彼女の年齢は化粧で隠しきれず、かつて神の娘と呼ばれた少女のあやうさはなかった。跳躍や回転には、昔の切れがなかった。

しかしそれがどうだというのだ。

彼女は、十代ではとても感じ取れなかった別の啓示を消化しきっているように見えた。勢いに呑まれるのではなく、まろやかさと優雅さを従えていた。

中腰で踊り通すと、大地への愛と安心が溢れた。大きな瞳がきょろきょろと左右に振れると、彼女の味方をする大きな力が周囲に満ちているのだと判った。弛緩したような腕の先で細い指が息苦しいほど反《そ》らされる。強く踏み出される足が破魔のステップを叩きつけ、巨竹打楽器《ジェゴク》の拍と複雑に絡んで悠久の時の流れを伝えてくる。

観客たちは息を殺して彼女の一挙一動を見守った。

シーターはこれまでのように彼らの視線を拒否していないように思えた。彼女は彼らの存在を、腕で手繰《たぐ》り腰で引き、足捌《さば》きで軽くあしらった。

観客席から感じてしまうものを彼女がどんなふうに取りこんでいるのかは、ロブにも判らなかった。

ただ、彼女はとても幸せそうだ。一切の束縛から逃れて踊る彼女は、いま目の前で展開されている終曲に至るまでの間、ずっとずっと輝き続けていた。

だから、彼はそれでよかった。

と、その時、彼女は「掌」像へ歩み寄った。

まだ曲が残っているのに、とロブは心配になる。

シーターは、像の仰向けの掌をするりと撫でる。確認のように、祈りのように……。

ジェゴクもくりぬき太鼓《クンダン》もまだ賑やかに続いていた。神の島の音楽に取り巻かれながら、彼女は手に手を重ねて、刹那《せつな》、像と見つめ合った。

金属打楽器《チエンチエン》が、きいん、と響くと、曲は終熄《しゅうそく》へ向けてしだいに間延びしていく。

固唾《かたず》を呑む人々の前、シーターは舞台中央に戻り、一度、にっこりと笑った。

緩慢になるリズムの中、小麦色の身体がゆっくりと動く。

彼女は自分の胸の中をすべて掻《か》い出すような仕草をして、そのまま腕を前に差し伸べた。

「あっ」

それは「掌」像と同じポーズ。

同時に、じゃらん、と曲が終わった。

シーターはまだ静止していた。

ロブはどこか遠いところで考えた。

あの掌はもらう形ではなく、捧げる仕草でもあったんだ。

彼は胸の前で享《う》ける形に手を作り、舞台の上に笑みかけた。

彼と同じものを確かに受けとめた観客たちがやっと我に返り、大地を揺るがすがごとき喝采がはじまった。

V

抱　擁

なんといってもベーゼンドルファー・インペリアルグランド、しかも「九十七鍵の黒天使」ですものね、と美和子は浮かれた口調で言った。

いくら考えても判らない。どうして妻が徹夜の理由を知っていたのだろう。自分はただ、込み入った仕事があって帰れない、と告げただけなのに。

〈音楽・舞台・文芸部門《ミューズ》〉と〈絵画・工芸部門《アテナ》〉の展示品争いは日常茶飯事だから、所長の第一秘書だった妻におおまかなことを言い当てられても仕方がない。けれどもさすがに銘柄まで当てられてしまうと、〈記憶の女神《ムネーモシュネー》〉は台所の端末にゴシップを流しているのではないかと勘繰りたくなる。

「どうせ案山子《かかし》が暇に飽かせてぺらぺら喋ったんだろうがなあ」

田代孝弘は目の前のF《フィルム》モニターに映った数々の懸案事項を眺めながら、案山子こと所長のエイブラハム・コリンズを呪った。

気難しい老ピアニストをオーナーに持つ「黒天使」は、まだ泡梱包《フォーム・パック》を解かれず、もちろん検疫も受けられないまま、倉庫で惰眠を貪っている。〈ミューズ〉の調律師マヌエラはピアノの体調を心配し、長文の抗議文を孝弘宛に送ってきていた。

非接続者だが才気走ったマヌエラは、どうすればこのぐずぐずした状態を抜け出せるのかを箇条書きで提案している。真面目な提案には真面目に答えなければならない。孝弘はなぜ素直に事が運ばないかを詳細にしたため、筆が滑って各部署の悪口を書いてしまっていないかを慎重に検討し、さらに自分も困っているのだということを控え目に書き添えた。

彼女への返事を書いている間に、モニターは新たな検討課題を三つも増やしていた。そのうちのひとつは会議の結果待ちで、要するにもうしばらくこの殺風景な庁舎に残っていなければならないということだった。

近ごろはとみに部署間の調停事項が増えている。案山子が気楽な振る舞いをし、妻が無邪気なことを言うたびに、孝弘はどっと疲れを感じるのだった。

調停は学芸員の本来の仕事ではない。時には鑑定にまつわる揉め事もあるが、多くはちょっと気の利いた事務員なら充分に対応できる内容だ。なのにみんなは……所長までもが……不都合とあらばなんでもかんでも〈総合管轄部署《アポロン》〉学芸員に被せてくる。他の部署より広いデータベースに繋《つな》がっているから何でも来いだとでも思っているのだろうか。

むしろ優秀な女神に直接接続しているだけに孝弘は口惜しさを感じる。厄介な連絡ではなく学芸員魂の充足のために女神様を呼び出したのは、いったいどれほど前のことだろう。これこそ宝の持ち腐れだ。それでも他人には総合管轄部署で直接接続の学芸員というのは何でも処理できる男神のごとくに見えるのだろうか。

「ああ、あのお客のことか尾を引いてる」

孝弘は顳《こめかみ》を揉みながら昼間の面会者までもを呪った。

サニー・R・オベイには、直接接続者がこんなしょんぼりした思いを抱いていることなど想像できないに違いない。ナイジェリア生まれのリキッド・アーチストは、暫定管轄である〈ミューズ〉をすっ飛ばして〈アポロン〉学芸員へ直訴しに来たのである。

「あんたなら判ってもらえると思って」

彼は視線を床に落としたまま、もごもご喋りはじめた。

オベイは〈アフロディーテ〉の低重力エリアを使ってパフォーマンスをしたいと申し入れに来ていた。可変制御のできる透明な膜を駆使し、そこに液体を閉じこめて、空間に文字を描くのである。膜は時折、化学物質を放出し、内部の液体をさまざまな色に染めるという。

彼は終始うつむいたままだった。さすがに芸術に科学実験や手品の類を持ちこむことに多少の引け目はあるらしい。耳まで真っ赤にして呟く彼によると、自分の売りは「言語とは、あやふやで周囲に染まりやすく、すぐ崩れるもの」であると提示し、さらに「それでも偉大なる力がある」と表現することなのだそうだ。しかし彼の主張を〈ミューズ〉は理解してくれてない、とか。

「俺はうまく言えないんだ。俺が望んでいるのは……液体が描く言葉によって、わあっと……なんというか、広がるものと制約されるものと。それがぐずぐずに崩れて反語に変じたりするところとか、わあっと包まれるような感じとか。なんというか、なんというか、その、ミューズだのなんだのって詩歌や言語に囚われない、パフォーマンスとしても充分に魅力的な総合芸術だってことを……なあ、あいつらに言ってやってくれないか。あんたらは頭にコンピュータが付いてててわあっとイメージを画像にできたりするんだろ。だったら俺のやりたいことも判るだろう？　俺はうまく言えない。うまく説明できないからこそ、芸術なんだ。言ってやってくれ」

オベイの発言は誤解の産物以外の何物でもなかった。孝弘は懇々と〈ミューズ〉の学芸員も「頭にコンピュータが付いて」いるし、そのシステムの有無とパフォーマンスを受け入れるかどうかの査定はまったく別物だということを説明した。

だが自称芸術家は聞く耳持たず、ひたすらに縋《すが》りつくばかりだった。あんたは何でも判るんだろう？　この胸の内のあやふやですぐ崩れるものも、あんたの頭のコンピュータに掛けたらはっきり像が結ばれるんだろう？　だからみんなに言ってやってくれ。俺はうまく言えない。あんたには判るはずだ――。

結局孝弘は、総合芸術であることこそがテーマなら、自分宛に正式申請書類を整えてくれと言ってしまったのだった。

自分は負けたのだ。調停続きの学芸員へ向けられた実のない賛辞の心地悪さに。

孝弘はFモニターの横のコーヒーカップに手を伸ばした。机と椅子とカウチしかない直接接続者用の個室、プラカップの冷えたコーヒー、午前一時をまわった時計、しんみりと青いモニターの光、その光が描き出す無理難題。

否応無しにわびしさが募る。先週まで〈ミューズ〉で開催していた「擬音と擬声語《オノマトペ》」の日本人パネラーなら「とほほ」と言うところだろう。

とほほ、ではなく、ほとほと、と遠慮がちにドアがノックされた。実際に人を訪れるときくらいは手で合図をする、という機械漬けならではのこだわり。こんな時間に太陽神《アポロン》を懐柔しにやってくる直接接続者は、果たしてペガサスの飼い主たちか黄金の甲冑《かっちゅう》の持ち主のほうか。

「とんでもない時間までやってるのね」

「ああ、なんだ、ネネか」

このアテナは黄金の甲冑を着ていない。その代わり、柔軟な黒い皮膚と美しい笑みを纏《まと》っている。ネネ・サンダースは、大仰に肩の力を抜いた孝弘へ憐れみのまなざしを向けた。

「どうせまた、痴話喧嘩に巻きこまれたオヤジみたいに右往左往してるんでしょう。少しは家に戻らないとそのうちミワコに離婚されちゃうわよ」

彼は力なく笑った。

「美和子なら毎日幸せそうだよ。やれ植物展だ、やれコンサートだって飛び回ってる。家に帰ると、綺麗だった、素敵だった、の連発を浴びるんだ。気楽でいいよなあ。こっちはこの肩書きのくせして美術品の顔をゆっくり見る暇もないっていうのに。あいつの楽しそうな報告を聞くだけでも自己嫌悪でどっと疲れる」

「あらまあ。じゃあ帰りたくもなくなる、か」さすがに彼女はもの判りが早い。だが一言多かった。「このぶんだと離婚の申し立てはあなたのほうからかしらね。頑張りなさいよ、タカヒロ。自分の離婚くらいは調停にしたくないでしょうしねえ」

「話を勝手に作るなよ。真夜中、男の個室に押し入っておいて離婚とは失礼な」

「じゃあ押し入りついでにコーヒーいただける？　さっきから眠くて」

「そっちも何か問題が起きたのかい。『ユーラシアの磁器展』の準備をしてるんだろう？」

真空管輸送されたプラカップを手渡すと、ネネは黒豹の動作でしなりとカウチに腰を下ろし、そのまま上目を遣った。

「もうちょっと同情してよ。展示会の準備は順調、問題なのはあなたのところのルーキー。

うちの部下の愚痴に付き合ってたらこの時間よ」

「え、ルーキーって。いまそっちに配属されてる研修員は……」

「マシュー・キンバリーよ。先月〈動・植物部門《デメテル》〉からうちへお鉢が回ってきたの。預かってはみたものの、もう何というか……タカヒロには悪いけどまったくの〈アポロン〉気質なのね、彼」

「どういうことでございましょうか、オネエサマ」

　孝弘のおふざけに、ネネの頬がやっととゆるんだ。

「一言でいうと〈三美神たち《カリテス》〉をみくびってるわね。確かに私たち〈アテナ〉が使う〈喜び《エウプロシュネー》〉からは上位の〈ムネーモシュネー〉へ接続できない。〈カリテス〉同士の乗り入れゲートもフルオープンじゃなくて条件付きだわ。すべてを見通す空の高みにいらっしゃるのは輝かしき太陽神のみってわけね。でもだからといって下部システムがバカかというと、そうでもないでしょ」

「まさかマシューにバカ呼ばわりされたとか」

「そうじゃないけど。言ってるのも同然よ。信用されないんだもの」

　よく動く繊細な手が、カップの保温シールを荒々しくめくる。

「今日もね、展示会に合わせて運んできた未整理の発掘品をうちの若い子が鑑定してたわけ」

「クローディアだな」

「そう。彼女の能力の高さはあなただって知ってるでしょ。物は景徳鎮の影青《インチン》で、彼女は超逸品だって浮かれてたのよ。ところがマシュー坊ちゃまったら、専門家を前にして真っ向から、これはよくない、って言って聞かないの。どうやら画花紋《がかもん》に引っかかってるみたい。〈アポロン〉の特権を使って〈デメテル〉の〈開花《タレイア》〉を調べたら、草木文様帖に似たようなのがあるんだってさ。すごいでしょ、言うに事欠いて、似てるからよくない、よ」

ネネのカップの中でコーヒーが波打つ。

「いったい美術品の価値をどこに求めてるんだろう。品物を手に持った時に伝わる繊細さ、釉《ゆう》だまりの色の感じ、文様の優雅な流れ……クローディアがどんなに説明しても駄目。揚げ句の果てには、真実はデータにある、ですってよ。お坊ちゃまったら全然判ってない。いいものはいいのよ。私たちはそれが独り善がりでないかを確認するために〈エウプロシュネー〉を使うのよ。いいと思ったところはどこか。形か、色か、もっとあやふやな共通項か。そうして、美とは、っていう究極の難題に取り組んでいく。そうでしょ？　デザインの盗み合いを確認してほくそ笑むために女神様の力を借りてるんじゃないわ」

彼女は気炎の合間に熱い液体を啜《すす》った。

「文物の価値を決めるのは知識の量だけじゃないのよ。そんなこと言ってたら、このシステムができる前の鑑定家の目は一つ残らず節穴だってことになっちゃう。品物の善し悪しはまず肌に伝わるものよ。肌の感覚はたくさんの物にあたってだんだん敏感になるの。私たちはその経験を積んできた専門家。なのに……ああ、あのいかにもエリートふうの薄笑いったら！」

ネネはまだ熱いコーヒーをくうっと飲み干した。そしてようやく孝弘の表情に気づく。

「あら、ごめんなさい。あなたが申し訳なく思うことはないのよ。マシューの問題なんだから」

「いや。立派に僕らの問題だと思うよ」

いまの孝弘には、同僚に対するネネの辛辣《しんらつ》さをうまくかわせない。

「君が来る前、ちょうどそのようなことを考えていた。いい条件でシステムを使えるのはいったいどれほどのことなのか、ってね。使いこなさなくちゃ意味がない。使えること自体が嬉しい段階にいるマシューがいっそ羨ましいな」

「タカヒロ、あなた本当に疲れてるのね」

白髪の混じった短髪の下、彼女の目はあまりにも優しかった。

「君はマシューのインターフェイス・バージョンを知ってるかい」

「アクセス・シェルの？　さあ。私が６・１、あなたのは実用化ナンバーでは私の四世代後だったっけ」

「８・３７ｊ。今年の新人たちは８・８０だ。マイナーな改定だが、視覚連合野からの取りこみ負荷は格段に低い。海馬領域からのフィードバックもよくなって、つるつる逃げる心像《イメージ》もよく確定する」

ネネは、それが？　と目で訊いた。

「君も含めて、僕たちは逃げがきかない。仕事を辞めるということはアクセスを打ち切るということであって、脳外科手術前の元の身体に戻れるわけではないんだ。いわば、この仕事を選んだ時から、自分のアイデンティティのすべてはデータベースに直結した理想の学芸員だというところに置かざるを得なくなる。マシューは度を外れているみたいだけど、最新バージョンの夢多き新人が能力を誇示したくなるのは仕方ないことかもしれない」

「そりゃ、私だってご同類なんだからそれくらいは判るけど」

「なんにせよもうちょっとの辛抱だよ、ネネ」孝弘はやっとにっこり笑った。「今に彼も思い知るさ。どんなに広いアクセス平原を持っていたって、〈アポロン〉は女神様たちの使い走りでしかないってことがね」

「なによ、それえ」

ネネは鼻の上に皺を寄せた。

「九十七鍵の黒天使」をめぐって、孝弘はさらに二日、庁舎に泊りこんだ。マヌエラが比較的おとなしく引き下がってくれたのも束の間、今度は木工を担当しているアーネストが矢継ぎ早の構造調査申請を送りつけてきたのだ。そうこうしているうちに次は〈デメテル〉のケイトがピアノハンマーから羊毛の試料を取りたいと言ってきた。孝弘は口を酸っぱくして、泡梱包を解きたくてもオーナー・ピアニストが許してくれない、と繰り返し、はたと我に返った。疲労困憊《こんぱい》しすぎて見逃していたが、ピアノに関するこの見事な同時性は水面下の打ち合わせなくしてはあり得ない。要するに、荷を解いてもらわなければ本格的な所有権争いもできないと気づいた三部署が、呉越同舟の連携プレイで〈アポロン〉を責めたてているのだ。

孝弘は深々と吐息をつき、マヌエラから再び送られてきたメールを読みもせず保留扱いにした。

本当は身の回りに渦巻くものすべてを一切合財放り投げてしまいたかったが、さすがにそうはいかない。これから〈デメテル〉の花壇の隅に置く詩碑に〈ミューズ〉の名を入れるかどうかという実につまらない問題を処理しに、金色のカートで出掛けなければならないのだ。

実に、つまらない。愛想のいい事務員がにっこり笑って「じゃんけんをどうぞ」と言えば済む話じゃないのか？　なぜ学術に関係ないことにまで学芸員が引っ張り出されるんだ？

カートにまたがった孝弘は救いを求めるかのように空を見上げてみた。眩しくて寝不足の目が痛かった。

「いい天気なんだなあ」

自分がどんなに落ちこんでいても。

急に展覧会を観たくなった。やっているものなら何でもいい。すぐに浴びられる美の飛沫が欲しい。美和子のように気楽な立場でそれを享《う》け、単純に喜びたい。いっそのこと今日一日はサボってやろうか……。

と、その時、内耳でころころと穏やかな音がした。〈ムネーモシュネー〉が喋りたがっている。

「接続許可。用件は」

――梟《アウル》・ホールから出動要請が来ています。緊急度、Dクラス。

Dクラスはたいした問題じゃない。けれど孝弘は反射的にカートのアクセルを踏みこんでしまった。仕事熱心な自分が哀れだった。

――〈ムネーモシュネー〉、出動要請の詳細を。

――男性一名が展示室で昏倒。医療班はすでに出動しています。生命に別状はないとの報告があります。

「どうして僕が呼ばれるんだ」

――該当者氏名、マサンバ・オジャカンガス。〈アフロディーテ〉の元職員、直接接続者です。地球在住のため当地での身元引き受け人はありません。ホールを所轄する〈アテナ〉のネネ・サンダースが知人の名乗りを上げ、現在付き添っています。あなたへの出動要請はネネ・サンダースからのものです。返信はどうしますか。

——行ってやるから、プラカップのインスタントじゃない本物のコーヒーを用意しろと言ってくれ。

——了解しました。

OBが倒れたからといってどうしてネネが自分を……。彼女は僕の激務を理解してくれているはず。〈アポロン〉を呼ばなければならないほどの事態って、いったい……。彼のことを調べておいたほうが……？

——マサンバ・オジャカンガスに関する資料を職員名簿から検索しました。出力しますか。

ハンドルを握る指がぴくんと跳ねた。

「……そうだな。そうしてくれ」

——了解しました。出力《アウトプット・デバイス》先はこのままA《オーディトリ》でいいですか。

孝弘は少し躊躇《ためら》った後、違う質問をした。

——〈ムネーモシュネー〉、検索の必要性を検討していた時の僕の思考は、どれくらいの無意識レベルだった？　まだ命令前だったはずだけど。

ました。

——無意識レベル、3から7。こちらへの発令を想定していると判断し、検索を開始しました。

無意識レベル7。かろうじて言葉になっているという思考レベルだ。以前なら〈ムネーモシュネー〉が取得できなかった深層。今年度の改定で精度が上がったことは知っていたが、予想以上のチューニングだった。

頭の芯は疲労で半分がた死んでいた。そこからもやもやしたものが発生し、孝弘は女神に次の質問を繰り出した。

——〈ムネーモシュネー〉、直接接続者の最新バージョンは？

——バージョン8・98が臨床試験中です。

もやもやはしんとした重みに変わって孝弘の罅《ひび》割れた心に染み通った。

いったいどこまでいくのだろう、学芸員と女神たちは。

美を探求する術は目まぐるしく発展していく。このまままっすぐ進めば、やがて、学芸員が瑣末な問題で頭を悩ませることもなくなるのだろうか。調停や苦情に惑わされない、学芸員の幸せがこの先に用意されているのだろうか。

自分は……美術に触れる暇もない無能な学芸員は、それについていけるのだろうか。

「なに考えてるんだ、僕は」

孝弘は軽く首を振り、カートの運転に集中した。

アウル・ホールの事務室に入ると、まず、長椅子の前に膝をついたネネの背中が目に入った。あいもかわらぬ黒のオール・イン・ワンがいつもより貧弱に見える。気配で振り返った彼女は、あからさまな安堵の表情になった。

彼女が身体をずらすと、その向こうには、長椅子にぐったり凭《もた》れた黒人の老人。データによると七十四歳だそうだが、ずいぶん老けて見えた。短くした髪も無精髭もまばらに白く、磨いた黒檀のように光る顔には深い皺が刻まれている。手足は人間のものとも思えないほど細く長く、それをタータン・チェックのスーツがだぶだぶと被っていた。

彼は菓子メーカーのロゴの入った赤いリボンを首に掛け、胸に古ぼけた厚紙を吊るしていた。隅に描かれているのは子供が好きそうな漫画ふうの人物、その中央には丁寧に筆を運んだ文字。

「はじめまして。総合管轄部署のタカヒロ・タシロです」

マサンバ・オジャカンガスは目蓋にぎゅっと力を入れて孝弘を仰いだ。

「総合管轄か。では直属の後輩だね。もっとも私の頃には部署はひとつしかなかったんだが。今はアポロンと呼ぶそうだね」

孝弘が頷くと、オジャカンガスはふわりと笑った。

「面倒をかけてすまなかったね。なに、昔取ったなんとやらで検索をやっていただけさ。

けれどみんなには疲れた爺さんが座りこんでいるようにしか見えなかったらしい。どうやら私と同様この札も時代遅れらしいな。今の人にはこんなものはもう必要ないんだろうし、意味が判らなくても当然だね。いや、本当に申し訳ない」

彼は長い指でリボンを摑むと恥ずかしげに厚紙をはずした。膝の上に置き、一度それをするりと撫でる。厚紙の中央には大きな飾り文字で「検索中」と書かれていた。

彼が現役の学芸員だった頃には、この札に重要な役割があったのだろう。

オジャカンガスのインターフェイス・バージョンは2・00C－R。〈アフロディーテ〉黎明期のものだ。

当時は部署も〈カリテス〉も分化していなかった。学芸員が使ったデータベースはその名も〈アフロディーテ〉という小規模コンピュータ一台きり。無論〈ムネーモシュネー〉とは比べ物にならない性能で、イメージ検索も実用化とは名ばかりのお粗末なものだった。しかし血気に逸《はや》る学芸員たちは、まだ土入れされていない剝き出しの岩盤や建設中のホールの中で、もしくは人もまばらな展示室の片隅で、あの札を首に掛け、嬉々として美の女神を呼び出したのだ。

しかし孝弘には、たとえ彼らの時代であっても女神の反応があの賑々しくも馬鹿らしい札を必要とするほど鈍かったとは思えなかった。データベースという言葉が生まれた時から処理速度はもっとも重要な開発目標であり続けたのだし、いくらなんでも直接接続者全員が手作りの札を胸に掛けていたとは考えにくい。

〈アフロディーテ〉の末裔に問い質《ただ》すと、彼女は静かなアルトで答えた。

それはデータベース側の問題ではなく、彼がC－R方式の直接接続者だったからです、と——。

目の前の老人は、古木の風情でひっそりと座っている。

孝弘は心をこめて言った。

「とにかくご無事で何よりでした。こちらの早とちりが接続のお邪魔をしてなければいいのですが」

オジャカンガスは厚紙を脇にやり、手を緩慢に振った。

「いやなに。たいそうな調べものじゃなかった」

「あ、私、コーヒーを淹《い》れてくるわ」

急にネネが立ち上がる。

彼女がドアを閉めた後、老人は目を細めた。

「いいおばさんになったな。私が退職するときにはまだ青くて苦い娘さんだった」

「苦みはまだ抜けてませんよ。僕なんかいつもこっぴどくやられる。なんだったら、おばさん、というのを彼女の前で言ってみてください」

老人は風船から空気が抜けるような音をたてた。それが笑い声らしかった。

「ここはとてもよくなったね。あのがらんどうの岩場にこれほどのものが蒐《あつ》まるとはな。頑張ってくれてありがとう」

「いえ、そんな」

「私の探しているものも見つかるとよかったんだが」

彼は目を伏せる。孝弘はふとオベイの頼りなさげな表情を思い出した。

「あなたがこちらへいらしたのはその探し物のためですか？　たしか、引退後は地球《した》へ戻られていたんですよね」

「そう。しかし地球にあったのは望んでいたものと少し違った。正直、ここで見つけられる可能性も少ないな」

「何をお探しか聞かせていただけませんか」

オジャカンガスは頰笑み、穏やかな低音で答える。

「あの子にも言ったんだが、これは年寄りの我儘《わがまま》だ。ごく個人的な欠落を埋めようとしているだけなんだ。どうか気にしないでくれ。どうしても知りたければあの子に聞くといい。ただし、時代遅れの幽霊を捕まえようとしていると言って笑わんでくれよ」

「はあ……」

「マサンバ。倒れたんだって？」

控え室に響いた裏返った声に聞き覚えがあった。振り向いた孝弘は飛びこんできた人物を見て我が目を疑う。

「オベイさん。どうして」

リキッド・アーチストは、太陽神が投げた円盤に直撃されたヒュアキントスのようだった。倒れこそしなかったが、ああ、と頼りない声を上げてたちまち視線を床に落とす。

「よう、水芸師。この将来有望な学芸員とお知り合いかい」

「ああ、まあ。俺の例の企画を……持ちこもうと思って」

オジャカンガスは、きょとんとしている孝弘に「ホテルのラウンジで知り合ったんだ」と教えてくれた。


「お爺ちゃんは上機嫌だったけど、君はそうでもないみたいだね」

「お婆ちゃんに近いぶん、いろいろ判っちゃうのよ」

ネネ・サンダースは窓辺で固く腕組みをし、街灯に照らされながらホテルへ戻る二つの人影をいつまでも見送っていた。

もうすっかり日が暮れている。後輩を相手にしたオジャカンガスの昔話は尽きることがなかった。彼は本当に学芸員が好きだったのだ。だが、楽しげな彼の横でネネが冴えない顔をしていたことを孝弘は見逃さなかった。

「タカヒロ、私がコーヒーを淹れてる間にオジャカンガスさんは探し物のことを何か言った?」

「具体的には教えてくれなかったよ。詳しくは君から聞けってさ。時代遅れの幽霊だとか」

窓から視線をはずさないまま、ネネは質問を重ねる。

「彼のバージョン・ナンバー、調べた?」

「2・00C-Rだろ。角膜《C》-網膜《R》投影方式らしいね」

「じきに中止されたわ。バージョンはたった一年でいきなり3へ飛び番して……」

「知ってる」

ネネは踵《かかと》でくるりと回った。わずかに首を傾《かし》げ、唇に複雑な笑みを載せる。

「ねえ、タカヒロ。可哀想だって思うことと、哀れに思うことって、違うわよね」

「そうだな。哀れみだけは人様から戴きたくないもんだね」

「私、オジャカンガスさんを哀れんでいるのかもしれないわ……嫌ね」

ネネが眉間を揉みはじめる。明るく照らされた室内にいるのに、彼女は外の闇に呑まれてしまいそうに見えた。

彼女の気持ちは孝弘にもよく判った。

世間は「過渡期」という一言で、C-Rナンバー学芸員を片づけたのだ。

脳内マップが明らかになり、ナノ・テクノロジーで意識の源泉から情報を釣り上げることに成功した人間は、次々と技術更新を図った。言葉ではなく脳波の段階で指令を発する思考制御《ブレイン・コントロール》技術は、たちまちのうちに、内声と呼ばれる発音以前の言葉を拾い上げる装置を産み出した。聴覚補助に関しても、極小イヤホンや人工内耳は町工場的な単純技術として一蹴され、研究テーマはもっぱら蝸牛《かぎゅう》神経へのアプローチを経て側頭葉聴覚野の直接接続へと集中した。耳鼻分野でも、洟《はな》にまみれるのは臨床医師だけで、学者の多くは清潔な研究室で前頭葉眼窩面皮質に好奇心の鼻面を突っこんでいた。

オジャカンガスの時代、科学者たちは新しいおもちゃを与えられた子供同然だったのだ。あれもできるこれも可能だと無邪気に騒ぐ子供たち。

千五百グラムの未知なる大海はすぐに有理数の飛沫に分解され、深層に横たわる心理すら透かし見ることができるようになった。彼らの次なる望みは、ぬるい水の底を泳ぎまわる「生き物」を捕らえることだった。なかなか見つけられず、うっかり取り出すと死んでしまうであろう生き物、科学の釣り針にかからない創造性や芸術性という名の深海魚を。

博物館惑星は、この浮かれ騒ぎの中で生まれた。直接接続者の一部に、C－R方式が採用されたのも、目新しいおもちゃを試してみたかっただけなのかもしれない。

C－R方式は、視覚情報を海馬や大脳新皮質視覚野と連携させる方式だった。見たものはデータとして保存でき、反対に思ったものを網膜に呼び出すことができた。ただし当時の技術力ではその他の性能には目を瞑《つむ》らざるを得なかったのだ。

画像イメージを固定するためには恐るべき精神集中力が必要だった。やっとデータが取りこめても、それを使用しての検索は家庭の通常端末よりも遅かった。半透過角膜による実視力低下と純粋データを網膜に映しこむときの瞑目、動かせない視点、クローズアップができずいちいち詳細図版へ切り替えなければならない邪魔臭さ。

それでもバージョン2・00C－Rは、当時、最先端、と呼ばれた。

「長年の経験と鋭い勘を持つ学芸員として立派な人を、私みたいな若輩が哀れんじゃいけないと思うのよ」

四世代、いや、マシューと比較すれば六世代遅れの学芸員は、自分の身体を固く抱いた。

「でも最先端が非効率と言い換えられ、自分が過渡期の人と呼ばれだした時、彼はどんな気持ちがしたかと思うと……」

孝弘は一度唇を結び、言葉を選んだ。

「果敢だったと思ってあげなきゃ。彼は緩衝記憶機構《バッファ・メモリー》の移植を受けている。早口になった女神様たちのご神託を貯めこむために。システムとしての〈アフロディーテ〉が〈ムネーモシュネー〉と〈カリテス〉に分割されてC－R接続の性能が追いつかなくなった時、彼は嘆くんじゃなくてその方法を選んだ。学芸員として、果敢で立派なことだと思わないか」

言いながら、孝弘は、これはオジャカンガスだけの話じゃない、と思った。

ネネは気づいているだろうか。彼女の哀れみは徐々に時代から取り残されていく我々自身にも向けられたものだということに。

調停続きでアイデンティティを失いかけている学芸員は、果たしてこの先、オジャカンガスのように果敢でいられるだろうか――。

孝弘は自分を鼓舞するためにさらに力を込めて言った。

「システム側が網膜投影に対応しなくなった後も、彼はFモニターの支給を受けて学芸員に留まった。そうさ、美への熱情さえあれば立派な学芸員でいられるんだ。技術がなんだ。バージョンがなんだ。マシューをこき下ろしたときの君はどこへ行ったんだ、ネネ。オジャカンガスさんを哀れむなよ。見習おう」

ネネは真顔でちらりと目を上げた。

「オジャカンガスさんの探し物は、その学芸員魂が産んだ幽霊よ。C－R接続と一緒に手放してしまったものを取り戻そうとしているの」

「どういうことだい」

「彼の時代、角膜からの網膜投影は視点のブレイン・コントロールに対応できなかったわ。だから映像は単に目の前に延べられるだけ。視点を動かすこともできず、どこかを集中して見ることもできず、ただただ視界いっぱいに絵画が広がっている――あなた、こんな感覚って想像できる？　学芸員としての至福があった、とあの人は言ってたわ。その時、その絵は世界そのもので、絵からは震えがくるほどの力が伝わり、絵に包まれ絵によって生かされているように感じるのだ、って。一度体験すると、Fモニターだろうが通常の展示だろうが、フレームが邪魔になってひどく矮小に見えるそうよ。地球に戻って広大な風景を求める旅をしてみたけれど、自然の雄大さはやはり芸術作品の力とは肌触りが違った、とも言ってたわ」

絵にすっぽり包まれる感じだろうか、と孝弘は想像した。古寺院の大聖堂で天井絵画を見上げる感覚に似ているだろうか。茫漠と、しかし確かに眼前へと繰り広げられたものに、吸いこまれるような抱きとめられるような、あの感じ。

「タカヒロ。彼はもう一度どうしてもその芸術の力に曝《さら》されたいって言うの。たとえぽんこつでも直接接続の学芸員ならまだ見ていてもいい夢だろうって。だからここまで来たんだ、って……笑うのよ」

「でもうちのシステムはもうC‐Rには対応していない。なぜ今頃？」

彼女は窓ガラスに手を当てた。ガラスに映った自分たちが闇の中におぼろげに浮かんでいた。

「あの人の時代の技術が、先月ようやく理想の座から降りて実用に耐えるようになったらしいの。マシューたち8・80バージョンに対応した女神たちは、海馬領域に深く踏みこんでいる。つまりは」

「そうか！　C‐R方式廃止以降棚上げにされていた海馬を経由する視覚情報処理の研究が、8・80バージョンで甦ったんだな」

「そういうこと。もちろんいまさら網膜投影はしないけどね。研究者たちは、イメージ検索の効率化を模索していくうちにC‐R方式で切り拓いた過去の領域にも足を踏み入れたのよ」

「となると」と孝弘は顎に手を当ててみる。「彼の探し物は絵画や工芸カタログの一ページじゃなかったんだな。検索は試験的にやってみたにすぎなかったんだ。8・80バージョンが模倣変換《エミュレート》できないか、マシューの処理方法でC‐R出力形態を甦らせることはできないかと、そう思って」

「ご名答」

ネネの口調はとてもじゃないが正解を褒《ほ》めるものとは思えなかった。

「でも無理なの。技術の進歩は非情だわ。今のシステムに古い方法で無理に割りこみをかけたら、オジャカンガスさんにどれほどの負荷が返ってくるか判らない。危険ですからやめてくださいと言ったんだけど、彼、答えてくれなかった。私がしてあげられるのは、念のためシステム管理局に、彼が無謀なアクセスをしないよう鍵を掛けてくれと頼んでおくことだけ」

同僚に向き直ったベテラン学芸員は、泣きそうな顔をしていた。

「ねえ、タカヒロ。ここにはたくさんの美術品があるわよね。それが私たちの誇りだったはずよね。でも、美術に一生を捧げる覚悟で直接接続学芸員の道を選び、黎明期の博物館惑星を育て上げた先輩が探しているものは、今ここにないの。彼の目標だった芸術と科学の美しき調和は、展示品の取り合いと日々のいざこざの中でお題目と化している。彼を幸せにしていた圧倒的な美の力の享受は、過渡期の技術という一言で封印されてしまった。私は彼に何と言えばいいのか判らないのよ。あなたの夢は失われました、とでも？　言えないでしょ、そんな気の毒なことは……」

　弱々しく視線を落とす彼女を、孝弘はしんみりと見守った。

「ネネ。君は彼を哀れんでいるんじゃなくて、羨ましがっているんだね」

「どうしてそうなるの」

「彼がとても純粋な学芸員だからだよ。純粋さを失った僕たちは、彼が素直すぎて悲しくなるんだ。本当はね、ネネ。心の奥底では僕だって彼と似たようなことを考えてる。分析屋でも運搬屋でもマネージャーでも調停屋でもない、ただの求婚者として美の女神《アフロディーテ》の胸に抱いてもらえるのなら、たとえ死んだって構わない、と。夢を熱心に追いかけられる彼が、僕は羨ましいよ」

　彼女は弱々しく腕組みを解き、再び窓の外に広がる濃闇《こいやみ》に目を向ける。

「タカヒロは忘れてるわ。あなたが語ったのは実現できるかもしれない夢。でもオジャカンガスさんの夢は、一度は手にしたのに、C‐R接続ができない以上もう絶対に叶わないと判っている。なのに彼はシステム改定を知って、もしかしたら、と思ってしまった。赤いリボンの札を取り出し、少年のようにいそいそと、ここへ戻る準備をしたでしょう。美の至福を希求する彼の純粋さが判るからこそ、世ずれた後輩は彼を哀れみ、願いたくなるの。どうかもう追わないで、と」

窓に映ったネネは、静かに瞳を閉じた。

彼女が目蓋の裏に見ている光景は、孝弘にも見える気がした。

若い黒人の学芸員はゆっくりと赤いリボンを摑む。長い間立ち竦《すく》んでしまうであろう自分を子供たちが恐がらないようにと、漫画を添えた「検索中」の札を首に掛ける。

そして彼は声なき声で美の女神の名を唱え、目を閉じる。

するとやがて、深海のごとき暗闇に一枚の絵が現われるのだ。

彼を包むのは、見たい、とあらん限りの力で欲した絵。誘うがごとくによぎるのは、科学者の釣り針には掛からない大切な深海魚。

その瞬間、世界には彼と絵画だけが在《あ》る。彼の意識は絵に塗りこめられ、絵は彼のみを受け入れる。美の圧倒的な力は彼に評価を忘れさせ、至上の幸せを放散してくる。

だから彼は心の腕を開く。視界いっぱいに広がる美の至福を、あるがまま抱きとめようとして。

ネネはぽつんと言った。

「彼が見ていたものは、触れなんばかりの美の女神《アフロディーテ》ではなく、技術の女神《アテナ》が作った残酷な幻だったのよ」


〈アポロン〉庁舎を出ると、今日も空は青かった。今度雨が降るのは五日後だ。予告通りに降りだして観光客を喜ばせ、きっかり十二時間後にぴたりと熄《や》む。

このところずっと、孝弘は自分がこの人工の風景に溶けこんでしまいそうな気がしてならなかった。自分が学芸員でも人間でもなく、この惑星の機能の一部でしかないように感じる。妻だけが妙に人間臭く見えた。彼女は毎日、資料室からインペリアルグランドの音源を山のように借り出し、素敵ねえ、と呟いてうっとりしているのだった。

「説明できないからこそ芸術なんだ」というサニー・R・オベイの言葉は、ある一面では正鵠《せいこく》を得ていたのではないだろうか、と孝弘は思う。〈ムネーモシュネー〉も現在の学芸員も、芸術を解体しようとするその行為によって科学者と同じところに墜ち、もはや美を享け取る資格を失っているのではないだろうか。

「あのう、タ、タシロさん?」

道の向こうから大きな鞄を持ってちょこちょこと近づいてくるのは、当のオベイだった。タイミングのいい登場だ。孝弘の顔に微笑がのぼる。

「いかがですか、申請書のほうは」

「ああ、まあ。マサンバにわあっと話を聞いてもらって、なんとなく俺のやりたいことが見えてきたような気がする。彼の求めているカみたいなものと、俺が表現したいもやもやは、すごく近いようで」

「それはよかった。あなたの美学を申請書に追いこむまであともう少しですね」

美学を申請書に追いこむだって？　自分の言葉に吐き気がしそうだ。飲みこんだ唾まで苦い。

「オジャカンガスさんはどうなさってます？　のんびり美術館巡りでもしていただけているといいんですが」

ぴく、とオベイの肩が跳ね上がり、口の中で言葉にならないものがもごもごした。

「彼が何か」

「たいしたことじゃないんだ、きっと。いや、おとなしくしてますよ。そりゃやっぱりデータベースの奥のほうに入れなくなったとかでがっかりしてるけれども。ここ二、三日は部屋の端末をいじって遊んでるみたいだし。なんというか、こう、楽しそうで……ただその感じが仮面鬱病のように見えなくもないけれど」

「なに鬱病ですって？」

なんでもない、とオベイはぷるぷる首を振った。少し待ったが次の言葉がない。

「ではこれで。とにかく申請書をお待ちしています。そうだ、オジャカンガスさんに、ホテルの端末で用がたりないことがあれば僕が相談に乗りますからと——」

「タシロさん？」

孝弘は捻子《ねじ》の巻き切れた人形のように竦んでしまっていた。会話をしつつ気軽に承認した〈ムネーモシュネー〉の内耳出力が、オジャカンガスの異常アクセスを報告したからだった。


ホテル街は美術館やコンサートホールに近い。オジャカンガスの部屋にはすでにネネがいた。医療スタッフも到着していて、途方に暮れた様子でオジャカンガスの脳をモニターした立体画像に群がっている。

「今度は本当に倒れたんだって？　いったいどうやってアクセスできたんだ」

「これよ」

ネネの掌の上には硬貨ほどの丸い器物がまるで発掘品のように載せられていた。

「すごく古い型の同調器ですって。彼、据えつけ端末と同期することに成功したらしいわ」

「でもたとえシステムに入れたとしても、一般回線にはそれなりのプロテクトがかかっているはずだ。C‐Rに関わるところへなんか行けないぞ」

「女神様には盲腸があったみたいね」

「なんだって」

「元システムとしての〈アフロディーテ〉は、〈ムネーモシュネー〉に万が一のことがあった場合にもライフラインだけは確保できるよう、今も代替機として残されている。そこへ続くゲートが残存していたの。誰も気がつかなかったわ。当然よね。入れるのはバージョン2以前の人たちだけなんだから」

孝弘を押しのけて、オベイが口を挟む。

「マ、マサンバの容態は」

「システムとは切り離したんだけど。バッファに取りこんでしまったデータが抜き差しならずに押し問答してるみたいなの」

「じゃあ、C‐R接続とかってのが叶ったのか！」

喜色を閃かせたオベイだったが、すぐネネの表情に気づいた。

「……駄目なんだな」

ネネの視線がベッドに横たわる老人のもとへ漂う。胸元の赤いリボンがやけに鮮やかだった。

「もっと悪いのよ、オベイさん。現在うちに収録されている図版は、精度の問題でどう頑張ってもC‐Rには出ないんですって。バッファに取りこめたのが不思議なくらい。実を言うと医療スタッフもお手上げなの。現代の建築学者が遺跡発掘をやるようなものだって」

　彼女の溜め息は震えていた。

「私たちに判っているのは、彼はたったひとりで、暗いところで、絵を見たい一心に足掻《あが》いていているということだけ。きっと危険は覚悟してたのね。彼が取りこんだのは宗教絵画ばかりよ」

「そこまでして……」

　孝弘はそれだけ口にするのが精一杯だった。ネネはもう何も言わず、天井を仰いでまた震える吐息をつく。

　サニー・R・オベイは、掬《すく》い上げる視線でネネに質問した。

「マサンバは意識がない？」

「ええ」

「外界刺激は？　瞳孔反応はある？　いやあるはずだ」

「え、さあ……。あの、オベイさん？」

　リキッド・アーチストは機敏に回れ右をし、白衣の一群に近寄った。

「ちょっとごめん。活性図を。何これ。ここがバッファ？　内出血や器質破損はないんだな？　部位による異常沈滞と異常興奮だけで――。でもこんな活性分布の症例は初めてだな。これじゃ投薬も難しい。ピンポイント刺激はやってみた？　ああ、海馬領域がこんなに。血圧は？」

　若いスタッフが反射的に答えた。「五五、七三です」

「低いな。君たちの所見は？　これは生体側だけの問題なんだろうか。それとも心理要因で彼は自ら引き籠ってるんだろうか」

「こちらの診断は生体とメカニカル部分の情報伝達齟齬《そご》です。原因は複雑に絡んでいますが、心理的混乱が一因であることは否定できません」

　オベイはひとつ頷く。

「ねえ、君たちは本当にどうしていいのか思いあぐねてるの？」

　誰も答えなかった。彼はそれを返事として受けとめたのか、もう一度頷き、自分の鞄のチャックを開ける。

「だったら俺にやらせてくれ。昨日、マサンバが賛同してくれた方法で」

「ちょっと待ってください」孝弘は慌てて彼に駆け寄った。「何をするんですか。あなたは直接接続者のことを何もご存じないのに」

　鞄に片手を突っこんだオベイは、まっすぐに孝弘を見据える。

「うん、知らない。でも彼の考えを理解する方法に関してはまったくの素人でもない。あった、これだ」

鞄からかなり大きな密封パックを取り出すと、慣れた手つきでシールをはがす。

きつい消毒薬の匂いが室内に広がった。

オベイは医療用の透明ゲル・シートを展開し、孝弘に笑みかける。ふと、見慣れた照れが彼の表情をよぎった。

「バス・ルームを借りるよ。俺、本職は精神療法士なんだ」

孝弘はだらしなく口を開けてしまった。

マサンバ・オジャカンガスの細い裸体は、いま、繭の中にある。

オベイがバス・タブに広げた袋状のシートは、彼の首から下をすっぽりと包んでいた。その中に注ぎこまれる三十八度の湯が繭をだんだん膨らませていく。

「シートが破れる」

「大丈夫。湯口と肩甲骨の圧着シールさえ保《も》てば、七気圧まで耐える」

「オジャカンガスさん！」厚紙を握り締めたネネが彼の耳元で叫んだ。「札ははずしたわ。戻ってきて、オジャカンガスさん」

「違う。マサンバと呼ぶんだ。しばらくしたら、あなた、と。身内と声が似ていれば儲けものだ。きっと反応がある。うまくいくさ。条件には恵まれているんだから」

さきほど、準備を進めながらオベイは言った。偶然にもオジャカンガスはすでに療法の第一段階を済ませている、と。

老人はホテルのロビーでオベイとの芸術談義を繰り返してきた。彼が求めるものに芸術家としてのオベイが賛同することは、図らずも、神経症における支持療法と同じものだった。自分の理解者がいるのといないのとでは俗界に戻る気力が違う、というのが精神療法士の弁だった。

人物データベース〈点呼《ロールコール》〉によると、オベイは対話形式の治療よりも物理療法のほうが得意らしい。中でも彼の専門は、人工筋肉などに使われるメカノケミカル変換ゲル繊維で即製の子宮を作り、その中に患者を入れて心を癒すというこの方法である。

「いい頃か」

彼は湯を止めると手元のコントローラを軽く触った。

透明な膜がみるみる収縮する。オジャカンガスの腹が水圧でぐうっとへこんだ。

と、膜はどっと湯を透過して最初の状態に戻った。

老人の口元から、空気の漏れる音がする。

「今だ。呼んで」

「マサンバ！　あなた！」

オベイは一呼吸、老人の顔を見つめ、今度は温度を四十三度にして湯を張りはじめた。

水音に紛れて弱音が聞こえる。

「生理学上だけの問題だったら俺にはどうしようもないんだ。機械のところだったらなおさらだ。圧力刺激がコンピュータに通じるわけないものな」

ただ、とオベイは俯《うつむ》いて呟く。

「ただ、マサンバの気持ちはよく判る。こういう治療をしてきた俺には、彼の包まれたい感覚がよく判ったんだ。彼と話をしていて、俺の目指すリキッド・アートも根っこは同じだったって気づいた。だって俺がリキッドで描き出そうとしているのは言葉や文字で、それらはやっぱり世界を内包する存在で……。ものすごく広くて深い存在である言葉たちが空中に浮かび、姿を変え意味を変えして……わあっと……見る者を包みこもうとする……。な？　マサンバが言ってることと近いだろう？　きっと俺の芸術はマサンバが一番よく理解してくれる——呼んで！」

弾かれたようにネネが叫びはじめる。

オベイは唇を噛んで湯の温度を三十度に下げた。

「……判る気がするよ、とマサンバも言ってくれた。そして昨日、彼は、そんな仕事をしてるんならゲル・シートで私を包んでみてくれないか、と言ったんだ。懐かしくてぬるくて、ただただ自分を受け入れてくれる液体の中からだったら、ホログラフや枠つきの画面しか見られなくても我慢できるかもしれない、と」

オベイはでくの坊みたいに膝をついたままの孝弘を、ちらりと見上げる。

「あんたらにこんなこと言うのも恥ずかしいんだが……。マサンバは学芸員らしいことも教えてくれたよ。美を享けるのは五感からだけじゃないんだってな。学芸員としての経験を積んで培《つちか》った、肌触りみたいなもの、勘みたいなものが、一番大事なんだそうだ。でないと、分析機器とデータベースだけで美術のすべてが判ってしまうことになる」

「マサンバ！　そうよ、そうなのよ！　お話しして、マサンバ。後輩たちにもっとあなたの体験を聞かせて！」

　ネネの金切り声にかぶさって、隣室から医療スタッフが叫び返した。

「反応が認められます」

「ほんと？」

「少し圧を上げる。氷を準備してくれ」

　オベイは冷静だった。喉の下にぴったりと貼りついたシールを確認しながら、容赦なく湯を注ぎ続けた。もう水音もしない。紡錘形に膨れたゲル・シートは無気味な伸張を続けている。

　ぴりぴりした空気の中でオベイはまた口を開いた。

「マサンバはこうも言ってた。視界いっぱいの画像から噴き出す美の力を受けとめるのは、まさしくその五感でないところなんだ、と。その時感じる幸福はとてもじゃないが言葉にできない。できないが、絵の抱擁を受け続けているといずれは自分の勘の正体を見極められる気がする……。マサンバはいま、どんなものに抱かれて……ああ、接続はうまくいかなかったんだったっけ。せめて夢でも見ているといいな」

「見てますよ、きっと」孝弘は湯の充満したシートに手を添え、ほのかに笑んだ。「あた
たかで滑《すべ》らかな美の女神《アフロディーテ》に抱《いだ》かれて見る、視界いっぱいの綺麗な夢です」

「あんた、お堅い部署のわりにロマンチストなんだな」

オベイはくすくす笑う。

「みんなうまいこと言うよな。俺もマサンバやあんたのように上手に伝えたかった。俺が
求めていた、水の言葉のような、わあっと押し寄せてくる綺麗で不確かな、そんなものを
ちゃんと自分の言葉でみんなに」

突然蛇口のシールが破れた。

まるで水の爆発だった。マサンバを取り巻いていた三人は、安っぽいクリーム色の壁に
したたかに打ちつけられた。

「目覚めます!」

びしょ濡れのバス・ルームに医療スタッフが躍りこむ。

「マサンバ!　あなた!」

「氷だ!」

オベイは差し出された氷を鷲掴みにして、黒檀の頬へ押しつけた。

オジャカンガスはみりみり音がしそうな動きで顔をしかめた。

「マサンバ、判るか！」

オベイがさらに氷を擦りつける。

黒い目蓋に亀裂が入り、眼球の白が現われた。

「天使の……天使の絵だったよ」

乾いた声で老人は呟く。

「私は接続できたんだ。そうだろう？　視界いっぱいに真珠色の翼が。あたたかく包まれて……。もう死んでもよかった」

「駄目ですよ、オジャカンガスさん」

泣き笑いの孝弘の声は、ずいぶんと幼く響いた。

「あなたは申請の手伝いをしなければ。あなたの大切な友人には表現力がないんです」

オベイの視線がうろうろとタイルの床に落ちる。

ネネはぐちゃぐちゃになってしまった厚紙を握り締め、力なく笑っていた。


やわらかな雨が降っている。気象台の職員は、いかにも五月の雨だろう、と自慢げに胸を張っていた。

この地においてはロマンチストは僕だけじゃないって、オベイに言ってやらないと。

「何よ、にまにまして。こっちはまたあなたの後輩のことで困ってるっていうのに」

上の空だったのがばれてしまったようだ。ネネはすっかりふてた顔をしている。

「たかが苦情とおっしゃいますでしょうが、雨降り時間にわざわざ〈アポロン〉くんだりまでやってきてさしあげたのよ。それくらいおたくの坊ちゃんには手を焼いてるの。判る？」

「僕だって努力はしてるよ。昨日は首根っこをとっ摑まえて慣れない説教までした」

「生ぬるいわね。できることなら回線剝がして叩き出してやりたいくらいよ」

「回線を剝がすのは無理でも君ならいびり出すことはできそうだな。別に止めないよ」

「あらほんと？」

孝弘は、自分はかなり温厚なほうだと思っているが、さすがに次から次へと問題を起こすマシュー・キンバリーには辟易していた。叱っても一向に反省した様子がない。それどころか事あるごとにバージョン・ナンバーを振りかざす。自信過剰の権威主義者など、煮ても焼いても食えない。

「好きにかっさばいてくれ。そっちでいびり出してくれたら、僕が梱包してシャトルに放りこむ」

「それ、いいわね。ああそうだ、シャトルといえば。オジャカンガスさんは明日の便で帰るんだってね。オベイ氏の申請はどうなったの」

「蹴った」

　ええっ、とネネは大袈裟な声を上げ、手で頬を挟んだ。

「薄情ねえ」

「だって、出してきた企画はすごく中途半端だったんだ。観客をゲル・シートで包んで、例の水文字を鑑賞させるんだってさ。子宮の中で夢に抱かれて、なんて歯の浮くような売り文句が書いてあるわりに基本的なところがすっぽり抜けてる。観客ひとりひとりをパッケージしていくのかい？　まさかボンベ嚙ませて会場全部をくるむわけじゃあるまいし。やりたいことは判るけどぜんぜん整理がついてない」

「確かにね。オジャカンガスさんがついててそれなのは残念ね」

「まあ彼もまだ本調子じゃないし。一度地球へ戻ってゆっくり養生してください、と勧めた。彼らの思い入れを実現するためにも、早く医学の神《アスクレピオス》からアポロンの所轄になってほしいものだね」

「あら、アスクレピオスはアポロンの子供よ。ついでに言うと、アポロンも医学に長《た》けてるってさ」

「えええっ、そうなの？」

　ネネはちっちっちっと指を振った。

「自分の部署のことくらいもっと勉強しなさい。とにかく」と、彼女はしなやかに立ち上がる。「マシューのこと、もうちょっと我慢してあげるから対策を考えておいて」

「判った」

ドアが閉まると部屋に静寂が満ちた。

窓の向こう、〈アテナ〉の青いカートが濡れた路面へ影を曳き、滑るように戻っていく。

青灰色に沈む世界は海底に似ている、と孝弘は思った。

知り尽くしているはずのこの場所のどこかに、まだ見ぬ深海魚が眠っている。オジャカンガスの手をかいくぐった幻の魚が。

茫漠とした水に棲むそれは、科学の針では釣り上げられず、日常の網にも掛からない。おそらく、純真に広げたあたたかな腕で抱き取らなければ……。

本当に静かだった。人の声も雨音もしない。ただ降り籠める雨の重みだけが狭い部屋へと侵入してくる。

〈美の女神《アフロディーテ》〉を包みこむ優しい雨は、あと三時間で、熄む。

Ⅵ

永遠の森

博物館惑星〈アフロディーテ〉の高価な機材は美の追究のために配備されているのだ。頭にデータベースを直接接続した学芸員の存在意義もそこにあるのだ。学芸員は、勘を勘以上の論に確定するために女神の名を持つデータベースをコールするのだ。

僕たちはまず対象物に愛を持たないといけない。文物を見て、触って、感じて、暗喩を知り、主張を受け取り、例えば戯《ざ》れ歌に対して「ファースト・キスの味はレモン派とバニラ派がいる」などという馬鹿馬鹿しくも人間らしい読み解きを付加した上で、愛情は足りるか、偏愛に陥っていないか、ということを女神様の客観的視点を借りて検討するんだ。

「と、一太刀浴びせてから、少し持ち上げる……」

もちろん君の好奇心は評価してるよ、マシュー。僕だって直接接続された学芸員だ。データベース相手に漠然と「こんな感じ」と投げかけた問いから、思いがけない関連性が発だろうね。

心像《イメージ》の確定率、フィードバックの鮮明さなど、二世代落ちの僕とは比べものにならないん生する瞬間は、確かに心ときめくよ。ましてや君はアクセス・シェルのバージョンが高い。

ただね、マシュー。判っているだろうけど、すべてはその能力をどう使うかという君の姿勢にかかっている。

「学芸員は、似たもの探しゲームを楽しむためにいるんじゃないんだよ――、と。よし、この順番だな」

田代孝弘は説教の筋道を決めてひとつ頷いた。

博物館惑星を総合的に管轄する〈美の男神《アポロン》〉の新人学芸員マシュー・キンバリーが他部署を研修で回った三ヵ月の間、直接の先輩である孝弘のもとには優に五十件を超える苦情が寄せられた。その内容を一言で言えば「ちょっと台の上に乗っているからといって、ヒヨコが口出しをするんじゃない」だ。

〈アポロン〉の学芸員には他の部署にない権限が与えられている。彼らに直接接続されたデータベース・コンピュータ〈記憶の女神《ムネーモシュネー》〉は、〈三美神たち《カリテス》〉と呼ばれる各部署専門のデータベースに上位からアクセスできる。部門にまたがる複雑な問題を最終的に決裁するのも彼らの役目だ。脳外科手術を受けてまで学芸員になろうとする若者がこのアドバンテージを自慢に思わないわけはない。

　孝弘はなんとかマシューを援護しようとしたが、後輩の権力志向は桁外れだった。〈動・植物部門《デメテル》〉の職員は「生き物の管理と机上の論理の差を判らせてやるから、奴を檻に入れる許可をくれ」と息巻いたし、〈音楽・舞台・文芸部門《ミューズ》〉が招致した若い指揮者などは、コンサート終了後、夜明けまで孝弘のための長い独演会を開いてくれた。その演奏は、プライドを傷つけられた愚痴という主題《テーマ》をマシューの一挙一動に動機《モチーフ》分解した呈示部《エクスポジション》から始まり、指揮者自身の卑下に彩られた展開部《デベロプメント》を経たあと、再現部《レキャピチュレイション》で迫力を増した愚痴へ戻るという、この上もなく完璧なソナタ形式だった。〈絵画・工芸部門《アテナ》〉のベテラン学芸員ネネ・サンダースなど、近ごろはもう愚痴も罵倒も説教もする気力を失っているように見えた。

「私、もう諦めたの。専門家の一人としてアドバイスは試みたのよ。でも駄目。彼ったら、ボクちゃんの計算機はお前のよりずっと新しいんだい、で終わり。ねえ、タカヒロ。私には万能感に満ち満ちたヒヨコの躾《しつけ》をしている暇がないの。悪いんだけど私が担当する芸術品にはアレを近づけないでいてくれる？」

　ネネのようにさっぱり諦められるものならば、と孝弘は〈アポロン〉庁舎の灰色の廊下で深く嘆息した。

　部署が同じだと逃げ場がない。かててくわえて自分は特に要領の悪い人間だということを認めざるを得なかった。気がついた時にはもう同僚たちにヒヨコのお守《も》りを押しつけられていたのだから。

とにかく、彼にはきっぱり言ってやらないといけない。「類似と影響」などというふやけたテーマの企画展は、既知宇宙の膨大な記録を有する〈アフロディーテ〉には不向きなのだ、と。

孝弘が何度目かの溜め息をついた時、内耳でころころと柔らかな音がした。〈ムネーモシュネー〉からのコールである。

――接続許可。用件は。

頭の中で返事をする。彼の内声を受けて〈ムネーモシュネー〉は静かに報告した。

――メッセージが入りました。発信者、〈アポロン〉マシュー・キンバリー。

孝弘は目玉をくりりんと一回転させてから、

――聞いてやるしかないだろうね。出力先《アウトプット・デバイス》、A《オーディトリ》維持。

――了解しました。出力を開始します。

〈ムネーモシュネー〉は孝弘の内耳でマシューのキンキンした声を忠実に再現した。

――「タシロさん、例の企画、所長の承認がでましたよ」。以上です。

「なんだって」思わず声に出していた。「〈ムネーモシュネー〉、それだけかい？」

――以上です。

「案山子《かかし》はいったいどういうつもりなんだ」

マシューの「類似と影響」企画は、算盤《そろばん》とトンボ玉、ゴーグルとブラジャーをごっちゃに展示するようなものなのに。

案山子と渾名《あだな》されるエイブラハム・コリンズ所長の丸顔を思い浮かべながら、孝弘は親指の爪を噛んだ。

歩の鈍った彼を、その時ひとりの男性が追い抜いた。灰色で統一された廊下にウェーブのかかった金髪が煌《きら》めく。ひときわ鮮やかな色彩を目に入れた孝弘は、深く深く息を吐いた。

「……マシュー」

「なんですか」金髪碧眼の後輩は悪びれもせずに振り向いた。

「まずは、僕の後ろ一メートルのところにいて、伝言をわざわざ〈ムネーモシュネー〉経由にした理由から聞かせてもらおうかな」

「便利だからですよ」白い八重歯がこぼれた。「あなたのそぞろ歩きの邪魔もしないし、僕にとっては言葉にするよりも速いし。あれ？　もしかしたらあなたの世代では、喋るよりも考えるほうがお手間なんでしょうか」

マシューの目許から蔑《さげす》みがこぼれ出したが、孝弘はなんとか耐えた。

「僕たち時代遅れの人間は、手間よりも礼儀を重んじるんだよ。それで、案山子、いや、所長はなんと言って承認したのかな。僕には、その……君の企画コンセプトは守備範囲が広すぎる気がするんだけど」

　マシューはにこりと笑った。

「テーマを絞りきれてない、とはっきりおっしゃってくださって結構ですよ。そのとおり。でも気にしないでください。テーマは、実を言うと何でもよかったんです。今回の企画はリハーサルなんですから」

「リハーサル？　何の？」

　やれやれ、と後輩は肩をすくめる。

「決まってるじゃないですか。僕のバージョンから採用になった新しいデータ登録方式を試行するんですよ。〈ムネーモシュネー〉からは何も聞いてませんか？」

　孝弘は、妻よりも身近に寄り添ってきた記憶の女神が、するりと手元を離れてしまったような気がした。


「マシューは、大脳辺縁系情動部位へのアクセスが良くなっているんだったわね」

　ネネ・サンダースは孝弘にコーヒーを手渡しながら捨て鉢に言った。〈アテナ〉庁舎内の彼女のオフィスは銀で統一されていて、黒のオール・イン・ワンを身に纏《まと》った黒人のしなやかさが浮き彫りになる。

　彼女の仮眠用ソファに浅く腰掛けた孝弘は、プラカップの保温シールを力なく剥いていた。

「〈ムネーモシュネー〉のチューンアップは予想以上だったけど、まさか直接接続者側も大幅な改定がなされてたとはね。バージョンナンバーからしてよもや新機能付きだなんて想像もしてなかったよ。さすがに僕には美に接した時の感動までは記録できない」

ネネは事務用の椅子に形のいいお尻を無造作に据えながら、

「感動というほど明確な記録は取れないんでしょ」

「うん。今の段階ではシナプス結合レベルの詳細変化が保存できるというだけ。新しいおもちゃを手にしたヒヨコは、何でもいいから早く遊んでみたいらしい」

ネネはふんと鼻を鳴らし、黒豹の動きで足を組み替えた。

「鑑賞眼もろくろく備わっていないヒヨコに何が記録できるのやら。単純なデータ登録ですら特記のツボが判るまでには長い経験が必要だっていうのにさ」

彼女は熱いコーヒーをぐびぐび音をたてて飲んだ。相当頭に来ている。

「だいたいデータベースに主観的印象を混入させるなんてバカげてるわ。美の受けとめかたは千差万別であるべきでしょうが。感想つきの美術解説は思想統制に他ならないのよ」

「案山子や地球《した》の役人たちは、そうは考えてないらしいよ。鑑賞時の情動を貯えることによって、最終的にはうちの機械仕掛けの女神様たちに感動を教えるつもりなんだ。機械に感動が理解できるようになれば、美の本質も0と1の網で摑まえられると信じてるらしい」

ネネはコーヒーカップで乾杯の仕草をした。ただし、鼻には皺が寄っていて歯はイーッと引き剝かれている。

孝弘はもう少しましに笑うことができた。

「マシュー曰く『類似と影響』展はこの自分の能力を最大限に活かす目的で企画したそうだ。類事物を並べ立てた時、文様の共通性に時代の流れを感じるか、ただのコピーだと見《み》做《な》してせせら笑うか。この微妙な印象の違いは是非〈ムネーモシュネー〉に覚えさせなきゃ、ってね」

少し間を置いたネネは、確信を籠めて口を開く。

「タカヒロ。それはますますよくない兆候よ。いくらなんでも学芸員試験を合格した人間が歴史的関連性とコピー商品の差を見分けられないわけがないじゃないの。彼、学芸員の立場を忘れて、記名記録の快感を得たいだけじゃない？」

「僕もそう思う。〈ムネーモシュネー〉への記名データ保存は、自分の名前が未来永劫残るんだという危険な悦楽ももたらすからね」

「それ、マシューに言ってみた？」

「もちろん。彼は否定しないで開き直った。自分は永久保存の価値がある仕事をするんだから名を残して当然だと宣《のたま》ったよ。奴は用意周到だ。一発勝負モノの展示品を確保している。再現不可能な美を鑑賞するんだから、情動記録もなしに登録するのはもったいないでしょう……と、コレだもの」

「まあ、お上手」苦いものがネネの頬のあたりに漂っている。「案山子がほいほい許可を出すのも無理はないわね。で、一発勝負モノってなんなの」

孝弘はコーヒーを一口啜ってから答えることにした。

「バイオ・クロック。考え抜かれた目玉展示物だよ」

「ええっ、何それ。いまどき?」

予想通り、ネネが目を剝く。

バイオ・クロックは二十年ほど前に流行った。遺伝子組み換え技術で生長や変化に規則性を持たせた植物を使い、その移り変わりでもって時間を計るという優雅な時計なのだ。掌の大きさの野原に赤い化が咲いたら朝十時。伸長を制御された樹々が森での生活を見せるタ時。流行後期には変形菌運動やマイクロモーターを利用した動物が森で紅葉すると午後三イプも現われた。

バイオ・クロックの多くは、外部環境の影響で生体時計が狂わないように透明もしくは偏光する気密ケースに覆われている。密封されたミニチュアの自然は、その頃激増した宇宙居住者の間に広まっていった。変化のない人工照明の下、オーナーは小さなボタンを押してケース内に充塡してある不活性因子を排除する。すると小さな森は眠りから覚めて息を始める。バイオ・クロックは殺風景な初期宇宙時代をロマンチックな緑の秒針で刻んでいったのだ。

「マシューが準備しているバイオ・クロックは極上品で、しかもまだ未開封なんだよ」

「なるほど一発勝負には違いないわね。彼、幻の逸品の作動から死滅までをご自慢の感受性とやらで味付けして記録するつもりね」

「そのとおり」

孝弘が答えると、ネネは哀れみの視線を投げかけてきた。

「でもそのために開封されるバイオ・クロックも迷惑ね。生命をかけがえのない一発勝負モノとして扱いたいのなら、〈デメテル〉の日替わり三色ネズミの飼育日記でも付けてればいいんだわ。体毛の色が見る間に変わるぞ、ゴマシオ、マーブル、渦巻に幾何学、すごい、今度は世界地図との類似がみられる……とかなんとか。ひとりでおとなしく感嘆してくれればいいのに」

「おや、言わなかったかい。うちのルーキーは用意周到だ、って」

「どういうことよ」

「動物園の見学に協賛金は出ない。過去の因縁に決着を付けることもできない」

ネネは椅子の背凭《もた》れから身を離し、前のめりになった。彼女は掛け値なしに中年女性と呼ばれる年齢だったが、眉間に皺を入れて口を尖らせる困惑顔のかわいらしさは孝弘のお気に入りだった。

　彼は無言のおねだりに質問で応えた。

「マシュー・キンバリーの企画コンセプトは？」

「類似品尽くしのがらくた市でしょ」

「ということは、バイオ・クロックもそれの類似品と並べられるわけだ。まだ判らない？」

「ええ」

「案山子が大喜びしてマシューの企画を通したのは、バイオ・クロックをそれに展示すれば協賛金が出るから。補助金の出所は時計のオーナー。これでもまだ？」

「待ってよ。大事なコレクションが類似品呼ばわりされるっていうのに、わざわざお金を出すわけ？」

「おっと、立場が逆だよ。我こそがオリジナルで横に陳列してあるものこそ真似っこだと認定してもらいたいんだ。かのバイオ・クロックは商業ベースの生産品じゃなくて一点ものだ。〈アフロディーテ〉の判定は既成事実として未来永劫語り継がれる。体面を気にする大企業なら協賛金を積んでも不思議はない」

「待って待って待って」

　ネネはぱたぱたと手を振った。同時に首まで振っている。

「もしかしてそのバイオ・クロックって、アレなの？　ラクロ社の『エターニティ』？」

「ご名答」

「だったら、マシューが横に並べようとしているのは、例のオリジナリティ裁判で争ったオルゴール人形……」

言いつつネネは手首のリストバンドから薄い膜を取り出した。内声で〈アテナ〉担当の専門データベース〈喜び《エウプロシュネー》〉をコールしていたのか、Ｆ《フィルム》モニターを広げると同時に図版と文字が流れた。

ラクロ社はバイオ・クロックの草分け的企業だ。当時の社長アダム・ラクロは生物畑の出身である。掌の森で一財産を築き上げ幸せに年老いた彼が、死後公開を条件に遺作として準備していたのが、一点ものの「エターニティ」。一辺が一メートル三センチという大物時計には森と野原が配置され、作動させると、流れ出す音楽とともに木立の奥から変形菌の捕食行動を利用して動く小さな人形が姿を現わすらしかった。

一昨年、情報メディアがアダム・ラクロの死亡記事に添えてこの大作の図版を載せた直後、ラクロ社はオリジナリティ侵害で訴えられた。原告は人形作家ロザリンド・マニングの遺族である。

マニング家の主張は、アダムの「エターニティ」が、その二年前に亡くなっていたロザリンドの作品と酷似しているということだった。ロザリンドとアダムは同郷の幼馴染で、専攻も同じ大学の遺伝子工学科。そもそもバイオ・クロックの構想も学生時代にロザリンドが出したアイディアなのだと遺族は言う。

資産家のアダムが盗用アイディアで一時代を築いたのに対し、ロザリンドは長く地味な学者生活を経た後、独り身を支えるために人形作家へと転身した。彼女の人形もまた生物学的な仕掛けが施されていて、代表作と呼ばれたシリーズは人形とミニチュアの樹木を組み合わせたオルゴールだった。緑の木蔭で三センチほどの少女がゆるく動く。音楽に合わせ、夢見るように。少女のチロリアンふうのスカートの中には音向性変形菌がいて、土台の下で移動する音源を追っていく仕組みだった。

ロザリンドの遺族たちは、人のいい彼女から植物を時計に応用するアイディアを掠《かす》め取ったラクロ社を常々憎らしく思っていた。ついには変形菌利用の動物人形を組み入れた製品も出没しはじめ、彼らは「エターニティ」がなくても訴訟を考えていたのだが、ラクロ社はロザリンドの持つ音向性変形菌のDNA特許に対してだけは規定の手続きを踏んでおり、なかなか尻尾を見せなかった。

しかし「エターニティ」はどう見ても盗作だ、と彼らは言う。「エターニティ」の森を縁取る枠飾りが、「期待」と銘打たれたロザリンド・マニング最晩年の傑作に用いられているチロリアンテープの模様とまったく同じだったからだ。テープの柄はロザリンドのオリジナルでアダムは図版からの丸写しを敢行したとしか思えず、この非道な所業を敷衍《ふえん》するとラクロ社の全製品がロザリンド・マニングのオリジナリティを侵害し続けてきた証拠にもなろう――。

ラクロ社は当初こう反論していた。「チロリアンテープは、同郷出身なのだから意匠が似ているのは当たり前で話にならない。『エターニティ』には確かに音向性変形菌を使用しているが、それは、特許申請こそ間に合わなかったもののアダムが独自に研究開発した新種であり、彼女のDNA特許を一部分正規に使用しているというだけで彼女の知的所有権をなんら犯すものではない。よって『エターニティ』は彼女の作品の模倣ではなく、アダム・ラクロの完全なオリジナルであると断定できる。ちなみにバイオ・クロックのアイディアは、二人の雑談から生まれたものでありロザリンドにもともと占有権はない。当社はマニング家の提訴を言いがかりの域を脱しないものだと判断する」

だが結局はラクロ社が部分的に折れ、裁判は一応の和解を見て結審した。本来ならば「エターニティ」を作動させて「期待」との類似点を判定するのが筋だったのだが、ラクロ側は会社設立者の大作を美術界の遺産として扱わせたがっており、軽率な証拠提出をしたくなかったのだ。

俯《うつむ》いたネネはFモニターに吐息を落とした。

「マシューが『エターニティ』の横に並べるのは、ロザリンド・マニングの『期待』、か。オルゴールは密封式じゃないから製作年代から逆算すると動作保証は残り一年ってところね」

　ネネはモニターの片隅にロザリンドの作品を動画表示させた。繰り返しの多い軽快な曲がきらきらしく流れ出す。樫に手を加えたらしいミニチュアの樹の蔭で、身長三十七ミリのチロル風俗の少女が旋舞していた。

「人形の素材はビスクみたいね。表情がいいわ。いかにも誰かがやってくる期待に満ちてる」

　褒《ほ》めながらネネは肩を落とした。

「マシューはまさしく用意周到ね。この出来なら『エターニティ』の相手に不足はない。きっと話題になるわよ。案山子でなくても許可しちゃうかも。情動記録方式の披露、積年の論争に決着、しかも物は極上品、かてて加えて一発勝負」

「おまけにその一発勝負モノのバイオ・クロックは協賛金で梱包されていて、自分の名を永久保存できるというリボン飾りまで付いてるんだ」

　ぱしんと掌を額にあて、ネネはのけぞってしまった。

「ああ、神様。どうか彼に啓示を。学芸員は単なる審美者であって、商売人でも裁判官でもないのだと判らせてやって」

「優しいんだな、ネネ」孝弘は申し訳なさそうに告白した。「僕は悪魔に頼んだよ」

　その時だ。オフィスの扉が激しくノックされたのは。

ネネが返事をする前に無施錠のドアが乱暴に開く。血相を変えて飛びこんできたのは〈デメテル〉の若い直接接続学芸員だった。

「やっと見つけたわ、タシロさん。あなたに言いたいことがあるの」

菌類を専門とする韓《ハン・》月玉《ウオルオク》は、短い黒髪をざばりと掻き上げると恐ろしい目で孝弘を睨んだ。

「マシュー・キンバリーをなんとかして」

叫ばずに声を殺しているぶん、妙な迫力があった。気圧《けお》された孝弘がおずおずと訊き返す。

「彼が何か」

「あの人が『類似と影響』展の責任者なんでしょ？　展示予定品は企画者のほうで前もってよく調べてちょうだい。明日届くあのバカげた時計、下手をしたら〈アフロディーテ〉を破滅させるわよ」

「なんだって？」

月玉は、手首の端末から半ば毟《むし》り取るようにしてFモニターを引き出した。

「地上の詳細データを確かめたらこんなものが出てきたわ」

それはデザイン的には評価できるが、けして見たくはないマークだった。

「ラクロの『エターニティ』、気密ケースの中身はバイオ・ハザード指定よ」

「いったい何が問題なんです」

勢いこむ三人を前にして、マシュー・キンバリーはしれっとしている。

「あのサムライの家紋のようなマークを必要とするのは、厳重に封印されたケースの中身のみですよ。気密の信頼性が高いということで『エターニティ』自体は指定を受けてない。あなたの伝で行けば〈デメテル〉の隔離室にバイオ・ハザードマークが乱舞しているこの〈アフロディーテ〉は、全域が危険指定を受けていることになる」

違いますか、とマシューは笑った。

「その『エターニティ』の中身だって、アダムが危機評定委員会にDNAマップを申請しないまま墓に入ってしまったというだけの理由で、一応の指定がなされているにすぎないんですよ。もしかしたらチーズの青黴《あおかび》よりも安全かもしれないんだ」

「ずいぶんと楽天的なようですけど？」

月玉も笑む。ただし、吊り上がった細い瞳は玲瓏《れいろう》な刃物の輝きだ。

「ええ、僕はまったく心配してないですよ。ラクロ社のバイオ・クロックにはもともと廃棄時の安全性を考慮した内部死滅システムが付いてますから。何かあったらそのボタンをポチッと押せばいいんです」

「形あるものはいつか壊れるわ。ケースと死滅システムの両方が今でもちゃんと作動する保証はあるのかしら」

「そこまで取り越し苦労をするんですか。まいったな。大丈夫ですよ。何事も起きません。研究熱心な専門バカがケースを叩き壊してサンプルを取ろうとしなければね」

「バイオ・ハザードの怖さを知っている専門バカはけしてそんなことはしませんわ」

月玉は、また、にっこり。マシューも負けじと青い目を細めた。

〈アポロン〉庁舎の会議室で、残る孝弘とネネは揃って顳《こめかみ》を揉んでいた。

小柄な〈デメテル〉学芸員はきびきびした口調で〈開花《タレイア》〉を呼び出し、今日になってようやくラクロ社から取得できた図版を呼び出した。

「とにかく見てください。これが『エターニティ』です。これまでは門外不出でしたので平面図版しかありませんが」

会議室のプロジェクタが灯る。

図版の質の悪さがかえってそれを本物の森の写真のように見せていた。左から右へ下るなだらかな丘陵は広葉樹の森で、細かな下草まで生えている。丘の下は芝のような草に覆われた狭い野原だった。おそらくケース内の不活性因子を取り除けば色とりどりの花が時間ごとに咲き競うのだろう。

「いいレイアウトね。森と野原のバランスが秀逸だわ」

ネネが言った。〈デメテル〉学芸員の表情が少しゆるむ。

「ええ。造園的にも優れています。樹木の高低差と緩斜面の割合が視野の広がりや安心感に貢献していて。ずっとこのまま見ていたいくらいですが」

　と、彼女はすみやかに拡大図へ切り替える。

「これに使用されている菌類について少し説明をお聞きください」

　拡大図はさらに画像が荒れている。月玉は目を眇《すが》めながら慎重にプロジェクタの一部を指差した。

「左側は、幹の表皮でお判りのとおり単なるミニチュア・メイプルです。これはネオ盆栽と同じくアンチセンスRNAで生長を抑制しているだけで害はありません。図版から樹木として識別されるもののはとんどがこのタイプです。問題は下草部分。菌類も同居しています」

「草を小さく縮めたものだけでなく、サイズ的に便利な菌類を混ぜたわけか。うまい考えだな。この解像度の低さだととても黴とは判らない。どう見ても草満つる野原だ」

　孝弘が感心するのを、月玉は横目で確認してから続ける。

「菌類をDNA改造して草木ふうにあしらうのは、他のバイオ・クロックにも多用されているラクロお得意の技術です。しかし『エターニティ』の菌類はどうにも正体が判りません」

「韓月玉をして、かい？　図版の甘さが原因？」

「それもあります。この図版だけでは菌糸の隔壁の有無も確かめられず、藻状菌類か嚢《のう》状菌類かすら判らないですから。それより私が一番気になるのはコロニーの形状です。森の下草も草原部分も、拡大すると各種の菌が配置されていまして……」

月玉は図版を色分けして見せてくれた。菌のコロニーは、べちゃんと潰れたたくさんのトマト、もしくはがつがつ食い合いをしているマクロファージ、といった形だ。

ネネが鼻の上に皺を寄せる。

「人工的に繁茂させたものだとすると、全体のバランスを欠いてしまうほどデザイン的には美しくないわね」

「そうなんです。私は、この下草系に使用されているのは新型の粘菌ではないかと疑っています」

「粘菌とは変形菌の異称だね。それだったらあり得ることだ。ラクロは音向性変形菌をバイオ・クロックの動物部分に使っていた。『エターニティ』の森の音向性変形菌はアダムが開発した新種らしいし」

「知っています。この森の地下にも音源が仕掛けられていますから音向性変形菌も使用していて不思議はありません。けれどどうして動物の人形じゃなくて野原や下草なんでしょう」

そういえばそうだ。アダム・ラクロに草を蠢《うごめ》かせる趣味があったら別だけれど。

「なるほど。だから君はこれこそがバイオ・ハザードの原因ではないかと」

「そのとおりです」

「で」と、口を開いたのはマシューだった。「気密ケースが壊れたら、正体不明の新型粘菌がねばねば歩いて襲いかかってくるとでも？」

ふっ、と鋭い息を吐いてから、月玉は鮮やかに頬笑む。

「いいえ。私の心配は相同組み換《ホモロゴス・リコンビネイション》えです。新種開発が遺伝子の標的組み換え《ジーン・ターゲティング》によってなされていたら、バイオ・ハザードの危険性はうんと高まります。ひょっとすると専門家でないあなたでもご存じかもしれませんが、菌類にはよく飛ぶ胞子というものがありますの。襲いかかってくるのはねばねばじゃなくて、ふわふわ漂う動く遺伝子《トランスポゾン》ですわ」

——〈ムネーモシュネー〉接続開始。

孝弘は慌てて命令した。

——何からいこう……。とりあえず、トランスポゾンによる遺伝子組み換えの資料を。中学生レベルで頼むよ。出力先《アウトプット・デバイス》は……。

Fモニターを展開するとみんなに不勉強がばれそうだな、と孝弘は、刹那《せつな》、迷った。

女神は彼の思考電位を拾いあげ、

——P《プレッシャー》モニター承認まで出力待機します。

と言う。

孝弘は、横でネネが頭を抱えているのに気づいた。軽く笑ってこう命じる。

——〈ムネーモシュネー〉、ネネ・サンダースにもPモニターで資料を渡してくれ。

——了解しました。

孝弘が左手に嵌《は》めているリストバンドがもぞりと動いた。縦二百、幅二十五に並んだ圧力素子が単語を縮小した特殊な図形文字を手首に伝える。最初は二つの記号からなる「出力開始」の定型句だ。

少し遅れてネネがぴくんと顔を上げた。〈エウプロシュネー〉が申し出を伝えてくれたのだろう。彼女は手首を押さえると、魅力的なウィンクで礼を寄越してきた。どうやらプレゼントがお気に召したようだ。

孝弘は、嫌味合戦を続けているふたりへ視線を固定すべく努力した。もちろん、神経は手首に集中している。高速で繰り広げられる虎の巻は、月玉の心配が単なる杞憂で済まされないことを教えてくれた。

最近ではDNAマップに従って遺伝子を直接構築することも可能になってきたが、「エターニティ」の時代は二重螺旋の切り貼りに運び屋《ベクター》と呼ばれる酵素や微生物の力を借りていた。運ばれるものの一種がトランスポゾンと呼ばれる特殊な塩基配列だ。トランスポゾンはDNAに変異を起こしながら次から次へと渡り歩く性質がある。これを転写因《トランスクリプション・フ》

Ⅵ　永遠の森

子（アクター）で制御しながら働かせると、思うが儘（まま）の整理組み換えも可能なのだ。

遺伝子組み換えの安全性は「エターニティ」の頃からもちろん重要視されていたが、正常な遺伝子でも減数分裂時などに似た配列の別の箇所と取り違えを起こすべく操作されたものは、命令違反を起こすワーカホリックなベクターを抱えている可能性が高いのだ。

つまり、わざわざ取り違えを起こすべく操作されたものは、命令違反を起こすワーカホリックなベクターを抱えている可能性が高いのだ。

もしもバイオ・クロックの菌類が異常に働き者のベクターを住まわせているとしたら…ケースの気密が損なわれた瞬間、菌の胞子は風に乗ってうきうきと〈デメテル〉の同族のところへお土産を届けに行ってしまうだろう。よく切れる鋏とよく練れた糊を持って、だ。

しかもバイオ・クロックはもうひとつの恐怖も内包している。製品の中には、生長で時間を示す目的のため、加速型進化分子工学（タイムマシン・バイォテック）が導入されているのだ。出稼ぎの遺伝子たちが協調して美しい四季をたった一日で見せるタイプもあったとか。土壌からのホルモン操作ときっと物凄い勢いで仕事をこなす。

「判った。じゃあそれを搬入しよう。不格好だが仕方がない」

マシューの声が孝弘を通常の時間軸に引き戻した。「それ」とは何だ？　やはり聖徳太子のようにはいかなかったようだ。

金髪の学芸員は荒々しく立ち上がり、一同に薄い唇の端を上げてみせた。

「展示会場の〈アテナ〉所轄オリーブ・ミュージアムに、〈デメテル〉の対バイオ・ハザード密閉器を搬入する。これで文句はないな」

「まだまだ文句はあるけどこれ以上は無駄のようね」

月玉は腕組みをして言い放った。マシューは皮肉な笑みを浮かべたまま、がさがさと金髪を掻き回す。

「ああ、なんてこった。栄えある技術革新が〈アフロディーテ〉の歴史に刻まれようという時に。本来のケースにあまつさえの密閉容器、二重の被いは格好が悪すぎる。ねえ、〈アテナ〉の美意識からしたらどうお考えになりますか、サンダースさん」

「え、何かしら」

やっとネネがマシューを正視した。彼女のバージョンは6・1。まだPモニターの出力が終わっていないのだ。

マシューは彼女が押さえる左手首を睥睨《へいげい》してから、

「なんでもありませんよ。では僕はこれで」

いい加減なお辞儀をしてドアを開ける。

孝弘は彼が「ぽんこつ揃いめ」と吐き捨てたのを聞き逃さなかった。

マシューの揃えた物品は、展示担当〈アテナ〉の職員たちを途方に暮れさせた。

たとえ似たもの探しゲームでも、高級な審美眼が備わっていれば意匠の変遷というお勉強にならなくもない。けれども彼の選択は奇を衒《てら》うばかりに取りとめがなかった。

インカのタペストリとモンゴルのショールが両方とも直線構成された人形模様なのは、真似をしたわけではなく機織《はたお》りの技術が曲線を描けるほど成熟していなかったと考えるほうが素直ではないだろうか。

葉っぱのデザインが付いているというだけで産地も時代もばらばらな皿を百三十枚も並べさせられた後、マイセンのティーポットと景徳鎮の硯滴《けんてき》をひと括りにされていることに気づいた陶磁器専門学芸員クローディア・メルカトラスは、「ついでに柿右衛門の尿瓶《しびん》はどう？」などと妙齢の女性らしからぬことまで口にする始末だ。

孝弘としてはネネの皮肉が気に入っていた。

「私、マシューの見落としに感謝してるのよ。両方とも丸いのに、スカッシュボールと地球を並べないで済んだんですもの」

まったく赤血球と痔疾《じしつ》用座布団を並列展示しないのが不思議なほどの品揃えだ。このいい加減さは、マシューの本命が飽くまでも「エターニティ」と「期待」にあると教えてくれる。

現に、彼はラクロの荷をわざわざ宇宙港まで迎えに行ったようだ。そこでも運送方式について〈デメテル〉と一悶着あったようだが、幸いなことに目にしていない。孝弘が目撃したのは彼が展示室に戻ってきてからの派手な言い合いである。マシューは、イルカの標本でも入りそうなほど大きい細菌密閉器の前で韓月玉とやり合っていた。武骨ではあるが万が一の時には役に立つマニピュレータを密閉器内部に装着するかどうかで揉めていたのだ。

荷だけ送りつけたラクロとは異なり、「期待」はロザリンド・マニングの親戚筋が手ずから運んできてくれた。オリーブ・ミュージアムのごたついた展示室でマシューと孝弘が自己紹介を済ませると、彼女は控え目に名乗った。

「タニア・マニングです。ロザリンドは私の大叔母でした」

三十代後半に見えるその女性は梱包された「期待」を骨壺のように抱きしめている。マシューはそれを見て舌なめずりせんばかりだった。

「それをこちらへ。すぐに展示しましょう」

タニアは一度唇を噛んだ。柔らかく波打つ茶色の髪とふっくらした頬が「期待」の人形を思わせる。ただし三十七ミリのビスクドールの瞳が穏やかに笑んでいたのに対し、彼女の瞳からは今にも涙がこぼれ落ちそうだった。

「並べる前に……。まずはロザリー叔母さんの敵《かたき》を私に見せてください」

二十年の確執が、いま、揺り起こされようとしている。

孝弘はそう思った。

透明な二重のケースの中、一メートル四方の森は黒ずんで眠っている。野原はなだらかな夢の曲線を持っていた。森の大樹は退屈そうに立ち尽くし、月玉が現物を見てやはり新種の変形菌であると同定した下草に濃い影が落ちている。

タニアはバイオ・ハザード密閉器の無反射強化ガラスへ鼻を付けんばかりの姿勢で「エターニティ」を覗きこんでいた。

「ロザリー叔母さんにとって『期待』は会心作でした」と、彼女はほとんど聞き取れない声で誰に言うともなく呟く。「大叔母は言ってましたわ。自分はついに結婚しなかったけど人生の最後に素敵な娘が産まれたわ、って……。なのに、あいつはこんな模倣を」

「あなたがご覧になって不愉快なほど似てるんですか」

孝弘が声をかけると、彼女は勢いよく振り向き、梱包をまっすぐに突き出した。

「どうぞ。横に置けば誰にだって判ります。人形は粘菌の不活性因子を溶かした液の中に漬けてあります。液は帰りも使わなければなりませんから、取り出す際には滅菌した器具でお願いします」

マシューは話半分の様子でいそいそと「期待」を受け取った。

「じゃあ後はよろしく、タシロさん」

「よろしくって……」

「マニングさんにお茶でもご馳走してあげるのはいかがですか。せっかく遠路はるばるおいでくださったんですから。僕はちょっと手が離せないので」

「マシュー、どうやら離したほうがいいみたいだよ」

待ち受けていた〈アテナ〉〈デメテル〉連合軍が彼の横合いから「期待」をひったくった。これは専門家集団による「餅は餅屋に」との親切な教えなのだが、マシューはめげもせず的外れな指示を連発しながら彼らのあとを追っていった。

「あいつ、挨拶もせずに。すみません、マニングさん。奴は熱心ではあるんですが、どうにも」

「キンバリーさんがあれを貸してくれとおっしゃった時……」タニアは彼らをぼんやりと見送っていた。「私は悩みました。あの方のおっしゃるとおり、叔母の汚名を雪《そそ》ぐいいチャンスだということは判っていたんですけれど」

マシューはどうやら卑怯な言い回しでオーナーに迫ったようだ。孝弘は舌打ちしたくなるのを我慢した。

「けれど……果たして叔母が喜んでくれるかどうか。自分を捨てた男の横に並ぶなんて……」

びっくりした拍子に舌を噛んでしまった。

アダムがロザリンドを捨てた？　マシューは美の殿堂に知的所有権争いを持ちこむだけ

では満足せず、幼馴染の痴話喧嘩まで？

視線を上げたタニアは、一大決心をしたかのような表情だった。

「お約束のお話は今でもよろしいでしょうか、タシロさん」

「約束？」

「ええ。キンバリーさんは、学芸員たちが作品を正しく鑑賞するためにはまずは正しい情報を、と。会場に着いたら、総合管轄のタシロという人物に叔母の生い立ちやアダムの仕打ちをすべて話すように言われていたのですが……」

本当にマシューは用意周到だ。口煩《くちうるさ》い先輩を現場から追い払う準備も怠っていなかったとは。孝弘は、あいつの顔にこそバイオ・ハザードのステッカーを貼るべきだ、と怒鳴りたいのをぐっと堪《こら》え、タニアに営業用の優しい笑みを見せた。

「とにかく、ロビーでお茶でもいかがですか」


長い午後だった。

孝弘は直接接続者用個室のカウチに身を横たえた。もはや家に帰って妻の相手をしてやる気力がない。今日はここでお泊りだ。

窓の外には、粘性を持っているかのような闇が重々しく垂れこめている。殺風景な〈アポロン〉庁舎の夜は息苦しいほどに色がない。今頃はオリーブ・ミュージアムの一角でマシューが華やかな時計を目覚めさせているだろうに、ここは、時がちゃんと流れているだろうかと心配になるほどの夜陰と静寂に呑まれている。

孝弘は、ぽつりぽつりと語るタニアから引き出された動かしようのない過去が、現在の時を澱《よど》ませているようにも思う。

彼女の中では大叔母の哀しみが色褪せないままに保存されていた。

「ロザリー叔母さんは、夢見がちで静かな人でした」

タニアは悲しく懐かしい口調で呟いた。

「アダムから公私ともに何度も貶《おとし》められたのに、彼女はそれでも若い頃の思い出を忘れずにいました」

それは世の中にありふれた失恋話の域を出ないものだった。学生時代、同じ研究テーマを追ったふたりが恋愛関係にあったこと。資産家のアダムに良縁が舞いこみ、ロザリンドが身を引いたこと。お人好しのロザリンドはそれでも生涯アダムを憎めず、黙って独身を通したこと。ミニチュアの森と音向性変形菌という二重の盗用で彼が財を成しても口を噤《つぐ》んだままで、周囲の人々のほうがいらいらしていたこと。

「大叔母は死ぬまでアダムを想っていたんです。『期待』を一番大切にしていたのは、あれにアダムとの思い出を写してあるからよ、と言っていました」

ふたりの通った大学の裏手に一本の樫の木があった。

昼下がり、ロザリンドは木蔭に立つ。そうして彼女は恋人を待つ。春には薄緑の影が落ち、夏には涼しい風が渡り、秋には豪奢な色彩、冬には優しい木肌のぬくもり。

樫の移ろう表情を眺めながら彼を待つのは楽しかった。自分が夢多き少女時代に戻った気がする。こうして木蔭で待ってると、時の小径《こみち》の向こうから素敵なものが歩いてくるようで……。

だから、あの作品のタイトルは「期待」。故郷の模様を裾飾りしたスカートを穿《は》き、少女はゆっくりと樹の周りをまわる。まわって幸せを待っている。幼ない日の歌を口ずさみながら。

「ロザリー叔母さんは、人生の一番いい瞬間を人形に託し、幸せを永遠の時へと閉じこめるしかなかったんです」

暮れなずむロビーのテラスで、タニアは続けた。

「ある意味では……大叔母は夢を見たまま幸せに亡くなりました。私は『期待』を見るたびに、彼女がまだそうやって憎みきれない人をどきどきしながら待っているように思いました。でも……やってきたのは改心したアダムではなく、アダムの作った盗作品だった……」

彼女は細い指でティーカップを取り上げると、すっかり冷たくなったミルクティーを無表情に飲んだ。

「私は『期待』の人形にだけは不幸を味わわせたくないんです。人間同士の諍《いさか》いはふたりの死によってうやむやに終わってしまいましたが、まだ物は残っています。だから私は、キンバリーさんの申し出を受けてあの子に喋らせてやろうと決心したんです」

「あの人形には発声の機構も付いているんですか」

「まさか」孝弘の馬鹿げた質問に、彼女は静かな頰笑みを返す。「でも、あの人形は『エターニティ』をその類似性によって罵倒することができるんです。並べてさえいただければ、ロザリー叔母さんの娘は、その存在をもってしてアダムに復讐できるんですわ」

タニアは目を細めていた。それも頰笑みであるのだろうが、あまりにも冴え冴えとしていてそうは見えなかった。

彼女は最後にゆるやかな口調で付け足した。

「アダムはもう亡くなりました。けれどアダムに与えられるべき苦しみは、どちらかの物の命が尽きるまで――いいえ、キンバリーさんの言葉を借りるなら〈アフロディーテ〉のデータベースの中で永遠に……」

カウチに預けた頭の中にタニアの声が呪詛のようにいつまでも響き、孝弘はなかなか眠れなかった。

諦めて身体を起こす。

動きだした「エターニティ」を前に、マシューがどんな感情を抱いたのかが気になった。「なんとそっくり、盗作だ」か？　「マニング一族は被害妄想」か？

彼がいそいそと記録しているであろう情動の細かな揺れは、孝弘のバージョンでは読みようがない。けれど日誌には何か書いているだろう。

――〈ムネーモシュネー〉、接続開始。マシュー・キンバリーの日報を。

〈ムネーモシュネー〉は丁寧に答える。

――マシュー・キンバリーによる本日の日誌登録はありません。

――おかしいな。まだあっちに張りついてるのかな。〈ムネーモシュネー〉、映像を頼む。オリーブ・ミュージアムのR2展示室のカメラを、僕のF――うわっ！

言い切らないうちに〈ムネーモシュネー〉が奇声を発した。緊急警報だ。部屋のスピーカーからも金属的な音が降り注ぐ。

「システムよりスクランブル。オリーブ・ミュージアムR2展示室に、暫定Cクラスのバイオ・ハザード態勢。発令者、〈デメテル〉学芸員、ウォルオタ・ハン。権限B」

真夜中の庁舎に大音量のサイレンが鳴り響く。孝弘は身をドアにぶつけるようにして部屋を出た。

Cクラスは〈アフロディーテ〉職員のみに発せられる警報で、繁華街近くのホテルは何事もなかったかのように静まり返っていた。

〈アポロン〉専用の金色のカートが夜の街を疾走する。頭の内のサイレンがやっと沈黙したのは、オリーブ・ミュージアムのイオニア式柱の横にカートを乗り捨てた時だった。

警報を切ったのはネネである。解除通告には彼女のメッセージが付けられていた。

――こちらは〈アテナ〉学芸員ネネ・サンダース、権限B保持者です。現場の学芸員と相談の上、バイオ・ハザード警報は暫定Cクラスより態勢へ変更しました。危険物を被う機密ケースはいまだ密封されており、危険がケースの外部に及ぶ可能性はほぼありません。念のためにR2展示室も隔壁閉鎖して、物質がケースから流出しないよう与圧中です。

隣室のR3展示室は駆けつけた職員たちでごった返し、急遽運びこまれたプロジェクタに中継される「エターニティ」の映像の前には人だかりができていた。

ネネはR3へ入室しようとする孝弘を入り口で摑まえ、小声を使った。

「こっちへいらっしゃい。今マシューの先輩が入ると、質問と拳の両方で袋叩きになっちゃうわよ」

「奴は?」

「あら、危険物は隔離する方針でしょ。だから、まだR2の中」

「ええっ」

「安心して。バイオ・クロックのケースが破損しただけで、〈デメテル〉の用意した密閉器は無事なの。月玉はちょっと勇み足をしちゃった、ってわけ」

気が抜けたせいか眩暈《めまい》がした。

「彼女もあっちに残ってるわ。宿敵と力を合わせて『エターニティ』の死滅システムのボタンをマニピュレータでなんとか押せないかと四苦八苦している最中。あのボタン、底面に付いてるのよねえ。マシューの言うことなんか無視して腕を二本にしておけばよかったのに。一緒にケースへ入っている『期待』を損なわないようにしながら、一メートル四方の重量物を片手でひっくり返すのは大変だわ。まあお手並み拝見ってところね。こっちに来て」

ネネは孝弘を人気《ひとけ》のない小展示室へ連れこんだ。

「ここ、特等席なの」

オルゴールの複雑な和音が薄く流れ、壁面のプロジェクタが点灯していた。大型画面の前にはすでにひとりの女性が座っている。タニア・マニングは孝弘の入室にも気づかない様子で密閉器内部の映像を凝視していた。

「うわ、何だあれは」

映像を目にした孝弘が思わず叫ぶ。「エターニティ」のケースの一角が溶け、「期待」と緑の筋で繋《つな》がっているのだ。

「変形菌よ。『エターニティ』の野原から草に仕立てていたものが伸びていったの」

とても菌とは思えない美しい草の小径を、なんと、ロザリンドの娘はゆっくりと歩いてラクロの森へ入ろうとしていた。

「異変は最初から起こってたのよね。マシューがひとりで抱えこんでたみたい。慣れない情動記録に手間取って報告が遅れたのか、トラブルを隠蔽しようとしたのかは知らないけど」

ネネは、マシューが「エターニティ」を揺り起こした時すでに前兆現象があったのだ、と言った。

「期待」のオルゴールは順調に作動し人形も優雅な旋舞を始めていたが、「エターニティ」のほうは不活性因子を含むガスを排出しても森の中から響くはずの音がいっこうに聞こえてこない。

製作時の初期不良なのか二十年の眠りが長すぎたのか、マシューに判るわけもなかった。

彼は、野原の草が順調に芽吹いていくのを確認すると、放任という措置を取った。ラクロ社の記録には「エターニティ」にも樹々の奥深くに音向性変形菌の人形が仕掛けられているとある。森の音楽が奏でられない以上、別の音を与えないとそれを見ることすらできない。マシューは、仇敵からのお裾分けであっても森の人形は判りはすまい、と考え、しばらく傍観することにしたようだった。

ところが音に引かれて動きだしたのは森に住まう動物人形ではなく萌え初《そ》める野原だっ

たのだ。蠢く野に気づいたマシューは、最初、発芽熱による対流で草がそよいでいるのかと思ったそうだ。とんでもないことが起こっていると自覚したのは、野原の縁が透明ケースに接し、それを溶かしはじめてからだった。

月玉への援助要請は、彼のプライドによってしばらく棚上げされた。使い慣れないマニピュレータと格闘する彼の後ろに〈デメテル〉の専門員が立った時、すでに緑の変形菌はチロリアン模様の枠を乗り越え、音源を目指して這い出しはじめていた。

「私が来た時、月玉は密封ケースの外側からダミーの音を与えて変形菌を止められないかどうかを試してたの。でも駄目だったわ」ネネが嘆息する。「どうやらアダムの新型菌は音ではなく旋律に対する指向性を与えられていたようね。草原の触手は一直線に『期待』へと進んでいくばかり」

「じゃあ、アダムはもともと『期待』へ向けて草を伸ばすつもりで仕掛けを用意していたのか？　何のために」

孝弘の問いにはゆるい声が答えた。

「ロザリー叔母さんをバカにするために決まってます。だって……」

プロジェクタの明かりに半身を照らし出されたタニアは、ひどく老けこんで見えた。後の続かないタニアの代わりにネネが補足する。

「それだけじゃないのよ。ほら、ロザリンドの人形はじわじわと『エターニティ』へ向かっているでしょ。どういうことか判る？　野原の一端がロザリンドの人形の足に触れた瞬間、『エターニティ』の音源がいきなり作動したのよ。少女に組みこまれた音向性変形菌が反応するよう、『期待』のそれより大きな音でね」

「え？　今は両方鳴っているのか」

「ふたつ鳴ってるって判らないでしょ。見事な対旋律なの。〈ミューズ〉が調べたところでは、この曲は極めてローカルなチロルの輪舞曲《ロンド》ですって。アダムは何もかも計算ずくってわけ。これはもうロザリンドの人形をおびき寄せるためにすべてを準備したとしか思えないわね」

何のために、という質問にはもうタニアが答えている。

アダムは、純粋な魂を持つ愚かな女を死後もずっと嘲笑し続けようとして「永遠《エターニティ》の罠」を仕掛けたとしか思えない。「エターニティ」が裁判沙汰になるほどに「期待」との類似性を持っていたのも、これで説明がつく。アダムはこの二作品が並列展示されることを望んでいたのだ。いつまでも自分に執着してわざとらしく独身を貫いた女が、時を超えた後もなお甘々《あまあま》と自分の手に落ちる様を嘲笑《あざわら》うために。

ロザリンドの娘は何も知らずに歩いていく。ゆるく波打つ草を踏み、何かいいことが待っているに違いないと信じて森へ向かう。頰は色づきはじめた森の照り返しを受けていっそう紅く、彼女は期待に胸はずませながらまっすぐに進んでいく。

加速型進化分子工学《タイムマシン・バイオテック》は、ラクロの森をみるみる紅葉させた。米粒ほどしかない樹々の葉が緋と黄金に染め上げられ、やがて四角い世界をしつこくつつくマニピュレータの振動を受けて早々と舞い落ちはじめた。

なすすべもなく見守る孝弘の耳に、

「やった。これが『エターニティ』の人形か！」

と、マシューの快哉が届いた。ネネが機敏に反応する。怒りを含んだ声だった。

「〈エウプロシュネー〉、拡大して。私の視線を拾いなさい。森の中よ」

落葉《らくよう》で少し見通しがよくなり、森の奥深くで動く影が見える。動物のシルエットではない。少女と同じくらいのサイズの人形だった。

「もっと寄って、〈エウプロシュネー〉」

拡大された人形の頭には、羽根飾りの帽子が載っていた。ズボンの両足をぴったり合わせているのは、変形菌の接地面積を確保するために仕方がないことなのかもしれない。森の中、一ヵ所にとどまって緩慢なターンを繰り返しているのは、相手の手を取る形に片腕を上げたチロル風俗の少年だった。

「そんな……」

タニアが立ち上がった。少年に手を預けようとするかのように、彼女の右手がプロジェクタに伸ばされる。

人形は答えない。回転する音源の上で輪舞《ロンド》を踊り続けるだけ。

「ロザリー叔母さん、あれはアダムなの？」

少女ももちろん答えなかった。いや、たとえ口が利けたとしてももう何も考えられないに違いない。

野原を渡り終えた彼女は森へ入ろうとしているところだった。だんだん近づく音楽に魅せられ、彼女の足取りは早くなり、まるで駆けているようだった。

やがて娘は少年と並び、一緒にくるくると回りはじめる。

鳴り響くのは懐かしい故郷の曲、とめどなく散る色鮮やかな落ち葉は音のない幾万の喝采。

「待っていたのは、アダムのほうだったのね……」

眠りから覚めた小さな森で、待つことをやめたふたりはいつまでも楽しげに踊り続ける。


「……アダム、なの？」


「彼らは破壊死《ネクローシス》ではなく寿死《アポビオーシス》でした」

お堅い月玉までもが人形を「彼ら」と呼んだので、孝弘は苦笑を嚙み殺した。

「接触転倒した彼らから流れ出した変形菌はお互いを取りこみ、異種であるにもかかわらず互いを吐き出さないまま、ただ突然に寿命死したように見受けられます。融合した栄養体の原形質及び核からは、何の破壊の痕跡も認められませんでした」

「それで、君の感想は」

「感想、ですか?」月玉は珍しく目を丸くする。「そうですね、強いて申し上げればこれもアダムの策略ではなかったかと。あれほどのものを作った彼なら、老化遺伝子のスイッチを入れる瞬間くらい選べたと思うんです」

韓月玉は自分がロマンチシズムに支配されていることに気づいていない様子だ。

「そうだね、ありがとう。あとからちゃんと正規の報告書も読んでおくよ。呼び止めてすまなかった」

彼女は定規で計ったような一礼をして、足早に戻っていく。

〈アポロン〉庁舎の廊下にひとり取り残された孝弘は、これを聞いたマシューはどんな顔をするだろうか、と想像してみた。

大失態を見せたヒヨコはようやく人生の何たるかを知りつつある。展示物を傷めたことに関しては、経緯が経緯であるだけにラクロ社、マニング家双方から温情を賜《たまわ》ったようだが、協賛金が無に帰したことで案山子からはことあるごとに粘菌も顔負けのねちっこい嫌味をなすりつけられている。普段は口達者なマシューが案山子ごときの攻撃を跳ね返せないでいるのは、ひとえにプライドに負った深手がしばらくは癒えそうにないからだ。

マシューの中途半端な情動記録は彼自身の申し出によって消去された。〈ムネーモシュネー〉に残っているのは、女神自身が録っていた映像に月玉とネネが無記名報告を添えるという、これまでと変わらぬ記録のみ。

情動を乱すトラブルさえなければ完璧な記録ができたのに、とマシューは負け犬の遠吠えをしているようだ。だったら教えてやらねばならないことがある、と孝弘は思っている。

いいかい、マシュー。失敗から目を逸らしているようじゃ、いつまでたっても学芸員としての経験値は上がらないんだよ。

「と、まずは一太刀浴びせてから返す刀で。うん、この手順だな」

孝弘はくすくす笑いながら説教の計画を立てた。

マシュー。君は今回のことをこれからの糧としなければならない。そのためには、何度も何度も記録を呼び出し、繰り返し繰り返しそれを見るんだ。

女神の記憶の中でいつまでも響き続ける、移ろう森の輪舞曲、その永遠の価値に気づくまで。

Ⅶ

嘘つきな人魚

人と芸術美との関係については、二つの考え方がある。

ひとつは、美は惜しみなく与えられるべきだというもの。審美眼のない人間も常に最良の芸術にさらされることによって美の何たるかにいずれは気がつくとする、いわば性善説の親戚だ。

もうひとつは、芸術はたいへんもったいぶった存在であり、希求する者にだけようやく姿を見せる、とするもの。美を見過ごす人間は美から見過ごされ、なまじな追求では永久に真価を現わしてはくれない。

学芸員は後者を信じて研鑽に励む。どんなにつまらなく思えるものに対しても、臆病な美がどこかに隠れていないか、陰険な美がどこかでほくそ笑んでいないかを必死になって点検する。

けれど一般の人々の理想はあくまでも前者だ。学芸員は専門家の立場から彼らの理想を現実に導いてやらなければならない。だからこそ、幼少のころから本物の芸術品に親しむ環境を整備することも学芸員の役割のひとつなのだ。

しかし……。

――〈記憶の女神《ムネーモシュネー》〉、ここまでだ。

心の中でそう言うと、内耳にはすぐさま豊かなアルトの声が響いた。

――了解しました。日記を記録します。最後の逆説接続詞も保存しますか。

――無視してくれていいよ。愚痴を言いかけただけだから。

――逆説接続詞を削除します。記録を完了しました。

博物館惑星〈アフロディーテ〉の学芸員、田代孝弘は、脳に直接接続されたデータベースとの通信を切って重い吐息をついた。

ヘリコーン・ホールは海底のような静けさに満ちていた。開演前のロビーは、ガラス張りの扉から午後の光が斜めに射しこんでいるだけで、先ほどまで子供たちが奇声を上げて探検ごっこをしていた場所とは思えない。

「いかにもお役所の考えそうな企画だよ、児童を対象にした博物館惑星ツアーというのは」

黙りこんでいた孝弘の横で、アレクセイ・トラスクが吐き捨てた。

「なあ、タカヒロ。子供だけでの来訪は御免だと断るわけにいかないのか？　何が、ためになる博物館ツアー、だ。喜んでいるのは、自責の念なしに子供抜きのバカンスを楽しむ親たちと、政府からの補助金で利鞘を稼ぐ観光業者だけ。当の子供らは美の殿堂という言葉すら理解しちゃいないんだ。奴らはちょっと変わった遊園地へ来たつもりでいるんだぜ。もったいないったらありゃしない」

〈ムネーモシュネー〉に思いの丈を記録させた後だったため、孝弘は怒りに任せて賛同することだけは免れた。

「でも、感受性の鋭い年齢にいいものを見ておくことも重要じゃないかな」

優等生の返事に、アレクセイは痩せた肩を大仰に上げて、けっ、と毒づく。

「バカな。こっちの被害も考えてみろ。いまに職員の服くらいじゃ済まなくなる。奴らにはバーチャル回線で充分なんだ。遠足と芸術鑑賞の区別もつかないガキどもに本物を見せることないさ。擬似体験ならどんなことをされても平気だしな。ご要望が多ければ、俺が、ソフトクリームを持ったまま劇場のロビーを走りまわる、というオプションコマンドを作ってやってもいい」

「アレク。みんながみんな悪い子というわけじゃないよ」

脇腹についたべたべたを拭いながらの答えは、自分でも聞こえないほどの小声だった。

ソフトクリームごとぶつかってきた犯人は、謝罪の言葉の代わりに駆けっこの邪魔をするなとでも言いたげな視線をくれて、すでに逃亡してしまっている。

「タカヒロが寛容なのは〈総合管轄部署《アポロン》〉なんていうところにいるせいだな。あんたたちは具体的に守るべきものを持ってない。俺は我慢ならないよ。美術館街でこの有り様じゃビーチではいったいどうなるやら。くそ、先が思いやられるぜ」

甘いバニラの香りが孝弘を情けない気持ちにする。ソフトクリームギャングのお蔭で、服だけではなくアレクセイへの根回しまでパアになってしまったようだ。

〈動・植物部門《デメテル》〉の非接続学芸員であるアレクセイは、もともと今回の会見には乗り気でなかった。現在建設中の円形海上ホール「キルケ」は、自分たち海洋学者が苦労して育て上げたテュレーノス・ビーチをどうしようもなく陳腐な客寄せスポットに貶《おとし》める、と言い続けていたのだから。

テュレーノスの海岸は〈アフロディーテ〉の隠された名所だった。珊瑚礁の海は早緑《さみどり》色、浜は象牙の粉を敷き詰めたように輝いている。海底遊歩道を行けば原色の魚たちが鼻先をかすめ、深海の濁ることなき群青色は見る者の意識をも溶かしてしまいそうなほど。

問題はテュレーノス・ビーチが観光地としてはとんでもなく不便なところに位置しているということだった。地球《した》の奴らは〈デメテル〉の能力を過小評価していたようだ。初期の学術テーマ「海の再生」がここまで立派にやり遂げられると判っていたなら、とっくの昔に観光開発を始めていたことだろう。つまり、思いがけなく美しく育った海に慌てて有能な客引きをあてがおうとした結果が、キルケ・ホールの建設計画なのである。

　孝弘は、アレクセイに深く同情していた。

　不毛の小惑星に貯めこんだデリケートな命の揺籃《ゆりかご》を、気象台や水道局の我儘《わがまま》を聞きながらやっとのことで「海」と呼べる状態にし、さあこれから研究を、という時に突然ホールをおっ建てるなどという話が持ちこまれたら、彼ならずとも頭に来るというものだ。

　孝弘はアレクセイにせめてもの安心をプレゼントしたくて、ようやく今日の会見を実現させたのだった。

　ここへリコーン・ホールの役員室でキルケの支配人に内定しているミハイル・ファーニナルと会見したアレクセイは、ミハイルの生真面目な語り口に態度を少し軟化させたように見えた。おそらく、押し出しのいい新支配人が堂々と「確かにたくさんのお客様がいらっしゃるでしょうが、あなたがたの海のあまりの美しさゆえに、汐溜まりにゴミを投げこむ気など絶対に起こさないはずですよ」と言ったのが効いたものと思われる。

　けれどもアレクセイはソフトクリームギャングのせいで気づいてしまったのだ。子供は自分が楽しく走りまわれればそれでよく、周囲の環境なんかには目もくれない、と。ということはもちろん、キルケ・ホールで観劇に夢中の親が子供をしばし忘れたり、新しい名所がお子様ツアーに組みこまれたりしたが最後、あっという間にテューレーノスの汐溜まりはゴミ投棄所に変わってしまうということだ。

しかしいくら舌鋒鋭い海洋学者でも、長年かけてあたためられたキルケ・ホール建設計画をいまさらひっくり返すことはできない。もはや彼には〈アフロディーテ〉の総務ともいうべき〈アポロン〉職員をいじめるしか憂さを晴らす方法はないのである。

「このぶんだと、キルケの柿落《こけら》しはさぞ見ものだな」

嫌味な口調でアレクセイが言う。孝弘は洗浄クロスを丸めながら出来る限りの笑顔を作った。

「どういうことかな」

「空っぽのステージはさぞかしいい遊び場だろうよ。きっとガキどもが大騒ぎするぜ」

「柿落しでステージが空っぽ？」

「しらばっくれるなよ。俺は聞いてるんだぞ。キルケの華々しいスタートを飾るためにわざわざ小惑星開発基地から持ちこんだ『九十七鍵の黒天使』は、オーナー・ピアニストがごねていてまだ検疫も終わってないんだってな」

アレクセイはにやにや笑っていたが、孝弘のほうは苦労して笑顔を捻《ひね》り出さなければならなかった。

「彼女だっていつまでもベーゼンドルファー・インペリアルグランドを泡梱《フォーム・パック》包しておくつもりはないと思うよ。キルケの柿落しはまだ三ヵ月先だ。その頃には検疫も終わっているさ」

「だといいがねえ。ピアノが間に合わずに公演中止ともなれば観客は黙っちゃいないよ。子供なんかおっぽって総力で抗議の嵐だ。そうなったらお前さんが子守りにすっ飛んでこい。でないとどうなっても知らないぞ。親がキイキイ言ってる隙にもしもガキどもがステージから海へのダイビングを楽しみだしたりしたら、〈デメテル〉からのサービスとして俺は間違いなく特大の鱶《ふか》を放ってやるぜ。もちろん、一週間ばかり絶食させたやつを、だ」

「ずいぶんと子供を目の敵《かたき》にしてるんだなあ」

アレクセイは焦茶色の瞳でひたりと孝弘を見据えた。

「俺は子供が嫌いなんじゃない。狭くて自浄作用の弱い〈アフロディーテ〉の海を維持するために俺たちがどれほど苦労しているかを察しようとしない奴らが嫌いで、その筆頭が子供だというだけだ。だから仮にキルケ・ホール推進派が完成に浮かれて飛びこんだ場合であっても、鱶はサービスして差し上げるさ」

アレクセイはまだ言い足りなさそうだったが、孝弘は弱い笑みを返事代わりに、先に立ってロビーを出た。

この後の彼の論調は友人であれば容易に想像がつく。海を軽んじる奴らだって海に生かされているのに、と続くのだ。

小惑星帯から引っ張ってきた岩を改造しただけのマイクロ・アースにおいて、海は地球のそれ以上の価値を持つ。アレクセイたちは生命維持の確固たる自覚を持って〈アフロディーテ〉の酸素と水を供給しているのだ。

――〈ムネーモシュネー〉、接続開始。

孝弘は薄青い空を見上げながら頭の中で命令する。

――日記の続きを。無意識レベルは低めに設定してくれ。気を許すと愚痴が混じりそうだから。

――了解しました。無意識レベルを2に設定。記録を開始します。

〈ムネーモシュネー〉は、孝弘が頭の中で考えを言葉に纏《まと》め上げるのを待つため、静かに控えた。

人と芸術美との関係については、二つの考え方がある……。

孝弘は、嘆息しながらそう始めた。

ひとつは、芸術は人間の手によって産み出される、というもの。自然界の事象や素材は、それを美として感じる人間がいなければただの物質でしかなく、人がそれらを加工してようやく美となる。いわば、主観的観念論の親戚だ。

もうひとつは、美は自然の万物にこそ宿り、人間は能力の低い贋作者もしくは営利追求に美の伝播という言い訳をするあさましい存在にすぎない、とするもの。海の絵は本物の海が与える感動にはほど遠く、建築物はどれほどそのデザインを誇ろうとも自然美を破壊する利便的存在でしかない。

理想は、この二つの説の信奉者が歩み寄ることだ。自然は単なる物質の羅列ではなく美学のよき教師であり、人は自然界には存在しなかった人工の美を産み出すことができるのだから。

しかし……。


ヘリコーン・ホール裏の駐車場に足を踏み入れたアレクセイが、「なんだあ」と不審そうな声を上げた。

彼が駐めた〈デメテル〉専用の緑のカートに、十歳前後の少年がぼんやりと凭《もた》れかかっている。

「畜生、あいつもソフトクリーム党の仲間だな。おい、お前！」

孝弘が制止する間もあらばこそ、

「カートから離れろ。それはお前のケツ拭きじゃない！」

アレクセイは右手を振り上げて怒鳴った。

黒髪の少年は弾かれたようにカートから身を離し、どぎまぎと足踏みした。

「あ、あの。動植物部門の人ですか？　僕、あなたを待ってたんだ」

「何か用か」

邪魔臭さを隠さないアレクセイに物怖《ものお》じすることなく、少年は果敢にも大人びた愛想笑いを浮かべた。

「僕、ニコといいます。ニコ・エステバン。海の係りの人を探してるんです」

アレクセイの眉がぴくりと動いた。

「用事の内容によっちゃあ紹介してやらないこともないが」

これは、内容によっては知らん振りする、ということだ。孝弘はどうかこの利発そうな少年がこれ以上彼の機嫌を損なわないようにと祈った。

「僕ね、前にお父さんと一緒に海底遊歩道に行ったことがあるの。あれはすごく綺麗だった。どうしてももう一回あそこへ行きたくて、子供ツアーに申しこんだんだよ。でも、工事中とかで見られなくなってて……」

まずい。非常にまずい。孝弘は半歩下がって空を仰いだ。

「テュレーノス海底遊歩道のことだな。珊瑚が綺麗だっただろう、坊主。あれは〈デメテル〉海洋部自慢の施設だった」

「だった？　遊歩道、なくなっちゃったんですか」

ニコはきょとんとしていた。アレクセイは大仰に肩をすくめてみせる。

「今は立入禁止だが、まだあるにはある。ただしリニューアルが済んでもお前さんが望む光景はもうないね。あそこにはメガフロートのとんでもない劇場が浮かぶんだ。海流が変われれば生態系も変わる。変わりついでに遊歩道もお下品な仕掛けを施して、劇場にいらっしゃるお客様がたに、おおなんと珍しい、と喜んでいただける派手な造りに模様替えするってわけ。馬鹿馬鹿しくも不可視水槽をどっさり沈め、極地の魚と赤道直下の魚、浅瀬の蟹と深海の蟹が一気に見学できるって寸法さ。どうだ、アニミズムの神様が迷子になるほどの大盤振る舞いだろうが」

アレクセイに八つ当たりされる少年が可哀想になって孝弘が口を挟む。

「まあ、その……。前とは違うけれどそれなりに楽しめると思うよ。三ヵ月後にまたおいで」

ニコはいらいらと視線をさまよわせていた。

「魚や蟹はどうだっていいんだ。僕が知りたいのは、あの海で泳げるかどうかで――」

海洋学者はかっと目を見開き、少年を突き飛ばした。

「アレク！」

孝弘の非難を無視して、アレクセイはどすんとカートのシートへ座る。次の瞬間にはもう緑の車は急発進してしまっていた。

「僕、なにか悪いこと言ったかなあ」ニコはしょんぼりと呟いた。

「君が潜りっこすると、海が汚れるって思いこんでるんだよ。彼こそが君の探していた海洋学者なんだ」

「そうだったんですか。ああ、どうしよう。訊きたいことがあったのに、僕ったら」

孝弘はニコの肩に手を置いて諭した。

「残念だけど、泳げるかどうかの質問なら答えはNOだよ。さっき彼も言ってたけど、いろんな海の魚を容《い》れる目に見えない水槽がたくさん沈めてあって、危ないんだ」

「だったら」少年は二重目蓋の大きな瞳で上目を遣った。「あそこの人魚、今どうなってるんですか」

「人魚だって？」

思わず叫んでしまった。〈デメテル〉の遺伝子科学力をもってしても、さすがに人魚までは作れない。

どうしよう。教育の一端を担う学芸員ならばこういう場合は話を合わせてやるべきなんだろうか。それとも君は夢でも見たんだよとかわしておくべきなのか。

ニコはぽかんと口を開け、当惑する孝弘を眺めていた。

「何びっくりしてるの。本物じゃないよ。人魚の置物だよ」

「置物……」

「当たり前じゃないか。本物の人魚がいたら大スクープだよ」

孝弘は咳払いをして体勢を立て直す。

「そ、それもそうだね」

「僕の探している人魚は海の底に沈めてあった彫刻なんだ。たぶん、人魚ばっかり作ってるラリーサ・ゴズベックって人のやつだと思う。ここに来る前に調べてみたんだ。彼女、いま〈アフロディーテ〉に来てるんでしょ？」

「ああ、判った。思い出したぞ。ちょっと待って」

――〈ムネーモシュネー〉接続開始。

リストバンドからF《フィルム》モニターを引き出す。ニコは興味津々に覗きこんできた。孝弘が駐車場の縁石に腰を掛けると、彼も横で膝を揃えた。

「〈三美神《カリテス》たち〉を対象に縦横検索を。制作者名、ラリーサ・ゴズベック。人魚の彫刻だ」

「誰とお話ししてるの？」

ニコが首を傾《かし》げる。孝弘は唇の端でちょっと笑いながら続けた。

「テュレーノスの海に沈めてあったはずだ。出力先《アウトプット・デバイス》、Fモニターへ」

両手で広げた薄い膜に文字が流れる。

――検索完了しました。制作者、ラリーサ・ゴズベック。シリーズ作品「泡沫《うたかた》の夢」。〈デメテル〉の発注による該当品は一〇三八点あります。表示方法を指定してください。

「そんなにあったのか。もうちょっと絞りこまないといけないな。この子のチェックが終わる前に日が暮れてしまう」

「あのね」とニコが身を乗り出した。「僕が見たのは、尾鰭《おびれ》のところがちぎれてるやつなんだ」

孝弘は返答に困った。人魚の像が何のために沈めてあったのかを伝える勇気がなかったのだ。

「他に特徴はなかったかい？　どんなポーズだったかとか」

「忘れるもんか。こういう格好だよ」

少年は片腕を上げて腰と首を捻ってみせた。

孝弘がひとつ頷くと同時にFモニターに五枚の画像が表示される。

「すごい。何も指示してないのに」ニコは腋毛剃りのオカマのような姿勢のまま、丸々と目を見開いてしまっていた。「それ、データベースだと思ってたけど違うの？」

「データベースだよ。でもとっても優しくて賢いから、頭の中で絵を思い浮かべるだけで判ってくれるんだ。さて、と。この中に君のお気に入りの人魚姫はいるかい。まだ尾っぽを怪我していない時の画像だよ」

目瞬きをしてから、少年は熱心にモニターを見た。分割画面をひとつ指差しかけて引っこめ、別のを示そうとして迷い、唇がだんだんへの字に歪んでいく。

「たぶんこの右上のだと思うけど……よく判んない。ねえ、本物を見せてよ」

「うーん」孝弘は慎重に言葉を選んだ。「実はね、ニコ。せっかく見に来てくれた君には悪いんだけど、この人魚の像はもうないんだ」

「どこにあるの？」

「どこにもない」

　まっすぐ目を見て答える。それは、人魚に会うために遠い地球からわざわざやってきた子供に対する孝弘の精一杯の誠意だった。

「君は人魚姫の物語の最後を知ってるよね。この人魚たちもあれと同じなんだ。海の泡になってしまったんだよ」

「おじさん、見掛けによらずロマンチストなんだね。それとも子供だからって僕をバカにしてるの？　金属が海の泡になるわけないよ。見せられないなら正直にその理由を教えてよ」

　子供にまでロマンチスト呼ばわりされるとは思わなかった。孝弘は苦笑しながら改める。

「海の泡は大袈裟だったかな。でも、見せてあげたくてももうない、というのは本当だ。この人魚たちはゆっくり海水に溶けていく特別な鉄でできてたんだ。だから君が見たのも尾鰭の先の薄いところから欠けてきてたんだと思うよ」

「どうして……。何のために？」

　孝弘はFモニターに過去の記録画像を呼び出した。魚一匹いない水道水のような海と、岩石剝き出しの荒涼とした海底を。

「海はただの塩辛い水じゃない。目に見えない複雑なものがとても微妙なバランスを取りながら変化していく、海、という生き物なんだ。ここの海はとても狭くてね、すぐに病気になってしまう。あの時ここの海はがりがりに痩せた病人で、鉄分を必要としていた。鉄は海に効く薬のひとつなんだ。植物プランクトンが増えるからね。ラリーサの人魚たちは自分たちの姿と引き換えに海を豊かにしてくれたんだよ」

「じゃあ、ほんとうにもうないんだ……。僕、来るのが遅すぎたんだね」

俯《うつむ》いたニコの声は涙を孕《はら》んでいて、孝弘は慌てた。

「それほどまでに会いたいなら、さっきの恐いおじさんに頼んでごらん。名前はアレクセイ・トラスク。彼なら資料用に海底のホログラフをたくさん保管しているはずだから。うまくすれば君の人魚も映ってるだろう」

少年は、小さな声で何事かを呟いた。

「なんだって？　聞こえない」

「バカにするな、って言ったんだ！」

激しい動作で顔を上げ、ニコは叫んだ。

「偽物なんか要らないよ。ホログラフでいいならこんなとこまで来ない。僕はあの本物の人魚に直接会いたいんだ」

ニコは憤然と立ち上がった。

「ごめん。すまなかった。そんなつもりじゃなかったんだ」

孝弘がとらえた腕を少年は強く振り切った。

彼は唇をぎゅっと噛むと、

「僕、謝らなきゃ……」

と、あらぬかたへ向けて言う。

孝弘の反応は鈍かった。誰に。何を。謝っているのはこっちだよ。この三つが声帯の所有権争いをしたからだ。

口籠っている隙に、ニコは脱兎《だつと》のごとく走っていってしまった。

敏捷な後ろ姿を眺めながら孝弘はぐったりと肩を落とす。

「〈ムネーモシュネー〉、さっきの日記を出力してくれないか」

我が声ながら恐ろしくみっともない掠《かす》れ方だった。

「最初のほうのやつだ。本物の芸術品に親しむ環境を、という部分。読んでしばらく反省したい」

ヘリコーン・ホールへ向かう正装した男女が、縁石に力なく座りこんでいる男に眉をひそめた。

理想を忘れた学芸員にはお似合いの視線だな、と孝弘は思った。

「ええ。その子ならラリーサを訪ねてきたわよ」

低く轟く機械音に負けないよう、〈アテナ〉のベテラン学芸員は声を張り上げて答える。

「どうして彼女は会ってくれないのか、誰とも会わないのは本当か、ってずいぶん粘ったけどね。リンダが理由を話したら仕方なさそうに引き上げていったわ。それだけよ。面会の目的が謝罪かどうかも判らない」

「そうか」

ネネ・サンダースは不思議そうに首を傾げる。

「タカヒロ、わざわざこんなところまで来るってことは、ずいぶんその少年が気になるようね」

「うん、まあね」

最初の大加圧段階が過ぎたのか、音は次第に落ち着いた唸りに変わっていった。

孝弘は耐圧ガラスの向こうの人魚に目を移す。

テュレーノス・ビーチ近くの〈デメテル〉海洋実験室。耐圧ガラスの向こうに押しこめられた三十トンの海水は、じわじわと圧力を上げることによってラリーサの作った人魚像を刻一刻と完成に導いていた。

水圧を利用するＣＩＰ《コールド・アイソスタティック・プレス》は、もともとセラミックや金属などの粉体を成形する技術だった。どうしても歪みの出る一般の焼結と異なり、水中だと周囲から均等な圧力が掛かって精度の高い製品が作れる。ＣＩＰは精密部品分野で一時脚光を浴びたが、その後、手間が敬遠されてほとんど見向きもされなくなっていた。

だが人魚を生涯のモチーフと定めているラリーサ・ゴズベックだけは違う。四十歳を少しばかり越えたこの女流造形家は、若い頃からずっと「ハンドメイド派」に属していた。ハンドメイド派は、なるべく機械や工具に頼らず直接自分の手から美を産み出すことを目指すグループで、先ごろ彼女は「人魚は海から生まれるのが当たり前」として、深海水圧でCIP成形をする旨を表明した。海中に身を投じ、酸素タブレットを咥《くわ》えながら白いパテ状の特殊素材で塑像を手作りしてCIP加工する。そうすれば由緒正しい故郷を持つ真実の人魚が誕生する、というわけだ。

本当は地球の海でそれを実践するのが彼女の理念に適《かな》うのだが、MB《マイクロ・ブラックホール》重力制御を駆使する〈アフロディーテ〉なら、場所によっては深度のわりに高い水圧が得られるので結果的に経費が安くなる。ここには海中鉄分投入の時の貸しもあるし、今回はさらに、孝弘たち直接接続システムにも関与する医療機関メディ・C・コーポレーションが彼女のスポンサーに付いている。リハーサルに実験室を使う申請もふたつ返事で許可が下り、彼女のやりたい放題だった。

「その少年にだけは会ってみたい気がする、とラリーサは後から言っていましたよ」

メディ・Cから派遣された長身のリンダ・マクロードは、ネネの横でにっこりと笑う。

「彼女は事故前の自分の作品に対しては複雑な思いを抱いているのですけれど、〈アフロディーテ〉へ納めたシリーズだけは本当に海の泡になったという点で彼女の一番のお気に入りだったんです。それを忘れずにいてくれる少年がいると聞いて、よほど嬉しかったのでしょうね」

「そういうこと」実験室へ続くハッチが開いた。「まあ、その少年も現物がないがゆえに美化してくれているんでしょうけれど」

張りのある声とともにオペレーションルームが潮の香りに満たされる。腰まである茶色の髪から雫《しずく》を落とすラリーサは、その慎重な歩の運びからして彼女自身が海を故郷とする生き物のように見えた。

「手を貸しましょうか」

と、孝弘が言うと、彼女は、

「ありがとう。大丈夫よ。水から上がってすぐはさすがに感覚が狂うわね」

にこりともしない顔で言う。

事情を知る孝弘ですら、少しばかり戸惑ってしまうほどの無表情さだ。ラリーサ・ゴズベックが人と会わない理由はこれだった。

五年前、彼女は制作中に熔けた金属の入った大型坩堝《るつぼ》の下敷きになり、瀕死の重傷を負った。今の彼女は両足ともに義足、顔面は筋肉も皮膚も人工のもの、声は巧妙に隠されたスピーカーからの出力、だという。メディ・Cの高度な医療技術をもってしても、さすがに複雑な顔面神経をすっかり元通りにできたわけではないらしい。ラリーサは「人の表情を写す仕事をしている者は、心情と裏腹な仮面がコミュニケーションをどれほど阻害するかを知っている」と言って、面会を必要最低限に絞っているのだった。

彼女は酸素タブレットをリンダに手渡すと、椅子に腰掛けて手に付いたパテをタオルで丹念に拭きはじめた。

「バランスはどうだった？」リンダが訊く。

「水中では、生身の時よりも快適に動けるわ」

「転倒防止に重心を下肢へかけてあるからよ。思考制御《ブレイン・コントロール》のレスポンスは変わりない？」

リンダはハンディ・ホバーに乗せた大振りの箱の分析口に酸素タブレットを差しこみながらさらに質問をする。

見慣れない金属メッシュでできた箱は一辺百五十センチほどの大きさで、メディ・Cのマークの下ではラリーサの生体反応《バイタル・サイン》が確実な鼓動を刻んでいる。「塩基から大病院まで」を標榜する大企業メディ・C・コーポレーションが分野違いの博物館惑星へ機材と担当者を派遣しているのは、もちろん芸術の旗振りをして企業イメージの向上を図ってもいるのだろうけれど、ラリーサのサイボーグ化部分のデータ研究も目的のひとつとして据えているに違いなかった。

「ええ。いつもと同じ」とラリーサはリンダに答えた。「意識せずにまるで自分のもののように動いてくれる。温点、痛点ともに問題はないようよ。皮膚を押し包む水の感触も判ったし、箆《へら》を踏んだ時にはびっくりしたし」

「ずいぶん慎重なモニタリングですね。ブレイン・コントロールは水に弱いんですか」

孝弘が訊くと、リンダの顔が刹那《せつな》こわばった。

「いいえ。なぜそうお思いになるの」

「ああ、お気に障《さわ》ったのなら謝ります。ごくごく基本的なことを確認なさっているので何かあるのかなと。もしかしたら僕たちも海水浴を控えなければなりませんからね。耳に水が入ってデータベースシステムと会話できなくなったら大変だ」

この時のリンダの笑顔は営業用にしてはあまりにも魅力的だった。

「ご心配にはおよびませんわ。思考制御といっても、ラリーサの場合はあなたがた学芸員システムとは若干違うんです。内声やイメージ確定だけなら簡単なんですが、彼女の身体を動かしているシステムのほうが、その、少しばかり……あなたがたのよりも新しくデリケートなんです」

「日進月歩ねえ」

ネネは吐息混じりに肩をすくめる。ラリーサは優雅な動作で濡れた髪を指に絡めながら彼女の言葉を継いだ。

「ほんとに日進月歩。創作力もそうだといいんだけど。私は未だにあの海中の人魚たちを抜く作品を作れないでいるのよ。スランプ中に自棄《やけ》を起こして受けた仕事だったのに」

「受けたんじゃないでしょ。あなた、報酬はどうでもいいからやらせてくれ、と私に捻《ね》じこんだのよ」

茶々を入れたネネをラリーサがちらりと見上げる。

「よく覚えてるわね」

笑いを含んだ声がしなければ、その視線が非難なのか旧友同士のあたたかな目配せなのか判らなかった。

「それだけ私が必死だったってことよ。あの頃は今以上に自分の作品が駄作に思えた。制作中は世界一の芸術品だと信じているのに、出来上がった瞬間、嫌いになるの」

「ハンドメイド派の人は多かれ少なかれその傾向があるわね」

「ええ。手作りにこだわって制作に長い時間を費やすと、完成した時の満足度とそれまでに掛けた手間隙《てまひま》が釣り合わないような気がするのよ。だから手間や完成度に気が回らないほどの数をこなせば何かが変わる予感があった。自分自身のために楽な道は選ばなかったつもりよ。できるだけポーズを変えて個性を付けたわ。笑いさんざめき、嘆き悲しみ、孤高を気取り、群れて騒ぐ――生き生きとした私の人魚たちが姿を現わし、やがて消え、ほんの少し海が豊かになった時、私は初めて自分の作品を惜しみ誇れるような気がしたのよ」

「あの時のあなたったら、まるで千体仏を奉納する仏教徒《ブッディスト》のようだったわよ」

ネネが剽軽《ひょうきん》に首を振りながら言う。ラリーサは眉ひとつ動かさずにくすくす笑いを漏らした。

「本質は同じよ。結果としてあの時の私の煩悩《なやみ》は海の泡に変じて昇天したんだし。感謝してるわ。おまけに今回はたいくつな予備実験で来たはずだったのに、思いがけずも私の人魚がちっちゃな男の子の心にキス・マークを残してたと教えてもらえた。美の女神《アフロディーテ》は、新しいことに挑戦する造形家には親切なのね」

彼女は丁寧にタオルを畳みながら、固まりつつある新作を耐圧ガラス越しにしみじみと眺める。

「ラリーサ、一度宿舎に戻りましょう。海中作業のデータ整理とあなたのメンテナンスをしないと」

リンダがうながす。

「そうね」

しかし芸術家は返事をしながらも、揺らめく水の中に佇《たたず》む人魚を見つめたまま動こうとしない。

「タシロさん」ラリーサはぽつりと呼んだ。「その子は、本物でなくちゃ嫌だ、と言ったそうですね」

「はい」

彼女は膝の上の自分の手を握ったり開いたりしていた。年齢を感じさせない、造形家というよりは人魚のそれのように滑らかな手だった。

「その子は自覚もないままにハンドメイド派の理想を理解しているんだわね。指先は魂と直結しており、手から直接産み出された唯一無比の実体こそが本物である、本物のみが力強い産声《うぶごえ》で美を表明できるのだ、と……。彼が誰に何を謝ろうとしているのかは判りません。ですが、本当は私が彼に謝らなければならないのです。あの子はそんなにもあの人魚を好いてくれているのに、私はもうけして彼にとっての本物を授けてはやれない。私があの時の私に戻らない限り──」

「それが進歩というものです。あなたがニコにしてやるべきなのは、今のラリーサ・ゴズベックの手による最高の本物を作り、彼の頭の中にある過去の作品を追い抜いて見せることです」

ラリーサは孝弘に顔を向けた。

「優しいのね」

彼女の声は顔以上に無表情で、孝弘はどう返事をすればいいのか判らなかった。

夜になると海は自己主張を始める。夜陰の中で、波音は鮮やかに白く耳に打ち寄せ、磯の香りは鼻孔深くでいつまでも漂う。

太陽が照らし出す夾雑《きょうざつ》な時間をたゆたゆと受け流し、夜半には繰り返し繰り返し存在を説くとは、まったくもって海とは母性的存在なのだ。

孝弘は〈デメテル〉分室のカフェ・バルコニーから、ぼんやりとキルケ・ホール建築現場を眺めていた。穏やかな渚に作業灯の連なりが細く突き出し、その先の円形に広がる建設現場では何本ものクレーンが触手のように蠢《うごめ》いている。ライトに照らされた作りかけのメガフロート施設は、魔女《キルケ》の住処というよりは海に取りついた白いダニのようだった。

孝弘は軽く頭を振ってから、冷えた白ワインを一口含む。

いけない。〈アポロン〉職員は常に中立でいなければならないのに。自分は知らないうちにアレクセイに毒されてしまったらしい。あのホールだって完成の暁には美しくライトアップされた素敵な海上施設になるのだ。

「ちょっと、タカヒロ。なんでこんなところで油を売ってるのよ」

カリンと氷の音をさせて、バーボン片手のネネが横に並んだ。

「テュレーノスに残ったのは、ワインを聞こし召すためだったっけ？　アレクセイ・トラスクとの面談はどうなったの」

「彼なら一報が入ってすっ飛んでった。建築現場の水中クレーンが不可視水槽の素材を蹴散らしてしまったらしい。今ごろは遠隔操作をしてたクレーン技師と殴り合いだな」

「あなたは行かなくてもいいの？」

「行ってどうするんだ」

「だって事故なんでしょ。いろいろと判断できる権限A保持者がいると後始末が早いわ」

「僕は部外者。右を向いてごもっとも、左を向いてごもっとも、結局左右から殴られるだけだよ。まあ、どちらかが調停の要請を出してしまったら行かざるを得ないんだけどね」

「あなたに暇の神様が頬笑みますように」

ネネは同情の印に軽くグラスを上げてくれた。

「僕の時間がこんなに空くと判っていたら美和子を呼んでおいたのにな。ここはいい風が吹くね」

「あらびっくり。私、あなたが奥さんを煩《うるさ》がってないところを初めて見たわ」

先輩は丸々と目を剝いている。悔しいことに本気で驚かれているのだ。

「どういう心境の変化かしらねえ。いつもは、お出掛けしたがってかなわないだの、仕事内容をしつこく質問されて鬱陶しいだのって言ってる人が。何かいいことでもあったの？」

「その反対。あいつ、明日の朝には家出するんだ」

ネネは遠慮のかけらもなく噴き出した。バルコニーの手摺《てす》りを叩くことまでしてみせる。

「予告付きの家出！」

「笑うなよ。夫婦の危機なんだからさ」

自然と唇が尖ってしまった。ネネの氷はまだ細かく震えている。

「ミワコが引き止めてほしがってることくらいは判ってるでしょうね」

「もちろん。だから引き止めたさ。最近はさすがに忙しすぎてヤバイと思っていたから、無理して早く帰ったり買い物に付き合ったりもした。でもどうも今回は様子が違うんだ」

「と言うと？」

「何というのかなあ」孝弘はぼんやりと黒い海へ視線をさまよわせる。「諦めているのか呆れているのか、あいつ、静かなんだ。これまでは僕が頭の中に女神様を囲ってそっちにかまけてると言って怒ってた。でも今回は、地球《した》へ行って〈ムネーモシュネー〉と友達になる方法を見つけてくる、って」

さすがにネネもぎょっとして身を乗り出す。

「まさか学芸員になるつもりじゃないでしょうね」

「かもしれない。お遊び気分で学芸員の通信教育を受けてたから。ああ見えて頭のいい奴だから、案外、採用試験に受かったりしてね。僕はそれならそれでいいと思ってる。女神様たちと共生する感覚は、僕がどんなに説明しても伝わるものじゃないから。体験してみれば自分がどれほど直接接続学芸員を美化していたかに気がつくよ。後戻りできないのは可哀想だけれど、あいつが決めたのならその覚悟は尊重してやろうと思う」

「なるほどね」ネネはしんみり頷いた。「ミワコが直接接続者になったら、あなたたち夫婦の間に齟齬《そご》はなくなるのかしら」

「さてね」

「ミワコのほうがバージョンが上になるわよ。マシューみたいに、私たちができない情動記録能力を持つかもしれない」

「そうだな」

知らずに爪を噛んでいた孝弘の肘を、ネネはお姉さんの仕草でそっと押さえた。

「私ね、仮にミワコが学芸員になったら、とてもピュアな情動記録を取る予感がするの。問題はそれに向きあう私たちのほうにある。私たちは記録された情動なるものを信じてあげられるのかしら。他人の感動というフィルター越しの美術品をどう判断していけばいいのかしら」

孝弘は手摺りに両肘を突いて海の香を深呼吸した。

「判断に苦しんだら〈本物〉に会えばいいさ。情動記録は、結局、他人の感動でしかないんだから。美和子の考えのすべてを僕は理解してやれない。でも彼女の意見や感想を信じてやろうとするのではなく、彼女が見ているものを一緒に並んで眺めれば、そのものの力が僕に何かを語ってくれる気がする。美和子が学芸員になったら、僕がなぜこんなふうに考えるのかも本物の美術品の数々が彼女に語ってくれるだろう」

「本物には、本物だけが放散する真実の光みたいなものがあるからね」

「そう。僕たちが探している究極の美とは、本物が持つその光のことなのかもしれない。だから僕は、ハンドメイド派のお題目はある意味では納得がいくんだ。手ずから産み出したもののみが真実の美である——念のような祈りのような得体の知れない美の力が、作者の指先から直接作品に注ぎこまれるんだよ」

黒い影がしなやかに孝弘の姿勢を模倣した。ネネは手摺りの向こうにぶら下げたグラスをカランと回す。

「ラリーサもそこらへんで悩んでるみたいよ」

「彼女は本物を作り続けているじゃないか。少年の心を捉えて放さないほど立派な作品を」

「私もそう言うんだけどねえ。もともと自分に厳しい人なのに身体を一部機械化してからさらに自己評価が低くなっちゃって。何を作っても、こんなのは本物じゃないわ、って言うの。以前のように多作でスランプを吹き飛ばしてくれればいいんだけど、あの身体じゃ無理もできないし」

その時。

工事現場が白く輝いた。照明がすべて点灯されたのだ。

「どうしたのかしら、急に」

動く光は大型のサーチライトの移動だった。幾本もの白い筋が、黒々と横たわる海面に突き立てられていく。

「海中に何か――」

言いかけた孝弘の脳に〈ムネーモシュネー〉が緊急通信を流しこんだ。

――〈アフロディーテ〉所長エイブラハム・コリンズより最優先要請が出ました。今すぐキルケ・ホール建設現場へ行ってください。

孝弘は「何があったんだ」と声にして怒鳴った。

――端末からの緊急メッセージ着信。強制出力します。

内耳に響いたアレクセイの声は、孝弘の怒声を数倍上回っていた。

「タカヒロ、お前、ガキに何を教えた！　事故の巻き添えを食って不可視水槽の間に挟まってるんだぞ！」

ワイングラスが床に落ちた。


不可視水槽はまだ組み立て前で、作業がしやすいように電荷をかけて青灰色に偏光させてあった。ホール建設現場近くの海底にまとめて置いてあったそれを、遠隔操作の海中クレーンが引っかけたらしい。

視認できなくなってしまった板は、最大で長さ五百メートル、珊瑚用ケースの最小の部品で一メートル弱。がちゃがちゃに倒れてクレーンそのものも身動きが取れなくなってしまっている。

「初動が遅れたのは俺の責任だ。だが夜の海に子供が潜ってるだなんて誰が想像する？ガラスの位置を確かめるためにレーダーを使って、やっと気がついたんだ」

栈橋の上、ものものしいヘッドセットを着けたアレクセイは、暗闇に浮かぶ立体映像を顎でしゃくった。

目に見えない迷宮の中、深度十五メートルほどのところにぐったりしたニコが宙吊りされている。小さな身体が波のせいで無気味に揺れていた。少年の口元からつぶつぶと立ちのぼる気泡はほんのわずかな量だった。

「奇跡的に坊主は空洞にうまく塡《は》まってくれた。だが見てのとおり、ガラスは渚の緩い波でもぐらぐらするほど不安定な状態だ。崩壊すれば圧死だぞ」

「重機で一枚ずつそっと剝がしていくのは？」

「砂山の棒倒しがしてみたければ止めないぜ。ただし重機を海中投入するだけで崩れるかもしれん。さっきまで潜っていたダイバーはいったん引き上げさせた。助けに行かせるつもりだったが、打ちこんだセンサーでどこをどう計算してもおとなの体格で通れるルートがないんだ」

隙間を視覚化した黄色い領域が立体画像に表われた。蟻の巣のような複雑さだ。記号を打たれたどのルートも途中で赤いバツ印が明滅している。

「こうなったら、ドップラー流速分布計《ADCP》で海流を監視しながら手作業でワイヤーを張り、そのあとでそっと重機を入れるしかない。今ダイバーたちに準備させているが、問題は——」

アレクセイは、言いたくない言葉は口にしない性格なのだ。

孝弘は爪を嚙んだ。今度はネネも肘を押さえたりはしなかった。

「アレク。あの子の酸素タブレットはどれくらい保《も》つんだ」

「判らん。形式からして最大二時間のタイプだが、あいつがいつから海中《なか》にいたのか…………」

三人は示し合わせたように立体画像を見つめる。孝弘は画像に向けて腕を伸ばしたい衝動を堪《こら》えた。ここに映る少年は偽物なのだ。いくら手を伸ばしても抱き上げてやれない。

できる限りのことにはすでに命令を発動している。一番近いところにいた医務班はもうすぐ到着するだろう。〈ムネーモシュネー〉には小回りが利いて役に立ちそうな備品をすべて洗い出させた。酸素タブレットを交換してやるために遠隔操作できる小型の清掃機を要請したが、市街地から搬入してくるにはどんなに急いでもあと一時間はかかる。

なぜなんだ。

孝弘は少年の幻影に訊いた。

ニコ、人魚はもうそこにはいないと言っただろう？　君は何のために潜ったんだ。謝るためかい？　誰に？　何を？

画像は答えない。

「ラリーサ。やめてちょうだい」

浜辺のほうで大声がした。振り向いた孝弘は、水色のロングドレスを着たラリーサが、片手にワイヤーの束を持ち、不自由な足をもどかしそうに繰り出しながら栈橋を渡ってくるのを見た。リンダが箱の乗ったホバーを連れて小走りに追いかけてくる。

「ネネ。彼女たちを追い返すんだ。この子が例のニコ少年だということは、絶対に知られちゃいけない」

「もちろんよ」

ネネの踵《かかと》が栈橋を打つのと同時に、ラリーサのスピーカーが咆えた。

「私にやらせて！　私ならC‐4マークのルートを通れる！」

「……そこからこのルートナンバーが見えるのか？」

「話は後にして。行くわ！」

ラリーサが酸素タブレットを咥える。リンダの悲鳴と水音が同時だった。翻ったドレスの裾。その残像だけが脳を支配し、孝弘は声も出ない。

「バカヤロー」アレクセイがどんどんと足を踏み鳴らす。「通れるわけないだろう。なに考えてやがるんだ」

彼はヘッドセットをかなぐり捨てると小型のイヤホンを耳に突っこみ、慌ただしくタブレットを咥えた。

「サポートを頼む」彼は孝弘に人差し指を立てながら二歩下がった。「ガラスにぶつかりそうになったら教えてくれ」三歩目、彼の足は波を割っていた。

「リンダ。どういうことなの。ラリーサはこんな無茶をする人間じゃなかったはずよ」

ネネが厳しく詰問する。呆然としていたリンダはその声で瞳に力を取り戻した。

「場所を空けて、ネネ。画像を見せてちょうだい。私もサポートをしなければ」

「リンダ?」

彼女はホバーのスイッチを切りながら孝弘とネネに弱い笑顔を向けた。

「ラリーサにとってはそう無茶なことではないの。海中での動き方は練習してきたし、彼女の目はレーダー並みよ。ほら、見てて」

立体図に薄い水色が大きくはためいた。ドレスを脱いだラリーサは下着一枚。義足を重りに利用しながら器用にC-4ルートの入り口へと泳いでいく。気泡が彼女の周りでゆらゆらとたゆたい、真珠の粒のようだった。

「リンダ。いいかしら」

突然、ホバーの上の箱がラリーサの声で口を利いた。内声のデータをこちらへ転送しているらしい。リンダは箱の上部を開き、コンソールパネルを展開する。

「仕方がないわね。勝手にやって。あなた本人のコマンドのほうが優先度が高いのよ」

パネルが赤く染まり、合成音声ががなりたてた。「ユーザーが下肢を切り離そうとしています。ユーザーが下肢を切り離そうと……」

「ラリーサ、もう一度承認して」

リンダが教えると、ふっとパネルが静かになった。

「こういうことか」

孝弘は画像を見ながら呆然と呟いた。

両足が股関節部から切り離されてまっすぐに沈んでいく。それはきちんと二本揃ったままで、まるで着地しようとするバレリーナのようだった。

上半身だけならC‐4ルートが通れる。

孝弘は落ちていたヘッドセットを拾い上げた。

「アレク。聞こえるか。そのままの進路でいいからラリーサのところへ行ってくれ。彼女がワイヤーを繰り出している。端を持つんだ」

内声を伝えられない学芸員は、判った、と片手を上げる。

「それと、僕に権限Aを行使させてくれ。君の部下に、C‐4ルートに絞りこんで周囲から固定ワイヤーを張らせたい。一ヵ所だけぎりぎりの幅しかないところがあるんだ。最悪の場合、使用ルート以外のガラス板を崩して救出、ということになる」

アレクセイの手がもう一度上がったので、孝弘はトップ・ダイバーとの打ち合わせに入った。

ラリーサはしなやかな腕で水を掻いてルートの入り口へ近づき、見えないはずのガラス板に確実な動作で掌を当てた。

「ずいぶん揺れるわ。トランプでできたお家《うち》が地震に遭ったみたいな感じ」

彼女は仮面じみた顔を傾けていて、言葉ほどには余裕たっぷりに見えなかった。

ダイバーとのやり取りを中断し、孝弘はリストバンドからFモニターを引き出してネネに投げた。フィルムは淡く発光しながら空中で展開し、彼女の胸元へ落ちる。

「そこにADCPとリンクした画像を出すよう〈ムネーモシュネー〉に頼んだ。海流が視覚化されるはずだ。波に合わせてコーナーを曲がれば少しは楽だろう。ラリーサにタイミングを伝えてやってくれ」

「判ったわ」

陸上での動きが激しさを増すほどに、立体画像の中の時間は恐ろしく引き伸ばされていくように感じる。

アレクセイはワイヤーの端を持ったまま動かなかった。規則的に噴き上げる気泡とゆっくり掻く足の動きがやけに目立った。

ラリーサはルートを慎重に進んでいる。彼女が波に合わせて身をよじると、凍りついた顔に、あらわな乳房に、下着で切り分けられたウエスト部分に、長い茶色の髪が被さった。彼女が頭を下げて板を避ける姿は、海の生き物たちに会釈をしているかのようだった。

ラリーサがニコの元へたどり着いた時、ダイバーたちの努力によってルートの確保も九割がた終わっていた。

彼女は優しい仕草でニコの頭を抱き起こし、タブレットの酸素量を確かめる。

「まだ大丈夫みたい。念のために私のと交換するわ」

白い腕が動いて少年の腋にワイヤーの輪が通される。ニコは慎重な手つきのアレクに引かれ、ゆっくりと移動をはじめた。

孝弘はじっとりと汗ばんでいた。

「ラリーサ、気をつけて。そこが難所なんだ」

「ええ」

彼女が返事をした直後。ワイヤーがニコの腋の下から滑って腕を動かした。少年の肘とガラスのぶつかる鈍い音は、居合わせた者の耳の中で轟音のように響き渡った。

立体映像はトランプハウスが軋《きし》みを上げて大きく傾ぐのを捉えていた。

孝弘の腕は自然と画面に伸びていた。本物だったら支えてやれるのに——。

外部からはどうしても固定できなかった中央部、ラリーサの背後の一枚がのろい動きでずれていく。

ラリーサは力一杯ニコの体を前に押し出した。

「引いて。思いっきり！」

箱から出力される金切り声は、ヘッドセットのマイクにも届いたようだった。アレクセイは刹那の迷いの後、固定ワイヤーに足を掛けて少年の命綱を引いた。二人分の質量を引き寄せるつもりで、強く。

コーナーに腕をつかえさせてしまった少年が苦しげな体勢に捻じれた。骨ばった肩がガラスの角にぶつかる。

ニコの体がルートのくびれを飛び出した時、ラリーサががくんと落下した。

「ラリーサ！」「嘘でしょ！」

孝弘とネネが同時に叫んだ。

衝撃に酸素タブレットを奪われた彼女は、四メートル幅のガラス板に押さえつけられて沈んでいく。

画像の中ですうっと小さくなっていく彼女の顔は、やはり無表情だった。

沈黙の中で潮風が二息ほど桟橋を撫でた。

風が去ると、ネネはわっと顔を被った。

孝弘は彼女を慰めたかったが、情けないことにまだ身体が動かなかった。

「ここはそんなに深くないのよ、ラリーサ。ああ、せめてタブレットを咥えていてくれれば……」

「ネネ」

箱から自分の名前が転げ出てきて、ネネは弾かれたように顔を上げた。

「咥えてたって役に立たなかったでしょうね。あの子のタブレット、本当はもうほとんどエンプティだったの」

「ラリーサ？　大丈夫なの？」

「ええ。ここにいるわ」

「ここってどこよ！」

「だから……」彼女の声は恥じらいの表情。「この中」

ラリーサの声を吐く箱にはバイタル・サインが力強く灯り続けていた。

その横でリンダは申し訳なさそうに首をすくめている。

孝弘もネネも、事情が飲みこめずぽかんと口を開けていた。


ニコが謝りたかった相手は、海だった。

「僕が見た時、人魚は傷めた尾鰭を振り返ってとてもつらそうだった。なのに僕たちは安全な通路にいて、彼女を助けることも慰めることもできなかったんだ。すごく悲しくて、すごく悔しかった。だから僕、絶対にもう一度この海に来て謝らなきゃと思った。優しく触ってあげて、あの時はごめんって言いたかったんだ」

人魚は海に溶けてしまった。けれど彼女は無に帰してしまったわけではなく、海の成分に姿を変えただけだ。だったら海が彼女、彼女は海だ。

「写真じゃ駄目だよ。ガラス越しよりもっと悪い。僕は粒でもいいからあの人魚を直接撫でてあげたかった。僕の手と声とで、直《じか》に、本物の彼女に謝りたかったんだ」

最初は、彼女が粒となって宿る海の水に触れれば自分は満足するだろうとニコ自身も思っていたのだが、潜っているうちに欲が出たらしい。子供っぽい冒険心で、人魚のかけらが残っていないかを探しはじめてしまったようだ。

「直接撫でてあげたい、ねえ。トラウマというよりは積年の恋といった風情よね」

孝弘の個室で事情を聞き終えたネネがにっこりと頬笑む。

「あなたのトラウマも今の話で少しは癒されたんじゃない、ラリーサ？」

「ちっとも」バイタル・サインを輝かせながら箱は答えた。「あの人魚たちはまだ自分の手で作っていたのよ。私がこれから作るものでもう一度彼の心が捉えられるかどうかは判らないわ。果たして再会を渇望させるほどの本物の力を持つかどうか——」

孝弘は穏やかに告げた。

「あなたが考え、あなたが手掛け、これでいいと思った瞬間に、それは否応なくラリーサ

・ゴズベックの本物の力を宿すんですよ。素材を捏《こ》ねる手は、血が通った生身だろうと遠隔操作の義手だろうと関係ないんです。あなたの意思通りに動くのであれば、あなたの指はちゃんと魂と直結しているということにはなりませんか？」
　ラリーサは小さく「そうね」と呟いた。

　その声には照れと満足の色が混じっている気がする。

　コーヒーをリンダに手渡したネネは、箱に近づくと表面をこんこんと叩いた。

「ハンドメイドにこだわるあなたが腕を失くしたんだから、気持ちは判らないでもないけれど、私にまで隠すことはないでしょうに。ブレイン・コントロールでボディ全体を遠隔操作してたなんて、思いもよらなかったわよ」

「ハンドメイドの理念だけにこだわっていたんじゃないの。判るでしょ」

「そりゃあ、ね」

　ネネは叩くのをやめ、箱を優しく撫ではじめた。

「原形をとどめないほど身体を傷つけられた人間が人目を気にするのは当たり前のことよ。隠し通す手段があったらそれを選ぶのも当たり前。でもね、ラリーサ。嘘だけはつかないで。これから先、メディ・Cがどれほど精巧なボディを与えてくれたとしても、それを本物の自分だと偽っちゃ駄目よ。あえて喧伝《けんでん》しろとは言わないわ。でも、嘘をつかれると、私はあなたの内実まで見失ってしまいそうになる。あなたはラリーサ・ゴズベック。人魚像に定評があり、いまや困難な思考制御訓練を習得した、立派な現役芸術家なの」

「ありがとう」

「真実のあなたを知る人間が、そうと知っている上で外部入出力装置と自然に話ができる――その時こそ、あなたの精神と肉体は正しい関係を結べるような気がするんだけど」

「そうね」

ラリーサは旧友のお節介に気圧《けお》されて軽い笑い声をたてた。

「海に痛い足を置いてきてしまったから、今度は陸の上を軽快に泳ぎ抜けられるかもしれないわね」

孝弘は晴れ上がった窓の外に目をやり、そっと〈ムネーモシュネー〉を呼び出す。日記を、と彼は女神に伝えた。

人と芸術美の関係には、確かに二つの考え方が存在する。

ひとつは、芸術が人に力を与えるとするもの。人は美によって癒され、美によって力づけられる。芸術こそが人を生かしているのだ。

もうひとつは、人が芸術に力を与えているとするもの。具現化する美は、その作り手の裸の魂の表われに他ならない。究極の美というものがあるのなら、それが放つ眩《まばゆ》い光とは人間の真実そのものではあるまいか。

理想は飽くまでも――両方だ。

孝弘は窓を開けて深呼吸をする。
美和子の乗ったシャトルは定刻通りに飛び立っていた。
銀色の小さな泡粒をひとつ浮かべ、空はまるで本物の海のようだった。

Ⅷ

きらきら星

ラグランジュ3に浮かぶ博物館惑星〈アフロディーテ〉。

ここは電脳の女神たちの領地、既知宇宙から蒐《あつ》められたありとあらゆる美が燦然と光を放つ天上界——と人々は誉めそやす。

残念ながら、そうではない。部署やデータベースがいくら神の名で呼ばれようと、実際に働く学芸員たちは愚かな人間であって全知全能というわけにはいかないのだ。

「今日もなんとか切り抜けた、と……」

〈総合管轄部署《アポロン》〉学芸員、田代孝弘は、庁舎の自室で独り言を呟いた。

カウチに寝転がり、プラカップのコーヒーを口へ運ぶ。さきほどの記者会見の出来をレコーダーで確認しておいたほうがいいのだが、モニターを点《つ》ける気にならなかった。スクリーンに大写しされた記者たちのがなり声をもう一度聞くのはまっぴらだ。ついこの間まで、記者会見と言ったらのほほんとした芸術担当記者相手に退屈な定例報告をするだけだったのに、いまや〈アフロディーテ〉は全世界注目の的に……いや、標的になってしまっている。

こんな急激に身辺が慌ただしくなったのは初めての経験だった。

人類が俄然〈アフロディーテ〉へ注目しだしたのはわずか二週間ほど前のことだ。小惑星帯にある資源開発基地が未知の物品群を見つけたのが事の発端だった。彼らが土星近くから舞い戻ってきた小惑星イダルゴを初探査したところ、直径一センチほどの植物の種子に見えるものが二つと、一辺十四ミリ厚さ三ミリの五角形をした彩色片数百を拾い上げてしまったのだ。

いくら人類が奇矯な趣味を持っているとはいえ、わざわざ種やタイルを小惑星の上に置くわけはない。ゴシップ紙曰くの「もしかしたら宇宙人の忘れ物」かもしれない物品は〈アフロディーテ〉が解析を担当することになり、かくして孝弘の職場は全人類の好奇の視線にさらされることになった。

〈アフロディーテ〉が担当になったのは、万が一の場合には地球から隔離できるという地理的条件と、データベースと直接接続された学芸員による優れた総合考察力が買われたからにすぎない。なのにマスコミはふざけて「女神様の御神託や如何《いか》に」と騒ぎ立てている。

そんなものが本当に下るなら学芸員たちの苦労はない。確かに直接接続学芸員は曖昧なイメージや印象を声に出さずにデータベースへ伝えることができる。アクセス・シェルが最新バージョンなら気分の移り変わりすら記録することができる。けれどもそれは学芸員がちゃんと働いてこそ活きる能力であって、「宇宙人のメッセージを天上の女神が解読する」などという気楽なものではないのだ。

無責任なヘッドラインに心を乱されながらも学芸員たちはよく頑張っている、と孝弘は思う。手に負えそうもないほど大きなこの厄介事が持ち上がった瞬間、地球《した》での会議を言い訳にすたこらさっさと逃げ出した所長とは大違いだ。

「とりわけ今日はロブに感謝しなきゃ」

孝弘はロブ・ロンサールのいる方角、つまり地面へ向けて軽く会釈をした。〈動《デ》・植物《メ》部門《テル》〉の広大な領土はこの小天体の裏側なのだ。

ロブはイダルゴの種子を調べている。彼が記者たちの喜びそうな成果を上げてくれたおかげで、今日の会見は久々に実のあるものになったのだ。

穏やかな性格で人望を集める彼はぎらぎらした記者たちの視線を笑顔でいなし、「加速《タイム》型進化《マシン》分子工学《バイオテック》の技術を借りて種子のクローン培養を試みたところ、海水面上で生育することが確認されました」と発表した。

記者たちは瞬時に色めき立ち、彼に矢継ぎ早の質問を浴びせかけた。

ロブはにこにこしながら彼らに答えた。「いえ、タイムマシンが発明されたわけではありません。生物の成長を加速する技術です」「ええもちろんクローン体は充分な数を確保してあります。まだまだ研究しなければならないことがたくさんありますから」「見学はいましばらくご容赦ください。のちほど画像を配布します」「地球の植物と目立った差異は見受けられません」「そうですね、おそらく花も咲くでしょうね」「ううむ、仮に種子が地球から飛んでいったものだとして、じゃあ彩色片はどうやって運ばれたんでしょう?」「超古代文明? ムー大陸やアトランティスのことですか? そういう仮説は苦手でして」「いや、宇宙人が実在するかどうかも……。種子からしておそらく原産地は地球に似た海洋を持つ星だろうと推測されるだけで」云々。

ロブは「ではこのへんで」と会見を切り上げる時、孝弘にいたずらっぽい笑みを投げた。時計はきっかり終了予定時間を指していた。彼は哀れな総合管轄部署がたまには息抜きできるよう、目一杯時間を使ってくれたのだった。

けれども、幸運はそう再々やってこないものだ。今回のようなクリーンヒットが続けざまに放てるとも思えない。で、次回は自分がまた矢面に立たされる……。想像するだに孝弘は憂鬱でたまらない。

〈デメテル〉とは反対に、〈絵画《ア》・工芸部門《テナ》〉が引き受けた五角形彩色片の分析はひどく難航していた。

組成は簡単に判った。現代科学ではまだ達成できない大きさの〈アルミ−マンガン−シリコンからなる準結晶〉だ。紫を基調とする彩色原料は、陶磁器に似て細かい罅《ひび》の入ったガラス質の釉薬《ゆうやく》だ。しかし、小さな五角形がもともと何を構成していたのか、彩色の意図は何なのか、制作者の正体に迫る肝心なところにいい仮説が出てこないのだ。

彩色片の担当は陶磁器を専門とするクローディア・メルカトラス。真面目な彼女は〈アテナ〉所轄の分析室で日も夜もなく五角形パズルに取り組んでいる。なかなか成果を出せなくてさぞや焦っていることだろう。外部の学者が招聘《しょうへい》されて彼女に協力しているそうだが、その学者を呼びこんだのが他ならぬ〈アポロン〉の問題児マシュー・キンバリーなので果たして役に立っているのかどうか。

もう一杯コーヒーをと立ち上がった時、孝弘の内耳に優しい音が届いた。ころころと木の玉を転がすような音は、彼が直接接続されている〈アポロン〉のデータベース・コンピュータ〈記憶の女神《ムネーモシュネー》〉からのコールだ。

孝弘は飲み物を諦めてカウチに座り直した。

「いいよ、〈ムネーモシュネー〉。用件は？」

――通信要請が届いています。発信元、分析室室長カール・オッフェンバッハ。出力《アウトプット》・先指定《デバイス》、F《フィルム》モニター。

孝弘は「わざわざFモニター？」と呟きながら、左腕に嵌《は》めたリストバンドから薄いフィルムを引き出した。

「繫《つな》いでくれ」

——了解しました。Fモニターへ出力します。

フィルムが淡く発光する。もやもやの光の煙はそのままカール・オッフェンバッハの鳥の巣のごとき髪を形成した。

「スズメを追い払うのはずいぶん大変だったみたいだな、タカヒロ」

カールはにやにや笑っていた。

「その笑い方、なんだか皮肉っぽく見えるんだけど」

孝弘が言うとカールは唇の端を大袈裟に上げてみせた。

「読み取っていただいて嬉しいね。Fモニター指定は正解だな」

嫌な予感がした。そしてすぐさまそれは的中してしまった。

「あのなあ、タカヒロ。クローディアが五角形解析の成果をなかなか上げられないのはなぜだか判るか。原因の大半はお前んちのマシューお坊ちゃんのせいなんだぜ」

孝弘は、

「彼がまた何か」

と小声で訊いた。及び腰だったのはこれまでにマシューが引き起こした事件事故の数々が一気に脳裏を駆け巡ったからだった。このルーキーは目も当てられない選民主義者で、事あるごとに経験豊かな古参の学芸員を虚仮《こけ》にしてきたのだ。

「マシューが直接何かしたわけじゃない。あいつがクローディアにあてがった王子様のほうだ」

「王子様？　ああ、ラインハルト・ビシュコフのことだな。確かに図形学者というよりは王子みたいな名前だ」

「ともかくこちとらえらい迷惑してる。マシュー坊ちゃん、やってくれるぜ」

「それはどうも――」と、孝弘は反射的に謝りかけて、はたと気を取り直した。「待てよ。どうして僕に文句を言うんだ。問題があるならマシューに直接言ってくれよ」

今度のカールの笑みは緩慢だった。

「もちろんそうしたさ。しかしこっちの言葉半分で通信を切りやがった。情動記録のチャンス到来でそれどころじゃないとさ。それっきり着信拒否を決めこんでる」

「また情動記録か」

「奴は今度こそ自分の能力が実際に役立つことを証明するんだって息巻いてるぜ。なんでもはるばる地球からやってきたお婆ちゃんの失くし物を探してやるとか」

「情動記録で失せ物探し？　うわあ、いったい何をするつもりだあ」

孝弘は思わず額を押さえた。

直接接続システムの最新バージョンから対応が始まった情動記録は、マシューの選民主義を増長した真犯人だった。心の襞《ひだ》をそのままデータベースに記載できるというのは確かに魅力的な能力である。地上の警察に配備されたマシューの同期はいわゆる刑事の勘を蓄積しているそうだし、動物学者も野生動物が感じる気配なるものを理論化しようとしている。いずれは、美術品に接した時の情動データを解析することによって、美の本質や究極の美というものがおぼろげなりとも輪郭を現わすかもしれない。情動記録はまさに期待の新星なのだ。早くそれを誇示したいルーキーが功を焦ったりしなければ。

「何をする気かは知らないが、可愛い後輩が忙しいって言うなら、ここはひとつ、頼りになる先輩が代わりに出張《でば》ってくるのが筋だと思うね」

「判ったよ」孝弘は両手を上げてしぶしぶ答えた。

カールは、

「十三時に分析室まで来てくれ。すぐに来いと言わないところが俺の優しさだ。あと一杯くらいはコーヒーが飲めるだろ」

と言うと、得意のにやにや笑いをチェシャ猫のように残し、Fモニターから消えた。

博物館惑星の昼下がりは平和だ。〈アテナ〉所属の美術館を巡り疲れた人たちは公園でのんびりとアイスクリームを舐《な》め、〈デメテル〉の広大な領土から戻ってきたツアー客たちは夜から昼への急な転換を面白そうに語り合っている。〈音楽《ミ》・舞台《ユ》・文芸部門《ーズ》〉が忙しくなるコンサートタイムはまだもう少し先だ。

しかし気だるい町を歩く〈アポロン〉職員の頭の中は、ラインハルト・ビシュコフの人物データで煮えたぎっていた。マシューは先輩の通信まで拒否していたので、図形学者の人となりはいちいち〈ムネーモシュネー〉で調べなければならなかったのだ。

ラインハルト・ビシュコフは、地上の図形科学データベース〈マーク〉に繋がった直接接続の学者で、イダルゴの五角形解析を手伝いたいと自分から売りこんできたらしい。歩きながら広げたFモニターに映るラインハルトは、白タイツが似合いそうもないもっさりした風体《ふうてい》だったけれど、自分と大して変わらない年齢ながら老臣を思わせる穏やかな目をしていて好感が持てた。

地上の人物データベース〈点呼《ロールコール》〉によると、ラインハルトはずいぶんと勉強熱心らしい。専門を強いて挙げれば数理学ということになるが、興味対象は広範でデザインや美術史関係の通信教育も修了していた。

データをさらう限りでは、クローディアと組み合わせるには最適の人材に思える。

孝弘は爪を噛みながら人通りから外れ、〈ミューズ〉庁舎の裏手にある四角四面の分析棟へ向かった。優秀で穏健そうに見える王子がいったいどんな問題を起こしているのかと首を捻りながら。

分析室の扉を開けた孝弘は、あまりの違和感に立ち止まってしまった。

いつもは賑やかな笑い声に包まれている分析室が異様な静けさに満ちていたのだ。静寂は殺気と言い換えてもいいほどの緊張感を内包している。十八人のスタッフ全員が自分の机に視線を集中していた。まるで世の中のよしなしごとから意識を隔絶しようとしているかのようだ。

「どうしたんだ、これは」

思わず呟くと、部屋の奥、パーティションの砦の中からもじゃもじゃ頭がひょいと持ち上がった。長身のカールは器材の上の浮遊する首のように近づき、孝弘の肘を捕まえた。

「よく来たな。おチビさんにもよく見えるように特等席を設《しつら》えといたぜ」

「何を――」

「まあいいからいいから」

半ば引きずられるようにして部屋の隅へ連れていかれる。配線をまたぎ、未分析物のストックボックスを回りこみ、パーティションの迷宮を抜けて、最後に押しこまれたのは器材ラックと本棚の隙間だった。

「ほら見ろよ」

カールは、壁に追い詰めた恋人に迫るがごとく長身を折って囁く。

器材の空隙から金髪をきりりと結い上げた後ろ姿が見えた。クローディア・メルカトラスだ。机に肘を付いて顳《こめかみ》を押さえているのは、きっと〈アテナ〉専用データベース〈喜《エウ》び《プロシュネー》〉と交信しているからだろう。細い肩先がぴりぴりと尖っていた。

彼女の左側で所在無げに佇《たたず》んでいるずんぐりした男がラインハルト・ビシュコフだ。彼はクローディアを盗み見ては目を伏せ、さして長くない足をちまちま動かして右側へ移動し、また彼女をちらりと見ては目を伏せ……。まるで主人の命令を待つ犬のようだった。

「彼はいったい何をしてるんだ」

「本人は手伝いのつもりらしいがね」カールは嫌味な声で答える。「いいか、タカヒロ。やっこさんは彩色片の組み合わせ方を一日に三百種類近くも持ってくるんだ。しかも彼女がチェックし終わるまで傍を離れない。結果、一日中あの調子だ」

イダルゴで見つかった五角形彩色片の正確な数は八一六個。彩色に微妙な色分けがあることから、それらは大きなものを構成するモザイクタイルのような部品であると考えられていた。

「彼女は彩色片を正十二面体に組み上げるんだったな？」

五角形は六角や三角のように平面をきっちりと埋め尽くす形ではない。クローディアは「完成品」を立体物と仮定して、どう組むかの試行錯誤を繰り返している、と孝弘は聞いていた。

カールはすまなそうに眉根を寄せた。

「耳の大きなスズメたちが聞きつけると面倒だからまだどこにも知らせていなかったんだ

が、正十二面体仮説はだんだん疑わしくなってる。総数が十二で割り切れるから大丈夫だと踏んだものの、あれには変な角度がついてるんだ」

「角度？　七十二度きっちりじゃないのか」

「頂点の、じゃない。破断面のほうだ。厚みが三ミリ強しかないくせに切り口が垂直でなくてんでばらばらだ。しかも五角形の面自体も僅かな曲率でへこんだり出っ張ったりしている。製作精度が悪かったのか意図されたものなのかも判らない」

「正十二面体に組もうとしても歪んでしまうわけだ」

　分析室長は専門家らしい渋面で頷く。

「クローディアも判断に迷っている。歪んでてもいいから正十二面体を追求するか、欠落片を想定する覚悟で形へのこだわりを捨てるか」

「正十二面体という前提がなくなるとますます大変になるな。想像できる形は無限になってしまう」

「だからその恐ろしい領域に踏みこむ前に、彼女は正十二面体で出来る限りの予想を立ててみようとしている。彼女は〈エウプロシュネー〉にシミュレートさせた膨大な組み合わせを検討しながら待ち焦がれてるんだ。色彩の変化と歪み方の両方ともが、美術関係者としての自分の感性を納得させてくれる瞬間をな。はっきり言わせてもらうが俺なら願い下げの根気のいる作業だぜ。ところが、だ」

巻毛をいらだたしげに掻き回して、カールはラインハルトを睨む。

「あいつは順列組み合わせででっちあげた歪《いびつ》でサイケな正十二面体のデータを、せっせせっせと彼女に運んできやがる。一応は客員だし、図形学者の視点にかすかな期待がないでもないから、彼女はああやっていちいちチェックしてやってるんだ。だが忍耐もそろそろ限界だ。俺の予測によると、あと二回あれをやられたら、もう屑《くず》を持ってくるな、と叫ぶだろうね」

孝弘は首を回してそっとふたりを窺《うかが》った。

クローディアは図形学者をちらりとも見ていない。

ラインハルトは相変わらずもじもじと足を踏み替え、手を揉み合わせている。

孝弘は室長を仰いで質問した。

「カール。ラインハルトは本当に役立たずなのか？　彼女が奴を追い払わないところからして、百五十個にひとつくらいは彼女の美意識に響く組み合わせを持ってきてるんじゃないのか」

「どうして百五十個」

「いや、なんとなく……」

ぎょろ目に睨まれてしまった。カールの指が目の前に突っ立つ。

「いいか、タカヒロ。俺はイダルゴのニュースを聞いてから一度も家に帰ってない。ちなみにこの部屋から出るのは便所とシャワールームへ行く時だけだ。飯もここで食う。なのに俺はクローディアが心からあの図形学者に感謝している姿だけは見たことがない。付き纏《まと》われている、という言い方をしているのを聞いたことはあるがな」

「判ったよ」上からのしかかられて、孝弘は降参した。「ラインハルト・ビシュコフと話してみよう。解析計画をどう立てているのか聞いてみる」

カールは孝弘の頭の上でぱくんと口を開けた。

「タカヒロ、それはとぼけてるのか」

「何が」

「お前は本当に奴が仕事上の理由でクローディアのケツを追っかけてるのだと？　本気でそう思っているのなら、嫁さんに逃げられるのももっともだ」

孝弘は虚を衝かれてしまった。どうして美和子が出てくるのか判らない。

「美和子は僕から逃げたんじゃないよ。学芸員を目指して地球で勉強しているだけで」

「それも本気で信じてるなら、お前はどうしようもないおたんこなすだ」

カールにどう説明しようか、と迷いつつ口を開いた瞬間、クローディアの声がした。

「拝見しましたわ、ビシュコフさん」

孝弘とカールは同時にラックの隙間に目玉を貼りつけた。

覗き見たクローディアの横顔は疲れた笑みを浮かべている。

「申し訳ありませんが、今回も、残念ながら私がピンと来るようなものはありませんでした」

「そうですか」ラインハルトは見るも無惨に肩を落とした。「今日のも女神様のおめがねには適《かな》いませんでしたか。やはり僕にはあなたがた天上界の美学は理解できないようですね」

「あら、またそんなことを」クローディアの声は笑っていたが目は死んでいた。「何回も申し上げましたけど、私たちは天界の住人ではありません。もちろん星を住処とする宇宙人でもありませんわ。単に私は私なりの美学で篩《ふるい》にかけた結果を正直にあなたにお伝えしているだけです。だからビシュコフさん、私へのお気遣いはありがたいのですが、私に構わずあなたはあなたなりに新しい仮説を立ててみられてはいかがですか」

クローディアがにっこりする。小首を傾《かし》げるその仕草は、彼女をよく知る人物であれば「もう、うんざり。やりたきゃ勝手にやって」の表現だと判るのだが、純朴な王子様には高度すぎる処世術だったようだ。

ラインハルトは手洗いをするような仕草を繰り返しながら生返事をした。

「はあ、それはそうですが。やはり私はあなたのサポートをしたいと……。あの、また持ってきますのでチェックしていただけますか」

孝弘の横でカールがのけぞる。「駄目だ、こりゃ」

クローディアは室長よりは辛抱強いようだった。「ええ、もちろんです」と答えると、もう一度にっこり……。

王子様は典雅とは言いがたいお辞儀をしてようやく彼女の横を離れた。

彼が部屋を出ていくと同時に、クローディアがわっと泣き伏す。

同時に分析室はいつもの、いや、いつも以上の喧騒を取り戻した。同情の言葉と怒声と吐息。

カールは孝弘の背中をどんと押して、

「姫様はこっちでお慰め申し上げる。その代わり王子の野郎はお前に任せた。鈍感同士でうまく話をつけてこい」

と、わざわざ親指で出口を示してくれた。


〈デメテル〉の庭園芸術専門家が設えた分析棟の中庭は、器材の砦に引き籠らざるを得ない分析員たちにとって大切な憩《いこい》の場だった。

芝から立ちのぼる青い息、暮れなずむ大気に溶ける花の香り。

ラインハルトは花壇横のベンチに浅く腰掛け、芝生の中央に立つ楡《にれ》の木をぼんやりと眺めて言った。

「そうですか。オッフェンバッハさんは仕事以外の目的があるのではないかとおっしゃったんですか。ご慧眼ですね」

「というと?」

我ながら間抜けな相槌だった。

図形学者はそれを優しさだと受けとめてくれたのか、ほのかに表情を和《なご》ませた。

「動機が不純なんです。私はクローディア・メルカトラスに侍《はべ》っていたいんですよ。彼女は私にとって掛け値なしの女神であり、天空に輝く手の届かない星なのです」

孝弘は、はあ、という言葉を呑みこんだ。これ以上鈍感で間抜けな自分を見せたくない。だから注意深くこう訊いた。

「個人的な質問で恐縮ですが、もしかして、クローディアの傍にいたくて協力を申し出られたのでしょうか」

「そのとおりです。彼女を知ったのは四年ほど前のことです。通信教育の細密植物画科《ボタニカル・アート》で同じレベルを受講していました。受講期間中に一度だけ、通信回線上で生徒たちが顔を合わせるスクーリングがあるのです。彼女は本当に鮮やかだった……」

ラインハルトは自分の膝に肘をつき「彼女は僕のことなど覚えちゃいないでしょうが」と弱々しく呟いた。団子鼻に汗の玉がふつふつと浮かんでいる。

「僕にとってその通信教育は、花序《かじょ》や蔓《つる》の捻《ね》じれを図形学的に正しく認識するための一手段でしかありませんでした。でも彼女は違った。彼女の視野の広さは僕を圧倒しました。

なぜ人間は画像記録という手段を持ちながらわざわざ4Hの鉛筆を駆使してボタニカル・アートを描こうとするのか。画家が自然と対峙して学ぶべきこととは何か。自己満足の絵と人に見せることを前提としたものとは何が違うのか。どうして花を美しいと思うのか……。彼女はそういった美に対する本能と言うべきものを、引退後の老人や手なぐさみ目的の奥様連中を前にして、遠慮も臆しもせず、堂々と述べるのです」

「クローディアらしいですね」

孝弘が言うと、ラインハルトは子供のようにこっくりと頷く。

「植物画はたとえ百科事典の図版として扱われていようとも紛《まご》うことなき芸術である、と彼女は金髪を煌《きら》めかせながら熱弁しました。なぜならその一筆一筆には植物の命の形をとどめようとする人間の切望が籠められているからだ、と——。切望ですよ、タシロさん。僕はそんなことは考えたこともなかった。世の中の根本は形であり、形のあり方だけ判っていれば森羅万象がすべて読み解けるのだと信じていた。なのに同じものを勉強していながら彼女は人間の切望を説いたんです。葉の付き方をフィボナッチ数列で確かめたり、蕾《つぼみ》の形状をプラトン立体で解釈して遊んでいた卑俗な僕を、彼女は芸術の高みから睥睨《へいげい》したんです。あれほど輝かしい女性を僕は他に知りません」

図形学者の顔は赤いまだらに染まっていた。それが長口上《ながこうじょう》のためなのか別の昂ぶりの結果なのか、孝弘には判別できなかった。

ラインハルトは軽く目を細めて続ける。

「講座の修了後しばらくして、彼女が直接接続者になって〈アフロディーテ〉へ派遣されたと知りました。僕はあの人がついに本当の神の座を得たことに感動しましたよ。美の神の名を持つ天空の星、高い視点を持った彼女にこれほどふさわしい場所はない、と。その時はもう、僕のイメージの中で彼女は薄布をまとった美の女神《アフロディーテ》そのものになっていたのです……おかしいでしょう、僕がそんなことを考えるなんて」

孝弘はこほんと咳払いをし、楡の木に視線を逃がしながらさらに慎重さを増した。

「おかしくはありませんよ。彼女のことを星と仰ぎ女神と讃えるお気持ちは判ります。ただ、仕事に難渋していらいらしている彼女にアドバイスを装って構いかけるのは逆効果ではないかと思いますが」

ラインハルトはひたと孝弘を見据える。小さい瞳に初めて自負の光が灯っていた。

「タシロさん、それは少々心外です。僕は動機は不純でもやるべきことはやっているつもりです。なんとか彼女の役に立てるよう精一杯の努力をしているんです。しかし」

彼はそこでゆるゆると首を左右に振った。

「しかし、どうやら僕は女神と話す言葉を持たないようですね」

「話が通じないんですか」

「話というよりは趣旨が違う。僕にとって美しい図形とは〈無駄のない形〉もしくは〈一見無駄に見える揺らぎを無駄なく含んだ形〉です。そこには数式と様式しかありません。例えば五角形――〈マーク〉接続開始」

ラインハルトは地上のコンピュータへ回線を開く命令を発し、左手を目の高さに上げた。太短い三本の指が「左手の法則」の形、つまりXYZ軸を作り出す。

「遠いせいか反応が遅いな」

彼が言う間に、指の間にじわりと画像が映し出された。光を帯びる白色の五角形が何もない空間に浮かんでいる。

ラインハルトは目を見開く孝弘に向けて照れながら言った。

「驚かせてしまいましたか。図形学はまず視覚ありきの分野なので、簡便に考察や論争を行なえるように画像端子を指に埋めこんでいるんですよ」

彼は指を三叉《さんさ》の篝《かがり》のように構えた。空間に浮かぶ白い五角形には、いつの間にか五芒星の青い対角線が引かれていた。

「タシロさんはこれを美しいとお感じになるでしょうか。それとも単純すぎて美学の域に達していないと思われるでしょうか」

「正直申し上げると後者です」

「でしょうね」ラインハルトは低く笑った。「僕の目にはこの五角形が夜空に瞬く本物の星と同じくらい美しく価値あるものに見えるのですが。平面を補塡できないところがいたずら者のようで愛しいし、対角線がこうして一筆書きでき、辺に対しての比が黄金率になるところなど最高です。美術史によるとこの対角線が描き出す五芒星《ペンタグラム》は魔除けの役を担わされていたようですね。それも昔の誰かがこの形の完璧さや無駄のなさに気づいたがゆえだと、僕は考えています」

彼の手の中で五角形がゆっくりと回る。きらきらと、瞬くかのごとくに。

ふいに図形が正十二面体に取って替わった。クローディアが組み上げようとしている形だ。

「このプラトン立体についても僕は同様にその魅力を語ることができます。けれどそれでは彼女の役には立たない。芸術肌の彼女は彩色や微妙な曲率を重要視している。僕が無駄だと思う要素に、クローディアは美学的意義を求めているのです。理想は判るがはっきり言って僕には理解できません。ボタニカル・アートに人間の切望を託すような視点を――モノと人との関わりにまで言及できる神の視点を、僕は持てない。タシロさん、僕は本心から彼女の助けになりたいのです。ただ美を解さない愚かな人間は彼女が気に入りそうな組み合わせを足繁く運ぶ以外にないのです」

「ではビシュコフさんは、彼女の役に立ちたい一心で自分の意向に沿わない組み合わせを届け続けているのですか？　本当は彼女の理想は自分とは異なる、と？」

彼は無言で頷いた。そしてぱちんと指を閉じ、立体を消した。

楡の木の梢に夕日が引っかかっている。うっすらと赤い光を受けるラインハルトの顔には、苦悩の影が落ちていた。

孝弘は俯《うつむ》いた彼の顔を覗きこむようにして言った。

「恋愛のアプローチではなく協力態勢のあり方としても、それはやはり間違った方法だと思います。クローディアが思いつきそうなことは彼女に任せておけばいいんです。ビシュコフさん、彼女が本当に必要としているのは自分にない発想だとは思われませんか。なにせ今回の相手は人間じゃない。甘っちょろい美術論よりもあなたのシビアな解析が正解だってこともありえます。あなたが五角形の無駄のなさを重んじてらっしゃるのなら、ぜひともそれを発展させてください」

「いや。そもそも発掘品に彩色という余分なものが施されているわけで、すなわちそれは製作者自身も彼女のように無駄の美学を知っていると考えたほうが……」

孝弘は、ふうと吐息をついて空を仰いだ。

「僕たちは美の遊び心であの形に『星』を見ます。けれど彼らが何を託したのかは判らない。百歩譲って宇宙人に芸術心が宿っているとしても、それを人類の美学で読み解けるという保証はありません。だからビシュコフさん、学芸員の見方に囚われず、図形学者のあなたにしか思いつけないすべての可能性を大切にしてください。僕たちには見えない、もしかしたら存在すらしないかもしれない『星』を、あなたに見つけていただきたいのです」

ラインハルトが突然立ち上がった。板バネが跳ねるのに似た急激な動作に、孝弘はぎょっとしてしまう。

「存在しない星！」彼は上擦った声で叫んだ。

「すみません、失言です。かえって研究意欲を削ぐようなことを言ってしまって」

孝弘が慌ててとりなしたが、彼は聞く耳を持たなかった。

「そうなんだ。見えないことも重要な無駄なんだ。〈マーク〉、五角形タイリングを。デューラーとケプラー、それとフシミだ」

彼は両手の親指と人差し指をフレーミングを確かめる形で開き、大きな投影場を確保した。

一瞬遅れて、幻のフレームに三種類の乱雑な幾何学パターンが浮かび上がった。すべて数十の五角形を平面に配置したものだ。ただし、その並べ方の主旨が違う。

ラインハルトは画像を次々に拡大しながら興奮した口調で喋った。

「五角形で平面を補塡しようとすると、どうしても隙間《フラストレーション》が生じる。一番右のパターンは辺と辺をできる限り接するようにしたもので、隙間には綺麗な五芒星が出現する代わり十角形の穴もぼこんと開いてしまっている。左側のはできるだけ均一に並べようとした結果で、細い菱形の隙間が鋭く規則的に五方向へ放射する。真ん中の図は〈伏見タイリング〉と言ってその中間的存在」

「隙間の五芒星が欠けてしまってますね。菱形の位置にも意味がない」

「そうです。私もこれは違うと思います」

伏見タイリングが消えた。孝弘は彼の潔さがどこから生じているのか摑めない。

「ビシュコフさん。あなたはいったい何に気がつかれたのですか」

彼はじれったそうに早口になった。

「無駄、ということに。星の形の間隙という無駄、それこそが見えない星だ。完璧な図形にあえて曲率や彩色を施す生物ならば、欠落という無駄にも意味を持たせているかもしれない。僕もクローディアも組み上げることに必死だった。あの五角形群は平面に並べて隙間を味わうものなのかもしれない」

「隙間を味わう？　その考えは東洋趣味的すぎませんか」

王子は心ここにあらずの様子だった。

「いや、大丈夫だ。彼らはきっと五角形にこだわっているはずだ。同じ宇宙の物理学法則に従っているのなら、これで……。なぜなら彩色片を構成する準結晶も……。五角形、間隙の五芒星、なんと無駄のないメッセージ……」

孝弘は詳細な補足を待った。しかし図形学者は自分の思考の中に沈んでしまったようで、黙りこんだままだった。

――〈ムネーモシュネー〉、内耳に準結晶の資料をくれないか。カールがファイリングしているはずだ。要点は。

もどかしくなって、図形、幾何、星、というイメージを同時に放った。〈ムネーモシュネー〉は曖昧な指示を的確に拾い上げて応答する。

――了解しました。検索完了。出力先《アウトプット・デバイス》、A《オーディトリ》モニター。『準結晶。五角形による対称な空間補塡を研究したペンローズが予言したもの。準結晶の分子は結晶学的にはあり得ない正十二面体や正二十面体を構成し、明瞭な五方対称性を持つ。予言通りに発見された時、科学雑誌はそれを、まるで金属の空に輝く星のようだと――』

孝弘は顳を押さえながら〈ムネーモシュネー〉にポーズをかけた。

材質の説明にまで「星」だって？

タイリングの五芒星に気づいたラインハルトは、ここまで度重なる偶然をついに必然と看做《みな》すことにしたのか。

準結晶体を図版で確認するため、孝弘はリストバンドからFモニターを引き出そうとした。

ふっ、と身体が軽くなる。

違う。体重や重力の変化ではない。頭の中から〈ムネーモシュネー〉の気配が消え失せたのだ。

何度も頭の中で呼びかけたが返事はない。こんなことは初めてだ。

「〈ムネーモシュネー〉!」

孝弘の叫びにラインハルトが振り返る。

その時、くぐもった聞き慣れない声が内耳に届いた。

──〈ムネーモシュネー〉および下部システム〈三美神《カリテス》たち〉が停止しました。これより博物館惑星は補助システム〈アフロディーテ〉が運営します。

「なんだって?」

システム名としての〈アフロディーテ〉は、博物館惑星黎明期に使用されていたものだ。ラインハルトが怪訝《けげん》そうな顔をしていたが、孝弘は立ち尽くすしか能がなかった。

博物館惑星は闇に包まれた。心理的な闇に、である。

伴侶を失った直接接続学芸員たちは見るも無惨にうろたえている。たいした用事もないのに仲間同士で訪問し合い、用事がある時は「ほら、あの赤い衣装の宗教画で、くそ、作者が出てこない」などと失語症ぶりを露呈した。端末から語句や図版をきっちりと指定する原始的な検索方法に辟易した人々は、システム管理部からの復活情報を少しでも早く手に入れようと〈アポロン〉庁舎のロビーにたむろした。

庁舎にやってくる人の何人かは、マシュー・キンバリーを殴り倒す計画を抱いているだろう。システムダウンを引き起こしたのは、大方《おおかた》の予想のとおり、やはり彼だったのだ。

孝弘は自責の念に駆られている。自分は、マシューが通信を拒否してなにやら動いている時に、無理にでも詳細を確かめておくべきだった。カールの言う「お婆ちゃんの失くし物探し」がよもや電子犯罪の序章だったたなんて……。

その老婆は「つい最近夫を亡くしましてね」と、マシューに話しかけたそうだ。献身的な看病をしてくれる老妻に病床の夫は人生最後の高価なプレゼントを用意していたらしい。それが病室で盗まれてしまった。彼女自身は実物がどんなものかを知らず、ただ「童謡の『きらきら星』を歌いたくなるような」ダイヤモンドの首飾り、とのみ夫から聞いていたという。「立派なものらしかったので、売り払われて〈アフロディーテ〉にでも収蔵されたのではないかと思って、老身に鞭打って探しに来ましたの。あなた、調べていただけませんか？」

盗難日時以降〈アフロディーテ〉へ持ちこまれた美術品の中にそれらしい首飾りはなかった。すなわちそれは、老婆の願いを叶えてやるためには「歌いたくなるような」などという曖昧なヒントを元に全世界のダイヤモンドの中から探し出さなければならないということだ。

無理な話だった。マシューだってまるきりのバカじゃないから判っていたはずだ。しかし、高慢なルーキーは情動記録の実績を上げたがってもいた。結局彼は〈「きらきら星」

の印象〉でどれほどのことができるのか試したくなってしまったらしい。

血気にはやる直接接続学芸員は、国際警察機構のデータベース〈守護神《ガーディアン・ゴッド》〉の入り口で「きらきら小さなお星様、あなたはいったい誰でしょう」と歌った。運がよければ、自分と同期の直接接続警察官が盗難品データベースに件《くだん》の首飾りの特徴を情動記録しているかもしれない、と。

その瞬間に〈ムネーモシュネー〉がダウンした。女神が犯罪者の破壊的侵入《クラッキング》から自分を衛《まも》ろうとした結果だった。

孝弘も、違法な脳外科手術《ロボトミー》で擬似直接接続者になりすましてデータベースを侵犯する連中の噂は聞いていた。けれども最新システムである情動記録が狙い撃ちされるとは誰も予想だにしていなかったし、よりによってそれを行なえる者が先走りのマシューであったのはもう〈アフロディーテ〉の不幸としか言いようがなかった。

女神の神殿を開く鍵は「きらきら星」だった。小さい時に誰もが一度は歌った「懐かしい」童謡。マシューも、それを頭の中に思い浮かべた時に憧憬感情に関与する海馬領域がアクティヴになった。老婆たちクラッカー集団の予想通りに。

〈アフロディーテ〉の留置所へ腰を落ち着けた老婆の話によると、擬似直接接続手術を受けた仲間のひとりが「きらきら星」による脳内電位変化を海馬付近に限定して予測し、どこぞやの阿呆が引っかかるのを回線上で待ち受けていたのだとか。情動変化の予測は見事に的中し、どこぞやの阿呆はクラッカーたちを〈アフロディーテ〉にお誘いしてしまったというわけだ。

彼らの侵入目的はまさしく〈ムネーモシュネー〉が蓄えた情動記録データ。他人の心の動きを取りこんで一種のドラッグとして使用するつもりだったらしい。

できることなら孝弘もマシューに一発食らわせてやりたい気分だったが、重ね重ね不幸なことに、彼は医療棟の奥深くで医師の検査とシステム管理部の調査を食らってとっくにノックアウトされてしまっているのだった。

〈アポロン〉庁舎の個室にまで、ロビーの喧騒がさわさわと伝わってくる。

孝弘は窓に凭《もた》れかかって街路を見た。

ガラスの向こうは普段と変わらぬ様子だけれど、孝弘は自分が別世界に隔離されているような気持ちがしていた。声を上げれば誰かが振り向いてくれると判ってはいても、常に寄り添ってくれていた女神の欠落が世界そのものの欠落にも感じられるのだ。

現実感の喪失とは知識の欠損のことなんだ、と孝弘は痛感している。自分は心の奥深くで女神にべったりと頼ってきたのだ。いつでも何でも調べられる安心感があってこそ、かろうじて孝弘は〈アポロン〉学芸員としての自己像を結べていたのだ。

女神が答えてくれない今は街路樹の名前すらおぼつかない。ポプラだった気もするが、違うかもしれない。名前を失った樹は夢の中の存在のようにあやふやに見える。街路樹は変わらないのに、その名前を知らないことを思い知っている自分は、自分ではないような気がする。

彼はまだ直接接続の手術を受けていなかった頃を思い出そうと努力した。けれどもその記憶は、慣れ親しんだ女神が一緒に持ち去ってしまったかのようにおぼろげに霞んでしまっていた。

自分の現実はあくまでも〈ムネーモシュネー〉と共にあったのだ。彼女と自分は、共に世界を覗きこみ、共に世界と接していた。彼女も自分もけして全能ではないが、今は、彼女と自分のコンビは全能に近かったのではないかという悲しみに似た幻想が溢れ出してきて止まらない。

人の背後に静かに佇み、人と世界を接着するものは、確かに名にふさわしい神たる存在だったのだ。

孝弘は地上《した》へ行ってしまった美和子の言葉がやっと身に沁《し》みた気がした。彼女はたまに、あなたには〈ムネーモシュネー〉がいていいわね、と言うことがあった。そして、私も〈ムネーモシュネー〉とお友達になってくるわ、と言い置いて家を出た。妻はきっと電脳の女神がいかなる存在かを正しく理解していたのだ。

カールが自分を鈍感呼ばわりしたのも当たり前だった。美和子は逃げていったのだ。夫と女神との蜜月生活に耐えられなくなって。

女神も妻も失った孝弘は、いまや深い嘆息を繰り返すことしかできなかった。

美和子、非接続者の日常がこんなに孤独だとは知らなかった。本当だ。知らなかったんだよ……。

妻は、夫に侍る〈ムネーモシュネー〉を羨んだのだろうか、それともひとり幸せな僕を羨んだのだろうか。と考えて、孝弘は苦笑を漏らした。

自分は今、ラインハルトを羨んでいる。その事実に気づいたのだ。この惑星上で唯一直接接続ラインを確保している彼は、〈マーク〉の能力が許す限り何でも見聞できるし、自分らしい能力を発揮できるし、なによりも孤独ではない。

こうしているうちにも図形学者は分析室でのろい反応に舌打ちしながら〈マーク〉と話をしているだろう。

五角形を平面に組み上げるアイディアを披露しようとする彼は、無言で〈マーク〉に指示を出す。〈マーク〉は言葉では説明しにくい彼の図像を指の間に灯し出す。釉薬の罅や色彩構築に関してクローディアが発言しているだろう。しかしそれを受けるのは彼女の〈エウプロシュネー〉ではなく王子の下僕なのだ。

願わくば、彼女が嫉妬や羨望にとらわれず心穏やかに判断を下していますように……。

ふいに電子音が鳴った。

それがデスクに置かれた端末の呼び声だと判るまで、孝弘は二秒ほどを要した。キーボードを叩いて通信を承認すると、画面に〈デメテル〉のロブ・ロンサールの素っ頓狂な顔が映った。

「あ、びっくりした。これで繋がったんですね。忘れかけてましたよ、端末通信の仕方」

「僕は着信音が判らなかった」

「お互い不便ですね」

ロブは穏やかに笑った。孝弘にとっては少しばかりほっとできる笑顔だった。

「うちの〈開花《タレイア》〉もこの調子ですから正確なシミュレーションができないんですが、例の種子の正体がぼんやりと判ってきました。海上培養の調子を見る限り、茎が極端に短く、肉厚の長楕円形をした根生葉《ロゼット》の上に直接、蓮《はす》に似た花をつけるようです。葉の数も花弁の付き方も、驚くべきことに角度はきっかり一三七・五度です。フィロタクシスについてのビシュコフさんの仮説が正しかったわけですね」

「仮説？　そのフィロタクシスとやらは何のことだ」

ロブは意外そうに眉を上げた。

「情報は回ってきてませんか。ビシュコフさんはシステムダウンの直後にこちらの端末へ予言を寄越したんですよ。五角形彩色片群と一緒に見つかった植物、その葉序《フィロタクシス》と花弁の並びはおそらくフィボナッチ数列に厳しく支配されるだろう、って」

〈ムネーモシュネー〉、と補足データを請求しかけて、孝弘は肩を落とした。

「すまない、ロブ。もうちょっと判りやすく」

ロブも、そうでしたね、と謝る。

「植物の葉の付き方は自然の法則に従っています。けしててんでばらばらに付いたりはしない。もっとも多いタイプは茎を螺旋状に回りながら葉を付けていく互生葉序《ごせいようじょ》で、この場合、開度《かいど》と呼ぶ次の葉との角度は、フィボナッチ数列の影響がある〈シンパー－ブラウンの法則〉に縛られます。いわば自然の法則で、実例を挙げると、二回転する間に葉を五枚付けるタイプが五分の二葉序で、開度は一四四度です。三回転に八枚付ける八分の三葉序が一三五度。十三分の五、二十一分の八と続きます。どれも実際に存在する葉序タイプです。例えば螺旋が茎のまわりを四回転する間に十七枚の葉が付く、などということはありません。このように自然はもともとフィボナッチと親しかったのですが、イダルゴの蓮の場合は特に――」

「待ってくれ。フィボナッチ数列。何度も聞いてるはずなのに思い出せないんだ」

「しっかりしてくださいよ」ロブは快活に笑った。「なにがなくとも美術関係者なんだから、黄金率の出所くらい自力で覚えておいてください。フィボナッチ数列は、最初の二項を足したものが三項目の数値になり、二項目と三項目を足したものが四項目に入る、という非周期数列です。そして隣り合った項の比を平均すると、ほぼ一・六一八になる。それはすなわち」

ロブが視線を落とした。右腕がわずかに動いたかと思うと、彼は古式ゆかしく紙に書きつけた数式を持ち上げて見せた。

$$\phi = \frac{1 + \sqrt{5}}{2}$$

「黄金率です」

おそまきながら思い出した孝弘が深く首肯する。それは美の本質を探る者にとっては大切で特別な数式だった。ミロのビーナスに宿り、パルテノン神殿を構成し、北斎の波裏を持ち上げる、もっとも美しいとされる比率。

「ビシュコフさんによると、星界からのメッセージには黄金率が託されているのではないかということでした」

「黄金率が……。そういえば、五角形の辺と対角線は黄金率だとか言ってた……」

「正五角形のひとつの対角線は交わる他のひとつの対角線によって黄金率に分けられているとも書いてきてますよ。ともかく、彩色片、それらがつくる空隙、素材である準結晶、これらはすべて五角形を内包しているんです。そして五角形は黄金率の宝庫であり、準結晶発見に至った五方対称非周期補塡《ペンローズ・タイリング》の研究でも黄金率ははずせない考察要素であり、異界の花もまた黄金率に厳しく支配されるものだった――」

「そうだったのか」

　イダルゴで見つかったものは、何もかもが黄金率尽くしだったのだ。

「花の話が途中でした」とロブがやや興奮を抑えて言う。「僕がさっき言った葉の数と回転数は、みんなフィボナッチ数列に表われる数字です。数字が小さいうちは誤差も大きいですが、法則に従って葉や回転数を増やしていくと開度はやがて黄金角と呼ばれる一三五・五度の近似値に落ち着きます。ですから、既知の植物の葉序はすべてが黄金角に支配されると言っていいのですが、言い方を変えると、きっかり一三五・五度……しかも化弁の配列まで……という植物などそうそう見受けられるものではありません。僕は図形学者ではありませんが、生命体にまで声高に主張させるこの厳しい角度制限は、もはやメッセージであると言い切っていいと思います」

　黄金の名を付けるほどに人類が愛してきた美の要素。イダルゴにタイルと種を運んだ者は美のなんたるかを理解しているというのか。

　ぼんやりしてしまった孝弘に、ロブはにっこりする。

「よかったですね、タシロさん。今度の記者会見はきっと拍手で閉会するでしょう。葉序を言い当てたビシュコフさんは、おそらく正しい道を歩んでいます。謎めく星へ至る道をね。彼の組み上げる彩色片がどんな姿を現わすか、僕はとても楽しみです」

孝弘はまだ頭がよく動かなかった。

心ここにあらずのまま、孝弘はロブに礼を言った。

そして通信を切ってから小さく歌いはじめた。

「きらきら小さなお星様、あなたはいったい誰でしょう」


ジェイン・テイラーの原詩「THE STAR」によると、その童謡の最終節は次のようなものである。「あなたの明るい小さな光は、闇にいる旅人を照らす。あなたの正体は知らないけれど、きらきら光れ、小さな星よ」

復旧叶った〈ムネーモシュネー〉が、〈ミューズ〉の〈輝き《アグライア》〉からこのデータを読み上げてくれた時、孝弘は敬虔な気持ちを味わった。

闇の中の旅人は、いまだに自分たちを導くものの正体を知らない。しかしその明るい小さな光を見つけたからには、もうそこから目を離せやしないのだ。人々が願うことはただひとつ。もっと輝いてくれ、自分がそこへたどりつくまできらきらの輝きを絶やさず、我々に憧れと希望を与え給え——。

自分たちはまだ煌めくものの正体を知らない。黄金率を愛する者の正体も、美たるものの本質も。しかし「きらきら星」を熱心に口ずさみつつ電脳の女神たちと手を取り合って進んでゆけば、やがて光り満つ神殿へとたどり着くことができるのではないか。

〈ムネーモシュネー〉、それまではどうか動作ランプを点《とも》し続けてくれ、と孝弘は願わずにはいられない。もう二度と再び無力と孤独の闇へ投げ出されるのはごめんだった。

システムが正常化した二日後、ラインハルト・ビシュコフとクローディア・メルカトラスの作業が終わった。

組み上がった五角形群はとても平面とは言いがたい形をしている。微妙な曲率は積もり積もって膨らみを成し、アイスクリーム・スプーンそっくりの形になったのだ。

五芒星と十角形の空隙が均一に散らばったそれを見て、カールは一言、「王子様は笊《ざる》職人だったのか」と言った。皮肉に聞こえるが、職人という言葉を使うあたり、実は彼の最大限の讃辞である。色彩の微妙なグラデーションといい、鏻の繋がり方といい、接着面の角度といい、どうしていままでこの組み方に気がつかなかったのかと首を捻ってしまうほど非がなかった。

残る課題は、その物品が何なのか、ということだ。全世界に公開されたイダルゴの笊は、さっそく学者たちの頭を悩まし、冗談記事の餌食になりはじめていた。まさか本当に笊ではあるまい。単なる装飾品か、遠い銀河の地図か。製作者の家ということもあるだろうし、知能テストの道具なのかもしれない。

解析の大役を果たしてほっとする間もなく、今度は物品の使いかたについて先般よりももっとひどい突き上げを食らい、孝弘はすっかり記者嫌いになってしまった。

報われなかったのはラインハルトも同様だ。彼は学者としての株を上げたが、一番欲しかったものが得られなかったのだ。

「ご協力に感謝します、ビシュコフさん」

クローディアは彼をまっすぐに見つめ、心からの笑みでそう言った。それだけだった。握手もしなかった。彼が昔同じ通信教育講座にいたことにも気がつかないままだった。

ラインハルトは、帰りのシャトルへ乗る前にもう一度孝弘に会いたい、と申し入れてきた。愚痴を覚悟しながら待合室へ行ってみると、彼は古臭くて馬鹿でかい鞄の横であたふたと立ち上がった。

「お世話になりました、タシロさん。僕を呼び寄せてくださったキンバリーさんにもよろしくお伝えください」

短軀《たんく》の王子は律義《りちぎ》に会釈をすると、鞄をどけて孝弘に椅子を勧めた。

「それと……僕の不純な動機を最後まで黙っていてくださってありがとうございました。お蔭で僕は女神の裳裾《もすそ》に触れることができ、とても満足しています」

「それだけでよかったんですか」

言ってしまってから孝弘は後悔した。が、ラインハルトは少し顔を傾けて頬笑んでくれた。

「感謝の言葉を賜《たまわ》っただけで充分ですよ。正直言ってそれ以上の反応なんか欲しくはありませんし」

孝弘が怪訝そうな顔をしているのを見て、彼はくすりと笑い声を漏らした。

「判りませんか？　星や女神に譬《たと》えてしまうほどの人への憧れとは、そういうものだと思うのですが」

ラインハルトは待合室のテラスへ目をやった。見えるのは三々五々集う観光客と滑走路に待機するシャトル。彼の目はそのどれをも見ていないようだった。

「地上に戻ったら僕は激しく落ちこむと思います。彼女ともっと話せばよかった、もっといいところを見せればよかった、とね。けれどもそれは心地好い落ちこみ方だと思うのです。ここに来るまで僕は自分の心の空隙の形がはっきりとは判らなかった。それが不安で、中途半端で、とんでもなく無駄な気持ちに思え、いらいらしてたまらなかった。けれど今後は失くしたものの形が判る。自分が彼女にどんなものを捧げ、心にどんな穴を開けたのかが判るんです。空隙を空隙として満ち足りて自覚できるのは、幸せなことですね」

それに、と彼はうっとりとした表情を見せた。

「それに、心の空隙を覗けばいつだってこの星が見える。ここでの思い出が輪郭正しい映像となっていつまでも変わらずに眼に映ります。そこには女神たちが住まい、クローディアが立ち働いているんです。くっきりと、しかし静かにそう思い返すことで、僕は〈アフロディーテ〉で働いた自分を一生自慢に思うことができますよ。空にこの星がある限り」

孝弘も彼に倣《なら》って視線をテラスへ移した。

おそらくビシュコフがそうしているように自分も〈アフロディーテ〉という星そのものを見ようとしたのだが、ここを生活の場とし日常にまみれる彼には、地球の王子の気高い視点は得られなかった。

「これは〈アテナ〉のベテラン学芸員の受け売りなんですが」と孝弘は口を開く。「彫刻の中には、彫刻そのものの存在を主張するのではなく、周囲の空間、つまり虚を表わすために制作されたものがあるのだそうです。無いことを知るにはまず在《あ》らねばならない。在ることを知るには虚無の淵を覗かねばならない。そういうことだと思います。これこそが神の高みの視点ですね。あなたの空隙に関する考察をうかがっていると、在って普通だったものを――」

妻や女神を、と孝弘は心の中で付け足し、

「在って普通だったものを一度失くしてみるのも悪くない、と、自分を慰められるような気がします」

「大事なものが判りますからね。憧れの対象に必ずしも実体は必要ないということもね」

ラインハルトがいたずらっぽく笑った瞬間、待合室に搭乗アナウンスが響いた。

彼はハンカチで慌ただしく鼻の汗を拭くと、

「肝心な用件を伝えておかないと」

と孝弘に向き直った。

「イダルゴの笊の用途は誰か解明なさいましたか」

「いいえ、まだ誰も。他愛のない冗談は頻発していますが」

「確か、一緒に出土した種子は海水で育つとおっしゃっていましたね。生育に必要な塩分濃度や不純物の割合は判ってるんでしょうか」

「ええ、それはまあ」ラインハルトの論旨が読めず、孝弘は曖昧な返事をした。

「でしたら、ぜひとも試していただきたいことがあります。笊の高いほうの面、つまりアイスクリーム・スプーンの柄が付くべきところから、少しずつ海水を流しこむといいと思います。水は五角形片の継ぎ目や釉薬の罅に沿って流れ、空隙から滴るはずです。その雫《しずく》をデータ化してみてください。できれば重力環境を変えて何度か試みると万全でしょう」

孝弘が目瞬きを繰り返す。彼はハンカチをポケットに突っこみながら立ち上がった。

「ここには音楽の専門家がいらっしゃいます。僕の予測では、きっと彼らは喜んでくれるのではないかと」

「あれは……楽器なんですか」

太短い指が鞄の把手を握った。不格好にそれを持ち上げて、彼は会心の笑みを見せる。

「ベートーベンとベルリオーズの区別も付かない朴念仁に訊かないでくださいよ。しかし、正解がないことに甘えて堅物の仮説を許してくださるのなら、聞こえるのはきっときらきら光る黄金のリズムだと思いますよ」

そう言って彼はもう一度にこりと笑い、搭乗ゲートへ歩いていった。


孝弘が音頭を取って編成した三部署共同プロジェクト班は、イダルゴの笊にロブが提示した成分の海水を流すというシミュレーションを〈ムネーモシュネー〉に課した。

立体映像の中で紫の笊を滑る海水は、五角形片の繋ぎ目で分岐し、鋳の支流をつっかえながら進み、空隙の五芒星の先端から、十角形の縁から、次々とこぼれはじめた。

海水は表面張力によって複雑な動きを見せた。あるところからぽつんと落ちた後しばらくはそこへ至るルートが絶え、分岐で溜まった水分が堰《せき》を切ると、また雫を垂らしはじめる。

「ランダムな音にしか聞こえないわ」クローディアが腕組みをする。「シンコペーションが複雑に絡んでる感じね」

「いや、待て。グラフを見て」

〈ミューズ〉のエドウィンが、画像の隅に映し出されている各空隙の落下間隔グラフを示した。

「このリズムは黄金率だ」

「なんですって？」

「それぞれの雫がフィボナッチ数列を逆にした間隔で落ちている。例えばこの一音を見てくれ。勢いよく転げ落ちてやがてゆっくりに。逆数列的にだんだん遅くなって絶える。待っていると、ほら、また次の周期が始まって逆数列の間隔を形成する。もしかしたら音同士の相関も……タカヒロ、判りやすいように並べ替えてくれないか。条件は〈アグライア〉から渡すから」

各部署のデータベースは〈ムネーモシュネー〉へ上方関与できない。孝弘は〈アグライア〉が経由するエドウィンの要請を注意深く受け取った。

グラフがX軸を基準に入れ替わり、雫の平均間隔の短いものが上に、その下に順次長いものが並ぶ。エドウィンは、縦の時間軸を揃えるタイミングを、言葉でもなく数値でもない曖昧かつ適確なもので〈ムネーモシュネー〉に伝言してきた。

「ああ」

孝弘は唸ってしまった。

雫の落ち方を示す横軸は、確かにフィボナッチ数列で構成されている。しかも並び替えで明確になった任意の隙間とその次に早く海水を落とす隙間の落下間隔比は、一・六一八倍。まさしくこれも黄金率φだったのだ。

「ビシュコフさんの言ったとおり、楽器だったのかしら」

クローディアが訊いた。答えるエドウィンの声は掠《かす》れている。

「そう言い切りたくはないな。楽器かもしれない、黄金率を伝えるためだけに作られたメモなのかもしれない」

「ひとつだけ確かなのは」と孝弘は薄く笑んでいた。「これを作った者は、図形学者に匹敵するどうしようもないこだわり屋だということだね」

クローディアがほのかな笑みを返してくれた。柔らかいその表情を、孝弘はラインハルトに見せたいと思った。

きらきら小さなお星様、あなたはいったい誰でしょう……。

もつれる膨大なシンコペーションを聞きながら、孝弘は心の中で歌っていた。

星の世界の住人は黄金率を伝えたがっている。天空に輝き、人を誘《いざな》う星の中に、黄金《こがね》色に輝く美の本質が眠っている。

φを囁く者はいったいどういう生命なのだろう。いつか彼らと究極の美学について語り合えるのだろうか。そのとき助力してくれるのは女神の名を持つコンピュータだろうか。それとも究極の美を知る者だけに姿を見せる本物の女神だろうか。

女神と共に天上に住まい、しかし闇に惑う者の行く手には、実体のない憧れだけが、ただ、輝いていた。

Ⅸ

ラヴ・ソング

――ベーゼンドルファー・インペリアルグランド。ウィーンのベーゼンドルファー社が製作したグランドピアノ。八十八鍵のノーマルなコンサートグランドより一オクターブ音域が広く、鍵盤数は九十七。

「キーボード対応で音を聞かせてくれるかい。出力は外部スピーカーを使ってくれ」

――了解しました。音声データと感触《タッチ》をスペースキーに出力します。整音状態を設定してください。

「よく判らないから任せるよ」

脳に直接接続されたデータベース・コンピュータ〈記憶の女神《ムネーモシュネー》〉は、投げやりな返答を律義《りちぎ》に受け取る。

――了解しました。キー重量五十グラム、ナッハドロック（　）・五ミリ。ピッチをウィーン・フィル準拠の四四五ヘルツと仮定します。

ラグランジュ3に浮かぶ博物館惑星〈アフロディーテ〉の学芸員、田代孝弘は、オフィスの机の上のキーボードを右手の人差し指で叩いた。

たっぷりとしたいい音だ。が、ほかに感想はない。孝弘は〈総合管轄部署《アポロン》〉の職員であって〈音楽・舞台・文芸部門《ミューズ》〉の専門家ではないのだ。

彼は左肘で頬杖をついて、ぽんぽんと音を鳴らし続ける。そんなことをしていても、何の解決にもならないのだけれど。

部屋の扉がノックされた。古式ゆかしい訪問の知らせを頑《かたく》なに踏襲するのは、たいていが直接接続者である。人を訪ねる時くらいは我が手を使おう、というわけだ。

扉を開くと、いつものように黒のオール・イン・ワンを身に纏《まと》ったネネがにやりと笑っていた。〈絵画・工芸部門《アテナ》〉のベテラン学芸員、ネネ・サンダースは、中年とは思えない黒豹の身のこなしでするりと部屋へ入ってくる。

「あっちでもこっちでもピアノのシミュレーション音がするんだからまいっちゃう。いつからここは子供向けの音楽教室になっちゃったのかしらね」

「子供はインペリアルグランドに近づいちゃ駄目って言われた時からだよ」

「おやまあ、即答。十点あげるわ」

ネネはきゅっと肩を上げた。

半年前、小惑星帯にある開発基地からやっとの思いでベーゼンドルファー・インペリアルグランドを運んだ。「九十七鍵の黒天使」と異名を取る歳経《としふ》りた逸品で、オーナー・ピアニストは世界的に有名なナスターシャ・ジノビエフ。この豪華なプログラムは、テュレーノス・ビーチに建設中だった海上施設キルケ・ホールの柿落《こけら》し公演のために用意されたものだった。

　しかしナスターシャはなぜか〈アフロディーテ〉の検疫を渋り、ピアノは泡梱包《フォーム・パック》を解かれないまま何ヵ月も倉庫に眠っていた。検疫官が「形だけでも」と拝み倒してなんとか天使のご尊顔をちらりと拝し、ようやく書式が整ったのが先月のこと。しかし検疫後、彼女はすぐにピアノをホテルの音楽家用特別室に運びこみ、今度は誰の面会も許さぬ、ときた。おまけにキルケの公演に対して無茶な要望を突きつけてくる始末。学芸員たちは我儘なお婆ちゃんを持て余し、まだ見ぬ天使に思いを馳せながら寂しくスペースキーを叩く羽目になっているのだった。

　齢《よわい》七十二歳の老ピアニストをいっそう気難しくさせてしまった原因の一端はこちらにある、と孝弘は真摯に受けとめてはいる。ピアノは、音楽関係の〈ミューズ〉はもちろんのこと、〈アテナ〉や〈動・植物部門《デメテル》〉までしゃしゃり出ての三つ巴の担当争いに巻きこまれていたからだ。

　名器の誉れ高い「黒天使」は、早くからナスターシャの死後〈アフロディーテ〉が譲り受けるという話がついていた。つまりはこのコンサートの担当部署がいずれ天使のお守《も》り役に任命される可能性が高いということである。三部署が目の色を変えるのももっともなことだった。

自分たちが担当して当たり前とそっくり返る〈ミューズ〉に対し、あとの二部門はそのインペリアルグランドの特殊性を振りかざして譲らない。〈アテナ〉は五十年経っても壮健な音を紡ぎ出すピアノはすでに工芸美術品の域に達しているとの見解。〈デメテル〉は、最近少なくなってきた天然木材のキャビネットに天然羊毛のハンマーを備えたそれは自然の営みが産み出した美の最たる例としてうちで預かりたいと懇願している。

あまりに収拾がつかないのでとりあえず今回のコンサートは調停役の男神が請け負うことで女神たちを押さえつけた形に落ち着いてはいる。が、ピアノの幸せな老後を祈るオーナー・ピアニストが美の殿堂に渦巻くごたごたを目の当たりにして快く思うわけはないのだ。

ネネは孝弘の横に立ち、自分もスペースキーをポーンと鳴らしてみせた。

「ナスターシャが立て籠ってしまったのは、本人の事情かしら。それともピアノの事情かしら」

「と言うと？」

「嫌ね、あなただって気がついてるんでしょう。触っちゃ駄目、なんて言ってピアノを大切にしているんだったら、コンサート企画にあんなへんてこりんな要望を出すわけないじゃない。なんかおかしいわよ」

「やめてくれえ」孝弘は椅子の背凭《もた》れを軋《きし》ませてお手上げの姿勢。「僕はともかくにも柿落し公演が無事に終了してくれればそれでいいんだ。そのために、へんてこりんでも妙ちくりんでも、彼女の出す条件はすべて容《い》れたんだよ」

ネネはカウチに深々と腰掛け、孝弘を睨み上げた。

「ずいぶん逃げ腰ね。ちゃんと調べておかないと後から泣くことになるわよ。どう考えても変。絶対に変。キルケ・ホールの開閉壁をオープンにしてピアノを弾くだなんてピアニストの考えることじゃないわ。キルケは海上のイベントホールよ。海風でピアニシモなんか聞こえやしないし、塩分もたっぷり含まれてる。彼女、老いぼれ天使にわざわざ塩を擦りこむつもりなのかしら」

孝弘は、ふう、と肩を落としながら生返事をする。

「そうだねえ。ピアノのミイラでも作る気なのかもねえ」

「しかも、周辺海上でイダルゴの蓮《はす》の一般公開をしろ、って言うんでしょ」

「花束が届くかどうか心配なんじゃないかなあ」

ネネはイーッと歯を剝いた。

同じ切り返しを〈デメテル〉の植物学者ロブ・ロンサールに披露した時にはもう少し優

しい反応があったのに、と孝弘はネネのすごいご面相に苦笑した。

十四年周期で巡る小惑星イダルゴの初探査で見つかった地球外の種子は、ロブの尽力によって海上で蓮に似た花を咲かせることが判明していた。同時に発見された五角形彩色片の解析に明け暮れて蓮のほうはなおざりにされていた感があったが、笊《ざる》が黄金率を奏でる物体だと解明された今では、移り気な世間の興味ははやクローン培養された百五十株の地球外植物がどんな花を咲かせるのかに移っていた。

記者たちは連日連夜、孝弘のところに連絡を寄越し、守秘義務に従う生真面目な学芸員に「蓮の蕾《つぼみ》と世間の期待とは連動して膨れ上がりつつあるのに」などという胃の痛くなるような脅し文句を吐いている。世界中が注目するその花を老ピアニストのお飾りにすると知ったら、彼らはきっと喚《わめ》き散らすに違いない。

「まったくもって判らないわね」ネネはまだ言っている。「彼女、イダルゴ事件の報道がなされるまでは壁を開けろとも蓮を飾れとも言わなかったじゃない？　それが急に要望を出したりして。彼女の名声からしていまさら派手な演出で虚仮威《こけおど》しを掛けることもないのにね。なにか思うところがあるのかしら」

「年寄りはとかく自分の影響力を誇示したがるものさ」

孝弘がいなすと、まあいいけどね、と彼女は自嘲気味に肩をすくめた。

「ともかく、うちは綺麗な状態のピアノが欲しいの。木工担当のアーネストなんか、自分の顔に塩を噴く勢いでナスターシャに海岸はやめてくれって懇願してるのに、彼女ったら」

「〈ミューズ〉のマヌエラも嘆いてたよ。外壁を開けたキルケは湿気がすごくて音色の面でも言語道断だ、って。ナスターシャは調律の打ち合わせにも応じてくれないそうで、ずいぶんまいってた。あのお婆ちゃんは寝呆けたピアノでホンキートンクでも弾くつもりなの、だってさ」

それを聞いて、ネネはカウチの上で脱力した。

「所有権争いの敵ながらご同情申し上げちゃう。じゃあ比較的心穏やかなのは、単なるお飾りが欲しい〈デメテル〉だけってことね」

「そのぶん、キルケの建ったテュレーノス・ビーチの環境保持やら蓮の準備やらでてんやわんやで——あ、ちょっと待って」

〈ムネーモシュネー〉が緊急の通信要請が入ったことを孝弘の内耳に告げる。

——タシロさん、たいへんです。

A《オーディトリ》モニターに出力されたロブ・ロンサールの声は裏返っていた。

——誰かがイダルゴの蓮にちょっかいを出してきました。

——ちょっかい？　侵入者か？

——ええ。電脳的にも物理的にも。何者かがセキュリティシステムに目くらましをかまして蓮の培養槽へ近づいたみたいなんです。蓮は無事なんですが、いったいどういうことなのか……。誰がこんなことをと思うと、僕は……。

彼は吐息混じりにそう言ったきり、言葉を失ってしまった。

ロブ・ロンサールの歯切れが悪かったのには理由がある。

それは孝弘が最も近寄りたくない事柄でもあったが、仕事とあらば仕方がない。

孝弘は〈アポロン〉庁舎最上階にある所長室の扉の前で深呼吸した。ふっ、と最後の息を強く吐き切り、

「タシロです。会談中は承知ですが、入れてください」

厳しく名乗る。と、扉が開いた。

〈アフロディーテ〉最高責任者エイブラハム・コリンズが、机の向こうで顔を上げた。

「どうかしたかね」

細い身体の上に大きな丸顔。案山子《かかし》そっくりの彼は呑気な笑みを浮かべていた。

しかし孝弘のほうはソファに堂々と腰を落ち着けている人物に身構えて、愛想をする余裕がない。

「マンシッカさんとお話が。こちらにいらっしゃると聞いたものですから」

ユリウス・マンシッカの薄水色の瞳がきらりと輝いた。長身、痩軀《そうく》、銀髪、そしてこの

色の瞳。この壮年の男に目を向けられると、孝弘は決まって、視線ではなく威圧的な「フィンランディア」の演奏を浴びせかけられているような気がする。

「私に用事とは。君たち夫婦間の問題なら願い下げにしたいが。まあ掛けたまえ」

ユリウスは魔法でも使いそうな手で椅子を勧めた。

彼は脳とコンピュータを直接接続するシステムを実用化したプロジェクトの基幹となる人物のひとりだ。本人は非接続者だが、直接接続システムのすべてをその脳内に掌握していると言っても過言ではない。〈アフロディーテ〉のデータベースシステムを大幅にバージョンアップするためにスタッフと共に来訪したらしいが、その詳細はまだ職員には明らかにされず、みんな気味の悪い思いをしているのだった。

孝弘はユリウスには効果がないと知りつつもようやく愛想笑いを浮かべて口火を切った。

「もう報告を受けてらっしゃるかもしれませんが、〈デメテル〉にあるイダルゴの蓮の培養施設に何者かが侵入したようです。職員の話によると、侵入者はセキュリティシステムを無力化し、しかも痕跡を残さなかったとか」

「それは見事な手際だな。もしかして君は私と私のチームを疑っているのかね？」

薄水色の交響曲が唸りを上げる。孝弘は負けなかった。

「疑うとまでは。ただ高度な〈ムネーモシュネー〉の保安をかいくぐれる人物はこの世の中にそう多くはありません。僕が思いつけるのは、学芸員ではないけれどＳ《スペシャル》Ａの権限を持つあなたと、あなたの助力を受けた誰か。犯人探しの前にそれをまず確認しておこうと思っただけですよ」

事なかれ主義の案山子が小さく「タカヒロ、なんてことを」と叱った。まったく権力に弱い奴だ。

ユリウスは、おろおろする案山子を面白そうに見遣ってから、孝弘に軽く肩をすくめてみせる。

「私ではないし、私はスタッフに何の指示もしていない。だいたい〈デメテル〉はこの小惑星の裏側にあるんだろう？　セキュリティシステムを殺すだけならともかく、物理的に侵入するだなんて、そんなところへ行っている暇は私たちにはないね」

「そうですか。それは大変失礼しました」孝弘はさっぱりと立ち上がった。「なにぶんにも、あなたがたがデータベースをどう触ってらっしゃるのか僕たちにはまったく情報が与えられていないもので。もしかしたら、と思っただけです。お気を悪くなさいませんよう」

ユリウスは再度肩を上げて鷹揚なところを見せつける。

「いや、構わんよ。それで他に犯人の目星は付いているのかね」

はや回れ右の四分の一ほどを遂行していた孝弘は目を眇《すが》めて振り返った。

「いいえ、まったく。マンシッカさんには何か見当が？」

「見当というほどではない。アドバイスだ」彼は薄い唇の端を上げる。「セキュリティシステムの強度は過日のクラッキング未遂事件を機にさらに上げてある。しかしアクセス・シェルのバージョンが高く非常に頭のいい内部の人間なら不可能ではない。犯人を捜し出してもあまり嬉しくない結果が待っているぞ」

「……まるで直接接続者による内部犯行だと断定なさっているように聞こえますが」

ユリウスは、ふっ、と小馬鹿にしたような笑みをこぼした。

「この忙しい時期に私の目の前で探偵ごっこはやめたまえと言っているだけだ」

「マシューでしょうな」

突然そう言ったのは机上のCRTに顔を近づけた案山子だった。モニターには各職員のバージョンリストが上がっている。

「こいつはこれまでもいろいろと面倒を起こしてきていまして」

孝弘はうんざりと上司に教えた。

「所長。マシューは謹慎中なんですよ。つまり、〈ムネーモシュネー〉へのアクセス制限を受けているんです。クラッキング未遂事件の事後報告書は読んでらっしゃらないんですか」

案山子の顔は、その一言で赤と青のキッチュなまだら模様に変色した。

「じゃ、じゃあ、他の該当者となると……」

「ミワコ・タシロ」

ユリウスはさらりと言ってのけた。妻の名を呼ばれた孝弘は開いた口が塞《ふさ》がらない。

「美和子が？　まさか。そんな大それたことをする能力があるはずない。あいつは、あんなに不真面目な新人は見たことがないと厄介者扱いになってるほどだし、その証拠にまだどの部署にも配属されていないくらいだ。以前と変わらず気儘《きまま》にコンサートだ展示鑑賞だとはしゃいでいる奴に、セキュリティ破りなどできるわけありませんよ」

「既存の研修体制にこだわらず好きにしろと言ったのは、私だ。君はとても重要な情報を持っていないようだね」

長身痩軀のSA権限者は悠然と足を組み替える。

「君はミワコのバージョンを知っているかね」

「10・00だと聞いていますが」

「そのとおりだ。それがまだ正式に配属できない理由だよ。9番台を飛んでの10、しかも言い方はよくないがテストケースの00ナンバーだからな」

「テストケース！」

00ナンバーにそんな意味が込められているとは初耳だった。

孝弘はひとりだけ、00ナンバーを有する人物に会ったことがある。2・00C‐Rのマサンバ・オジャカンガス。網膜投影システムを搭載し、その特殊性から悲しい目に遭った〈アフロディーテ〉黎明期の学芸員だ。

「美和子はいったいどんな特殊性を持っているんですか。データ泥棒の才能でも与えたんですか」

ユリウスは彼の詰問を冷笑ではぐらかした。

「追って判る。とにかく今はミワコに構うな。好きにさせろ。これは直接接続者システムSA権限者の命令だ」

吹きつける「フィンランディア」が木枯らしのように高く強く鳴り響き、孝弘は耳を疑った。

廊下を先に立って行くロブは、わざわざ振り向いて誠実な同情を込めた視線を孝弘に注いでくれた。

「じゃあ、タシロさんは自分の奥さんを培養槽侵入者として疑わなくちゃいけないんですね。そんな言いにくいことを伝えにわざわざここまで。向こうはまだ夜中でしょうに」

〈デメテル〉の植物研究棟には昼下がりの陽光が降り注いでいる。シャトル便のバートルの中で仮眠できたとはいえ、小惑星の裏側までの小旅行はさすがに疲れた。が、泣き言を言っている場合ではない。

「ロブ。告白すると、美和子を学芸員にしてしまったのは半分以上僕の責任なんだよ。僕は〈ムネーモシュネー〉にかまけてあいつの相手をよくしてやらなかった。だから彼女はせめて僕と同じ立場に身を置こうとしたらしいんだ。歪んだ動機で学芸員になってしまった美和子にユリウスが付けこんで何かやらせているのかもしれない。そうなったら僕にも責任の一端がある。早く美和子を問い詰めたいんだけど、話し合おうにも研修発表の準備という名目でここしばらく家に帰ってないし、通信回線はあいつにうまく繋《つな》がらないし」

ロブが目を剝いた。「〈ムネーモシュネー〉の内部回線がですか？」

「そうなんだ。おそらくユリウスがハード的に邪魔してるんだと思う」

二人は同時に吐息をついた。

「僕が不思議なのは」とロブ。「なぜこそこそしなければいけなかったのか、ということです。僕が蓮を見せたくないのは、あることないこと書き立てる記者たちにであって、同僚にまで隠すつもりはありませんよ。言ってくれさえすればこうして堂々と培養槽に入れたのに――〈開花《タレイア》〉、開けてくれ」

ロブの命令で〈デメテル〉のデータベース・コンピュータは廊下の突き当たりにある大きな扉を開いた。

孝弘の目の前に巨大な培養槽の海が広がる。

腰高の海面には百五十株のイダルゴの蓮が青々と敷き詰められていた。一株十五枚ほどの肉厚の葉が直径約三十センチの根生葉型《ロゼット》に展開している。どれも中央に青く固い握り拳のような蕾をひとつずつ載せていた。花びらの並びも葉序《フィロタクシス》もきっかり一三七・五度の黄金角に揃えた蓮たちは、混み合いながらもゆったりと揺れていた。

「なるほど、浮かんで咲くところが蓮や水蓮にそっくりだね」

「ええまあイメージは。葉の形状と毛状根で海水中の養分を摂取するところは別物ですけど。花は本当に蓮と見間違うほどのものが開くはずですよ」

「種子もできるのかい？　まさか、ものすごい勢いで殖《ふ》えて〈アフロディーテ〉の海を侵略したりはしないだろうね」

　ロブは快活に笑った。

「大丈夫ですよ。これは一種の心配でもあるんですが、イダルゴの蓮はかなり生殖能力が弱いんです。僕が百五十株もクローン培養したのもそこが理由なんですよ。シミュレーションの結果では、雄蕊《おしべ》が異様に少なくて、何も手を加えなければ自家受粉によるひ弱な種子しか作れません」

　彼は説明しつつ、培養槽に両手を突っこんだ。捧げ持つようにして株をひとつ持ち上げる。

「侵入者はどうやらこうしてひとつ持ってみたようです。そうすると、ほら、波に揺られてすぐに隙間が埋まってしまう。困った犯人は別の場所に押しこんだとみえて、僕が気づいた時には配列が変わってました」

「見ただけだろうか」

「たぶん。数もきっちりでしたし、どこにも欠損はありませんから」

「そうか……」

孝弘の中で美和子への疑惑が頭をもたげる。コンサートが好き、展覧会が好き。けれどスタッフ・パーティで有名人を身近に見るのはもっと好き。はしゃぎ屋の彼女が世にも珍しい蓮を抱えてきゃあきゃあ喜ぶ姿が脳裏に浮かぶようだった。

おそらく興味半分で触りに来たんだろうな、と孝弘は滅入ってしまう。

貴重な生命体を学術の目で見ることなく無邪気に騒ぎ立てたであろう妻が恥ずかしかった。感嘆詞を撒きちらすだけの学芸員は、面白がることしか能のないあの腹立たしい記者たちと同じレベルにすぎない。

その時、入り口からひとりの青年が首を出した。

「ロブ、ちょっと」

彼の助手を務めているサイモン・ダウニーだ。

サイモンに耳打ちされたロブの顔色がみるみる変わる。

「見せてみろ」

助手は後ろ手に持っていた密封シャーレを差し出した。

ロブは一瞬天井を仰ぎ、気を取り直して孝弘を手招きした。

「ミワコさんからこれを同定してくれとの依頼が入りました」

　シャーレの中には、一センチほどの綿くずのようなものが入っている。

「これは？」

「詳しく分析しないと判りません。しかし、イダルゴの蓮の雄蕊の毛に極めてよく似ています。葯《やく》がちょうどこんなものに被われているんです」

「でも君はいま、蓮に欠損はなかったって」

「ありません。ですから蓮でないのかもしれません」

　とロブは言うが、タイミングがタイミングだった。

　美和子は蓮を別に持っているのか。そんなことはあり得ないか。

　困惑で孝弘の胸がざわつく。

「とにかく君に任せよう。急いで同定作業を――」

　内耳でいつものころころした音が鳴っていた。

　しばし無言で〈ムネーモシュネー〉と会話していた孝弘は「判った」と短く声で返事をすると、苦虫を嚙み潰したような顔になる。

「ロブ、すまない。帰るよ。妻の心配をしていたら本業のほうが動いてしまった」

「キルケで蓮とご一緒するピアノですね」

　孝弘は吐息で返事をする。

インペリアルグランドの調律担当であるマヌエラ・デ・ラ・バルカに呼び出されたのだった。

裏側にとんぼ返りし、まだ明けやらぬ空の下を〈アポロン〉御用達の恥ずかしい金色のカートで飛ばす。

〈ミューズ〉庁舎で待ち構えていたマヌエラは、ゆるいウェーブのかかった黒髪を乱してひどく興奮していた。

「小惑星開発基地に頼んでおいたナスターシャの演奏記録がやっと届いたんです。非公式のラウンジ演奏ですが」

「へえ。気難しい天下のピアニストがラウンジで？」

「私もびっくりしました。彼女が小惑星基地へ行ったのは表向きは社会奉仕ですが、ステージ演奏の録音を一切許さなかったことから、実際はその気難しさゆえの厭世行動ではないかと言われていました。なのに、ざわついたティー・ルームにわざわざピアノを運びこんで弾くなんて。しかもパーソナルレコーダを回していた職員を鷹揚に見逃したらしいです。この心境の変化はいったい――ああ、それより音を聞いてもらわなくちゃ」

黒い瞳を忙《せわ》しなく目瞬きし、彼女は有無も言わさず孝弘を音響室へ押しこむと、「〈輝《アグ》き《ライア》〉」と自分のデータベースに呼びかけた。

いきなり、和音が無機質なリズムを刻みはじめた。痼性な動きのメロディがそれに被さる。

「ムリナール・ダスグプタの『無題・その3』です。どうですか、このひどい音！」

「そうかな」

孝弘の返事は頼りない。高度な調律技術を持つプロフェッショナルはいらいらと腕を組んだ。

「まあ、あのインペリアルグランドの年齢を考えるとよく保《も》っているとも言えますか。おそらくどこにも罅《ひび》は入っていないでしょうし、アクションも上手に修復されているような音です。けれどハンマーがどうにもこうにも。硬化剤こそ使っていないものの、すでに針は限界値でしょう」

「針？」

「ええ。ピアノのハンマーは弾力が命なんです。その調整に針を使います。ハンマーが非常に固い一九六二年のスタインウェイなどだと多い時には一つのハンマーに三千本刺すこともあります。が、使いすぎるとフェルトが裂けてしまうんです。とにかく、ぎりぎりのことはしてあるんだろうけどこの音はひどい。でも——もう一曲出します。聞き比べてください。二時間後の演奏です」

曲が切り替わる。今度は孝弘にも聞き覚えのある曲だった。

「ポピュラーのピアノ・アレンジだね。『花の名よりも』だったっけ」

「こういう分野がお得意とは知りませんでした。あまり売れなかったラヴ・ソングなのに」

マヌエラの皮肉の後ろで、粒立ったアルペジオが低音からゆっくりと迫《せ》り上がり、丸さを感じさせる速度で再び低いところへと落ちていく。それを縫い止めるがごとくに流れる旋律。

「音はどうです？」

「そうだなあ。こっちのほうがクリアかな」

マヌエラは落胆のあまり両腕をだらりと落とした。

「全然違うんですよ、タシロさん。こちらの音はふくよかで力があり、ベーゼンドルファーのインペリアルグランドらしく豊かな倍音を携えてよく鳴っています。さきほどのが汚れた水たまりの波紋だとすれば、こちらは大海で持ち上がる波濤です。とにかく私が言いたいのは、調律師にも手の施しようがないピアノをたった二時間でいったいどうやって整音し直したか、ということなんです」

孝弘は慎重を期した。「つまり、それは、なんというか」

「ええそうです」マヌエラは自分で結論を吐く。「ナスターシャ・ジノビエフの立て籠り、原因は間違いなくベーゼンドルファー・インペリアルグランドそのものにあります。あのピアノはワケアリですよ、タシロさん」

孝弘は嫌な予感がしていた。

音を突然変貌させるピアノ。培養施設への侵入。別々の事件を二つ並べると、明確に小惑星基地、という言葉が浮かび上がる。しかしよく目を凝らすと実は何のことだか判らない。判らない以上は当事者に質問するのが一番なのだが、なんだかとんでもないものを引き当ててしまいそうな気がする。柿落しにイダルゴの蓮を飾れと言い出したのは単にピアニストの我儘だよな、と孝弘は自分を言いくるめにかかっていた。

〈ミューズ〉庁舎のある場所から繁華街までの並木道は、気象台と〈デメテル〉の協力により秋の演出を凝らされていた。MB《マイクロ・ブラックホール》式重力でやっと繋ぎ止められている薄い大気が凛《りん》と冷え、黄金色に色づいたポプラの葉を冴え冴えと輝かせている。

ナスターシャ・ジノビエフはその並木道に面したテッサリア・ホテルに滞在していた。〈アフロディーテ〉のホテルの中には芸術家への対応を考慮したものもあり、テッサリアには防音の確かな音楽家向け特別室があった。

フロントから面会を申しこんでも断られるに決まっていたから、孝弘は直接、特別室のインターホンを押した。

とたん、開かずの扉が勢いよく開いた。

「困りますよ、ミワコさん。連絡が取れないんだからちゃんと来てくれないと。さっそく始めま——」

「マシュー。どうしてここへ」

金髪碧眼の後輩は、孝弘の顔を凝視したまま凍りついている。

「美和子も来るのか？　ジノビエフさんもご承知の上で？」

マシュー・キンバリーはたっぷり三秒、あわあわと顎を動かした。が、すぐに持ち前の負けん気を発揮し、偉そうに胸を張る。

「もちろんですよ。なにせ、ジノビエフさんからの要請なんですから」

「なぜ君たちだけがお近づきになれたんだ。何をする気でいる？　君は謹慎中の身だろう」

マシューは白い歯を見せて不敵に笑った。

「謹慎はしてますよ。しかし今の〈アフロディーテ〉には、ミワコさんをサポートできる人間が僕しかいないので、まあ、そこのところはあしからず」

むかっときた。マシューにしか手助けできない仕事というのは、十中八九、情動記録のことだろう。彼が言うところの直接接続システムの新しい地平。マシューたちバージョン8・80以降は感情の動きをそのまま記録する能力を備えていた。

感動とはなにか——それを探ることによって普遍的な究極の美が霧の中より立ち現われ

る、というのがマシューのもっぱらの主張だが、屈指のトラブル・メーカーである彼のこと、美和子を巻き添えにまたもや面倒を起こしつつあるのかもしれない。

首根っこを摑んで白状させてやろうかと思った時、部屋の奥から枯れ侘《わ》びた女性の声がした。

「どなたなの、マシュー」

「ミワコさんの旦那様ですよ。すぐ追い返します」

さあ、とマシューがしたり顔で扉を閉めようとすると、

「入っていただいて。紅茶をご馳走しましょう」

マシューが壊れたびっくり人形みたいに硬直した。孝弘も同じ顔で竦《すく》んでしまっていた。

息巻いてここまで来たものの、いざ不世出のピアニストに会えるとなると緊張を禁じ得ない。仲間内ではお婆ちゃん呼ばわりしてしまっているが、地上の人物データベース〈点呼《ロールコール》〉が吐き出すナスターシャ・ジノビエフの経歴は圧倒的だった。

彼女はまるでピアノのために生まれ五線譜を友達に成長したような人物だった。五歳で初めてのアルバムを出し、八歳でジュニア・コンテストに初優勝。四大コンクールでのグランドスラムを達成した唯一のピアニストという名誉も、わずか十八歳で勝ち取っている。四十回にも及ぶワールドツアーも毎回興行的成功を収めていたし、数々のコンテストの審査委員長も歴任してきた。

彼女の長き人生を取り巻いてきたのは、だから、ピアノ以外の何ものでもなかった。二十八歳のときに巡り合ったベーゼンドルファー・インペリアルグランドを深く愛し、「九十七鍵の黒天使」にずっと身を捧げてきた。円熟の壮年期に一度若いチェリストとのロマンスの噂が流れたが、結局彼女は、彼女自身もまた音楽という皇帝《インペリアル》のものであり続けることを選んだのだった。

「どうぞ。そこへお座りになって。寒ければ窓を閉めますわ」

「いいえ、おかまいなく」

「あらそう、よかった。ポプラが綺麗ですからガラス越しにするのがもったいなくて。私は落ち葉の香りが好きなのよ」

ラベンダー色のストールを羽織った銀髪の老女は、皇太后のような気品をたたえている。眉間に深々と刻まれた皺は芸術家の厳格な自己追求を表わして余りあったが、全体の印象は思ったより優しげだ。輪郭が柔らかいとでも言おうか。

孝弘は恐縮しながら丸テーブルの周りに配置されたゴブラン織の椅子に浅く腰を下ろした。

ピアノが置いてあるであろう隣室の防音扉は堅く閉ざされている。孝弘は黒い天使の姿が見たくてたまらない。

「昨日」というナスターシャの声に、彼は必死で視線を扉から剥がす。「ミワコがアッサムのティッピー・ゴールデンを届けてくれたの。こんな上等の紅茶を口にするのは久しぶり。あの子は本当にいい子」

世界中を魅了したその手でナスターシャは銅のサモワールを扱った。円錐形をしたロシア伝統の茶道具だ。彼女は蓋の上の小さなポットから濃い紅茶をカップに取り分けると、下部にある栓を捻《ひね》って湯を注ぎ足していく。

「あなたのことはいつもミワコから聞いてるわ」

そう言うとナスターシャは喉の奥で上品に笑い、テーブルの上にティーセット二組と銀器に入ったマーマレードを置いた。

「自慢ばっかり。つまりおのろけね」

「嘘でしょう。僕は彼女をいつもほったらかしにしてましたから」

「嘘じゃないわ。あなたはデータベースをとても有効に使うことができる真の意味での物知りなんですってね。仕事熱心なのも嫌じゃないみたいよ。ただし、優しすぎてたくさんの苦労を背負《しょ》いこんできたので、最近は立派な学芸員になりすぎてしまっている、とも。どう、心当たりはありまして？」

何のことかと訊こうとしたが、上品ぶって口に含んだ紅茶が熱すぎてそれどころではなかった。訊かなくてよかったのかもしれない。自分の欠点を解説してもらうのは野暮の骨頂だろうから。

ナスターシャは灰色の瞳をなごませて、わずかに小首を傾《かし》げる。

「あなたはきっと多くの疑問を抱えてここへいらしたんでしょうね。けれども今の段階では私はそれに対して何一つお答えできませんの。ですから実は、このロシアン・ティーはお近づきのご挨拶とお詫びとを兼ねているのよ」

「今の段階では、とおっしゃいましたか」

「ええ」

「では、ご説明はいつになったら」

「いずれ近いうちに。キルケ・ホールの柿落しには充分に間に合うでしょう。ミワコとマシューが巧く立ち働いてくれれば、ですが」

ちらりとマシューに目を馳せてみる。作りつけのキャビネットに凭《もた》れていた彼は、指に引っかけたカップを嫌味ったらしく持ち上げて見せた。

孝弘は視線をナスターシャに戻す。彼女はとても落ち着いていた。これ以上何を言っても無駄だと痛感してしまうほどに。唇を湿してから孝弘は慎重に接した。

「それでもどうかひとつだけお聞かせください。このふたりだけが傍へ寄ることを許されているのは、彼らの情動記録能力を評価されているからですか」

「ミワコが言葉にならないものをやり取りできる人物であったのは、私にとって幸運でした。けれど、その能力がなかったとしても私は彼女にすべてを託したと思います」

「それは、なぜ」

老女は紅茶とオレンジの香りの中でふんわりと笑った。

「彼女なら、純粋な愛情というものを信じ、理解してくれるからですわ」

ナスターシャはストールを引き上げながら窓の外へ目を向けた。その拍子に、ストールの裾から白い羽毛のようなものがふわりと落ちた。自然な動作でそれを拾い上げた孝弘は、うん、と唸ってしまった。

「これは……柳絮《りゅうじょ》でしょうか」

柳の絮毛《わたげ》を連想した。ただ、白銀の毛はそれよりもまばらで、枯れかけて茶色く変色している。

「あれと似てる」

孝弘は我知らず呟いている。サイズはこちらのほうが大きいが、美和子がロブに同定を依頼したものとそっくりだった。

初めてナスターシャの顔が強張った。すがるようにマシューを見る。

マシューは大股で孝弘に近づき、こん、と鋭い音をたてて自分のカップをテーブルに置いた。空いたその手で、羽毛状の物体を鮮やかにひったくる。

「何を……」

「ああそうだわ」ナスターシャは即座に孝弘の言葉を攫《さら》った。「お知らせしておかなければばいけませんね。〈デメテル〉の培養槽へイダルゴの蓮を見に行ったのは私なのよ」

「あなたが！」

思わず腰が浮いた。ナスターシャはそっと片耳を押さえた。

「ああすみません。しかし……僕はてっきり……」

「ミワコだと思っていましたね。彼女は付き添ってくれただけよ。セキュリティシステムを黙らせた、ただそれだけ」

「それだけ？　ジノビエフさん。あなたと美和子の行動は立派な犯罪なんですよ」

マシューがのろりと動いた。ナスターシャの横に立った彼は、明らかに孝弘を哀れんでいた。

「タシロさん、確かにロブは面食らったでしょうがこれは犯罪とは言えないんじゃないですか。今のミワコさんはいわば治外法権ですからね。なにせユリウス・マンシッカに次ぐAA《ダブルエー》権限を持っている」

孝弘は乾いた笑い声を発した。

「悪い冗談だ。AA権限？　そんなものいままで聞いたことがないよ。新人の、しかも研修中の学芸員に、いきなり強い権限が与えられるはずもないし」

「それが事実です」マシューは強気だった。「なんなら〈ムネーモシュネー〉に確かめてみるといいですよ」

孝弘は自分がどんな挨拶をして退室したのかを覚えていなかった。馬鹿げている。美和子のためにＡＡ権限が急　拵《きゅうごしら》えされたというのか。無邪気で呑気な自分の妻が学芸員としての厚遇を受けているとは信じがたかった。直接接続者になっても彼女は何も変わらない。孝弘が空港へ迎えに行くと、人目もかまわずゲートの向こうでぴょんぴょん飛び上がって手を振った。研修らしいこともせず日がな一日アイスクリーム片手に大道芸人のパフォーマンスに見とれていた。学芸員だと家事をさぼる言い訳ができていいわね、とぺろりと舌を出していた。専門家になっちゃったんだからスタッフ・パーティでドレスを着てたら顰蹙《ひんしゅく》よね、と本気で嘆いていた。

身内ながら、いや、身内だからこそ目を覆いたくなるようなその働きぶりで、ＡＡ権限保持者？　００ナンバーの能力はそれほどまでにすごいのか。

「で、すごすご引き下がってきたってわけね」

Ｆ《フィルム》モニターに映ったネネは呆れ顔だった。

画面の向こうでぽつぽつと雨だれのようなピアノの音がしている。ネネのいる〈アテナ〉でも誰かが黒天使のことを考えているのだろう。

二杯目のコーヒーを半分ほど飲んでから、孝弘は無様な言い訳を試みた。

「なんだか頭の中がごちゃごちゃになっちゃって。その謎の植物を〈ムネーモシュネー〉

に記録することすら思いつかなかったくらいだ」

ネネは、しょうがないわね、と苦笑する。

「でもまあ、嫉妬の嵐に見舞われるのも当たり前か」

「嫉妬だって？」

「そうよ。あなたはミワコに嫉妬してるのよ。私も若い時はそうだったわ。バージョンアップは直接接続者として喜ぶべきことで性能面で新入りに抜かれるのは仕方ないんだけど、こっちとしては胸にちくちく来るのは否めないわね。経験と審美眼だけは負けないって意地を張るのが精一杯。あなた、美和子のどんなところが好きで結婚したの？」

孝弘はプラカップを取り落としそうになった。

「な、なんだよ急に」

「いえね、そこを思い出したら少しは落ち着ける気がしてね。どうなの？」

「そんなこと……言いにくいよ」

ネネは頬笑んだ。姉のような、母のような、あたたかな笑みだった。

「タカヒロ。妻のミワコと00ナンバーのミワコ、切り分けるのは困難だろうけど、せめて彼女のどこが好きなのかを思い出して。そうしてもう一度彼女を見つめ直すの。でないと、学芸員ミワコ・タシロが本当は何をしたいのか、あなたはずっと判らないままよ――お節介だったかしら」

「いや、ありがとう」

孝弘は感謝を籠めてそっと通信を切った。

冷えてしまったコーヒーと一緒にネネの助言を身体に流しこむ。

そうだ。混乱してはいけないのだ。落ち着かなければ。でないと蓮やピアノに決着をつけられるわけはない。

00ナンバーを有するようになっても美和子は妻だ。まず人間としての彼女を信頼しなければ手助けもしてやれない。

孝弘は深く吐息をつき、コーヒーを飲み干した。

彼女は可愛い。まだ所長の秘書だった頃、孝弘が入室するとあっと声を上げて頬笑んだ顔が愛らしい小動物のようだった。子供っぽい仕草も、舌足らずな声も、孝弘を和《なご》ませてくれた。

素直で単純、そこもよかった。〈デメテル〉で薔薇の展覧会が開催された日には、給料のなんと半分を注ぎこんで部屋中を薔薇だらけにし、それが孝弘のためになると信じて得意顔を見せた。ハンサムな音楽家が来訪すると、ありったけの音源をライブラリーから借り出して、夕食もとらずにうっとりと聞き惚れていた。

美術好きで聞きたがり屋だが夫の仕事の内容には煩《うるさ》く干渉しないところも長所だろう。〈ムネーモシュネー〉と話している時に纏《まと》いつかれて何度か叱ったことはあるが、彼女は本当に邪魔にならない妻で、それをいいことにぞんざいに扱った結果が——。

すっ、と孝弘の血が下がった。

邪魔にならない、だって？　自分はいったい何を考えていた？

孝弘はデータベースをコールした。

「〈ムネーモシュネー〉、接続開始。過去の日記の検索を。非公式のやつで……」

残りはイメージで送りつけた。美和子と一緒に鑑賞したイベントは？

——検索を終了しました。一二五件あります。

——そのうち美和子に関する描写が具体的に残っているものは？

——検索を終了しました。

動悸が速まった。〈ムネーモシュネー〉はアルトの声で静かに答える。

——該当する記録はありません。

「第一次検索の結果をFモニターに出力してくれ。順番はどうでもいい、片っ端からだ！」

叫びつつ、乱暴にフィルムを広げる。次々と流れ出る文字。

〈美和子にせがまれて「二十世紀のフランス絵画展」を再度見る。秩序と構成への執着は節度と調和というもうひとつの特性と相容れるものなのか。それともネネが唾棄《だき》していたとおり、マティスの……〉

〈あんなに調停に苦労したというのに、バシュト語で書かれた演劇はＰ《プレッシャー》モニターの翻訳を参照しても鑑賞が困難だった。バカらしい仕事だ。美和子にチケットを押しつけられなければ見ることもなかっただろう。しかし《ムネーモシュネー》の講義を受けてみると、実際は……〉

〈美和子を待たせての討論には収穫があった。展示室内ではやはりクローディアの優秀さが光る。彼女の解説を聞いていると自分のこの手に陶器の感触が伝わるような気がする。彼女は手触りに関するデータベースを整えている最中で、今後も……〉

どうしよう。

孝弘は幼児のように泣きたい気持ちで一杯になった。

美和子の具体的な記録が一つもない。一緒に行っていたはずなのに、自分の横にいたはずなのに。彼女が小声で茶々を入れていたのはどの演劇だっただろう。五分もその場を離れなかったのはどの塑像だっただろう。

孝弘は美術鑑賞をする妻の様子をまったく覚えていないのだった。自分は目の前のものを分析検討するのに忙しかった。展示品やコンサートのプログラムはひとつひとつ事細かに思い出せるのに、はしゃぎすぎの妻に困惑していた自分自身の姿なら簡単に甦るのに、彼女が口にしていたはずの綺麗だの素敵だのという言葉の意味は失われてしまっていた。

仕事以外では？

孝弘は焦った。自分はプライベートの美和子を覚えているのか。

もちろん忘れてはいない。思い起こされる数々のエピソード。しかし、家庭よりは仕事を重要視してきた孝弘は、その記憶にもはや確たる自信を持てなかった。

自分はこれまで美和子の遊び相手をしてやらなかったことを反省していた。けれど、そんな生易しいものではなかったのだ。ずっと彼女の心からの感嘆詞を軽んじていたのだ。そのあまりの素直さをどこかで蔑《さげす》みながら――。

不確かな思い出の中で美和子の姿が揺れる。喜んでいた。楽しんでいた。感動していた。妻はその雰囲気だけを香りのように発散し、ぼんやりと霞んでいる。

「〈ムネーモシュネー〉……」

女神は、佇《たたず》む美和子めいて辛抱強く孝弘の言葉を待つ。

「なんでもない。いや、なんでもなくない。ミワコ・タシロに通信したい」

――通信不能です。

孝弘はプラカップを握りつぶした。

「どうにかするんだ！　回線をこじ開けるのでもぶち壊すのでも引きずり出すのでもなんでもいいから美和子の声を聞かせてくれ。でないとそれまで忘れて……」

ふと内耳に音が流れこんだ。突然始まったのは、イダルゴの笊《ざる》が奏でた重層的なシンコペーションだ。

「〈ムネーモシュネー〉、なぜフィボナッチ・リズムを再生する？」

そう言ったと同時に、ぐらっと眩暈《めまい》に襲われた。

孝弘は脳に大きく伸び上がりつつある桃色の丘の質感を感じた。見ているのではなかった。伝わってくるのはイメージだ。手触りや印象を〈ムネーモシュネー〉に手渡すことはあっても、自分のバージョンでは彼女からイメージが逆流することはないはずなのに。

丘は舌状《ぜつじょう》にますます膨れていく。その先端が激しい赤へとグラデーションすると、言語パターンが弾け出した。

〈そう、呼んで〉。〈乞う〉〈恋う〉〈高《こう》〉。〈探して〉〈捜して〉〈追いかける〉。

言語はドップラーの尾を曳いて光りながら飛んだ。丘の先端がぐっとのめった。倒れこむ先は「こちら」だ。あの丘はきっと甘い。そして滑らかでぬるい。こっちへこっちへ。もっとこっちへ。でも、胸が苦しい。

黄金率のリズムが加速度的に速くなる。音程が無限音階で吊り上がる。頭が割れんばかりの音量、きいんとした喚き。

孝弘は堪えきれず、自分の膝を摑んだ。

瞬間、世界は真っ白の綿毛となって爆発する。

ふわふわと降ってくるのは満足げな女の声。

——判ったわ。

声は丘の上にそっと着地する。いや、もう丘ではない。桃色の花を開いたイダルゴの蓮だ。

——やっぱりナスターシャの言ったとおり。あなたはラヴ・ソングが聞きたいのね。

「美和子、どうして……」

その言葉を最後に、孝弘はそのまま机の上に突っ伏してしまった。


金属的な音が響いている。

これは速くも高くもならないんだな、と思った途端、音波は現実の緊急警報として認識された。

「システムよりスクランブル。テッサリア・ホテルを中心に半径二十キロ地域に暫定Bクラスのバイオ・ハザード態勢。指定区域封鎖はすでに完了しました。現在〈デメテル〉に事態の確認を要請中です。発令者、気象台職員ジョゼフ・コンペール。権限B」

鈍痛を残した頭に警報が突き刺さる。

「〈ムネーモシュネー〉。現場の様子を送ってくれ。出力先《アウトプット・デバイス》、Fモニター」

フィルムに映し出された画像を見て、孝弘は視力までおかしくなったのかと目をこすった。

足留めされた観光客たちが並木の下で不安げに空を仰いでいる。ホテルの周囲にはちらほらと雪が降っていたのだ。

「雪じゃないな。拡大して」

画像が引き伸ばされ、雪片の一つを追う。孝弘は今度も目をこすった。

羽毛のような柳の絮毛のようなものだった。ナスターシャの部屋で見掛けたあれだ。

綿状のものは、ホテルのとある窓から吹き出している。

「〈ムネーモシュネー〉。あそこに滞在しているのはナスターシャだね」

――ルーム・ナンバー500、音楽家特別室。宿泊者名ナスターシャ・ジノビエフ。当該の窓はラウンジルームのものです。

「こちらは〈デメテル〉学芸員ロブ・ロンサール。権限B」

すべてのスピーカーからロブの声が流れた。ポプラの下の人たちがぴくりと身体を震わせる。

「気象台から分析要請のあった検体は既知の植物です。毒性はありません。暫定Bクラスのバイオ・ハザード警報と地域封鎖を解除します。みなさん通常行動に戻ってください」

ほっとした雰囲気が画面から伝わってきた。

ロブは孝弘だけに、

――ミワコさんが持ちこんだのと同じものでした。解析が終わっていてよかったです。

と、付け足してきた。

そろそろナスターシャに説明してもらっていい頃だ。そう、ミワコにも。今度はユリウスも邪魔をしないだろう。

孝弘はがんがん痛む頭をもてあましながら〈ムネーモシュネー〉に通信回線を開かせた。

ゴブラン織の椅子に腰掛けたナスターシャは、穏やかに、しかし寂しそうに呟いた。

「秘密にしてもらっていたのは、誰も信じてくれそうになかったからよ。ミワコ以外はね」

「その美和子がどうしてこの場にいないんですか」

孝弘が訊く。答えたのは足を組んでふんぞり返っているユリウスだった。

「その件に関しては申し訳ないがSA権限を行使させてもらう。今のミワコには、こまごまとした情報の授受など邪魔になるだけだからな」

「どういうことだ——とお訊きしても、その権限でお答えくださらないというわけですね」

ユリウスは初めて真摯な表情を見せた。

「彼女は複雑でデリケートな任務に従事している。彼女のためを思うなら、直接接続データベースが10・00の新機能にすっかり対応し終わるまで猶予をやってほしい……これが答えにはならないだろうか」

開け放った窓から冷たい風が入ってきた。ラウンジルームのあちこちには、まだあの白い植物が残っていた。

ピアニストは黄金の指でストールに付いていた一つを摘まみ、一同をゆっくり見回した。孝弘、ユリウス、マシュー。ソファに腰掛けているのは〈アテナ〉の木工担当者アーネスト・ベルハーゲンと〈ミューズ〉のマヌエラ・デ・ラ・バルカだ。

ナスターシャは羽毛状のそれをくるくる回しながら話しはじめた。

「さきほど〈デメテル〉の方が報告してくださったとおり、これはイダルゴの蓮の雄株の花です。私やミワコの今までの行動は、すべて、この雄花をあなたたちが持ってらっしゃる雌花に会わせてやりたい一心だったのよ」

ロブが蓮の雄蕊の少なさを心配したのも当然だった。あれには雄花が別に存在していたのだ。

私と雄株との出会いは偶然だった、と老婦人は言った。

人も物も時の流れには逆らえずに歳をとる。グランドスラムを達成した不世出のピアニストも、稀代の名器「九十七鍵の黒天使」も。自分たちはもう以前のような音を紡ぎ出せないことを彼女は情けなく思っていた。彼女がピアノを携えて辺境の小惑星基地へ行ったのは、人口に膾炙《かいしゃ》していたとおり、世をはかなみ自棄《やけ》になった木の逃避だったのである。

それは到着して三日目のこと。どうでもいい慰安演奏のための適当なプログラムを選定している最中だった。古いラヴ・ソングを流し弾きしていた彼女は、信じられないわ、と叫んで立ち上がった。

老いさらばえたインペリアルグランドの音が、急に息を吹き返したのだ。瑞々しいアタック、余裕のあるリリース、広大な倍音。ぼけていたピアニシモは繊細な輝きを取り戻し、割れかけていたフォルテシモは猛々しさに溢れている。まさしく若き日の皇帝の音だった。

彼女は胸のときめきを鎮めながら、非力になってしまった腕で天板を上げた。何も変化はないように思えた。しかし今の曲を何度も録音再生して音を確認しつつ、弱った視力でピアノの内部を事細かに観察し、ついに見つけた。ある条件下でだけ、古びたハンマーに白黴《しろかび》のようなものが生えることを。

ハンマーにはすでに極限まで針が入れられている。人間の手業ではもうこれ以上処置しようのないそれを、微細な植物が整音しているのだろうか。

奇妙なことに、音の復活はラヴ・ソングにさらされている時に限られた。録音か生演奏かは問わなかった。同じ作曲家の小品でも幾何学的な曲には反応せず、たとえタイトルが幾何学的であっても自伝によってロマンスの最中に書かれたとされる曲には皇帝が宿った。

謎は多い。植物の正体は何か、どうやってそこへたどり着いたか。

けれどもすぐに彼女は、どうでもいいわ、と呟いた。理想の音が帰ってきたのだから。

恋も諦め何もかも犠牲にし、それでも失われつつあったものがこの手に再び戻ってきた。泣きたくなるほどの飢餓感に苛《さいな》まれていたその耳に再び皇帝が甦ったことだけが、彼女には重要だったのだ。

「ピアノを弾く感覚が麻薬のように感じられたわ。自分の表現力を久しぶりに堪能することができたの。ラヴ・ソングの曲想とあいまって私の心は切なさでいっぱいになったわ。誰かが常に会いたい会いたいと泣いているように聞こえたわ。遠く離れてしまった恋人を想う気持ちが音の姿で溢れ出す……そんな感じ。最初、私はこんなに巧かったかしらと疑ったほどよ」

彼女は戻ってきた音楽の皇帝に浮かれた。ラウンジ演奏をみずから買って出るほどにピアノに対する意欲を取り戻していた。

悩みの種は厭世思想に染まっていた時に結んでしまったピアノ譲渡とその布石となる〈アフロディーテ〉訪問だった。優秀な学芸員たちはきっとこの奇跡を見逃さない。研究目的にピアノを早々と取り上げてしまうかもしれない。彼女はそれを怖れた。

最初の難関は検疫だった。彼女はインペリアルグランドを泡梱包にくるんだまま調査を何ヵ月も引き伸ばした。植物はラヴ・ソングが流れない時には肉眼視できなくなるのだが、念のために検疫官が「形だけでもお願いします」と懇願するのを待った。彼女は「本当に形だけよ。触らないで」と念を押してようやく検疫を承認し、係官が天板も開かずに調査を終えると即座にピアノをテッサリア・ホテルに隠蔽した。

そして再び奇蹟が起こる。

「ちょうどみんながイダルゴの笊と蓮で騒いでいる時期でした。あの頃、笊の奏でるフィボナッチ・リズムが何度マスコミに流れたか、どなたか数えた方はありまして？」

巷《ちまた》に流れた天界のリズム、それを浴びたハンマーの植物から幾百ものふわふわした白いものが湧き出したのだ。

「リズムを受けるたび、これは何度も飛んだの。だからイダルゴに関係があるのではないかと考えてキルケの柿落し公演に条件を付けたりしたの」

「海上ホールの外壁を開いてその近くで蓮を公開しろというあれですね」

「ええ。でもまだその時には、もちろんイダルゴの蓮が雌雄別株であることは知らなかったし、ましてやこれが雄花だとは考えもしなかった。単に同じ故郷を持つ蓮と会わせたらどうなるかを見届けたかっただけ。ミワコに見つかってしまったのはそんな時」

マヌエラもアーネストも遠ざけていた彼女が美和子にだけ面会を許したのは、彼女が臆面もなく、ある古いラヴ・ソングを演奏会でぜひ、とリクエストしてきたからだった。天下のピアニストにそんな無邪気なお願いをする人物はこれまでひとりもいなかった。よりによって皇帝が宿る条件であるジャンルを所望したところも、なんだか頬笑ましい偶然だと思った。

「私は音を取り戻してからずっと、誰かとラヴ・ソングについて語り合いたかったのだと思います。若い時のようにもう一度、音楽と恋の話をぺちゃくちゃお喋りしてみたかったのね。ドアを開けてから三十分経ったときにはもう、笑い声が華やかなミワコのことが大好きになっていたの。彼女がキャビネットの陰に落ちていたこれを持ち上げ、何かしら、と言った時にはさすがに心臓が冷えたわ。無邪気に見えてもさすがは直接接続学芸員ね。すぐに、きっと何かの雄花だわ、と教えてくれた。私は花だったのかと思う心の片隅で、問い詰められたらどう誤魔化《ごまか》せばいいかを必死になって考えていたわ。でも彼女はにっこりして言ったの。素敵ね、女の子を捜して一生懸命飛んでいくのね――」

この、相手を脱力させる感想はいかにも美和子らしい、と孝弘は思った。

ナスターシャは恋の相談をするティーンエイジャーのように美和子にすべてを打ち明けたようだ。美和子はハンマーを実検して雄花の様子を確認すると、シミュレーション画で見たあの蓮の雄蕊に似ているかもしれない、と目をきらきらさせたという。

孝弘は嘆息を禁じ得ない。

「そこで気の若い二人は〈デメテル〉に侵入し、まだ咲いてもいない蓮を一株持ち上げてみたというわけですね」

「ごめんなさい」ナスターシャは謝りながらくすりと笑う。「でも冒険みたいで楽しかったわね。実際の蓮を見るとミワコは、自分は植物のプロじゃないけどハンマーに住み着いたのは絶対にこれの雄株だ、と断言したわ。自信の理由がまた彼女らしかった。雄株の気持ちを考えるとそうとしか思えないからって」

「植物に気持ちですって？」

「ミワコは言ったの。ピアノがラヴ・ソングだけに反応するのは、雄花が雌花を求める気持ちの表われだとね。宇宙の片隅で悲しくも離れ離れにされてしまったカップル、その雄が雌を恋しがる情動が愛の歌によって励起されるんじゃないか……」

孝弘は声高く笑ってしまった。

「待ってくださいよ。植物に音楽が理解できるわけありませんよ。それは美和子のロマンチシズムにすぎない」

ナスターシャは笑っていなかった。「でも私は信じたわ」

「私も信じてしまうかもしれませんよ、タシロさん」そう言ったのはマヌエラだった。

「どうしたんだ、音の専門家がふたりとも」

「専門家だからこそ、信じてしまうんです。音楽が人から愛され続けているのは人の心の鏡だからです。長調は〈明るい〉し、短調は〈暗い〉。上昇スケールは〈解放〉を、下降スケールは〈沈降〉を感じさせます。作曲家は心の揺らぎを音に託し、聴衆はそれを受けとめた時に彼と同じ感動を味わうのです」

「しかしそれは双方が情動を持っているからこそそのコミュニケーションだろう。植物に心はない。それに、いくら地球外の植物でもあれはさすがに聴覚まで持っちゃいないんだよ」

　マヌエラは薄く頬笑む。

「けれど音の正体が振動エネルギーである以上、人間ではないものとも会話できるかもしれないのです。運動速度の大きいものは高音を発しますね。だとすると高エネルギー状態は、最も盛り上がるサビの部分の〈昂ぶり〉に呼応しないでしょうか。不規則で乱れたエネルギー変化は、不規則に乱れるがごとき旋律によって〈悩み〉として捉えられないでしょうか」

「マヌエラ、理解はできるが納得はできない」

「タシロさん」マシューはキャビネットの横でにやにやしていた。「ロマンチシズムはもともとあなたの専売特許じゃなかったんですか。意地になるのはやめてくださいよ。学芸員は、目の前にあるものをあるがままに受けとめる度胸と、自分なりの審美眼と、その時の素直な感情こそを扱うべきじゃないですかね」

　言いつつ、生意気な後輩から笑みがだんだん引いていった。

「少なくとも僕はミワコさんから素直な姿勢を学んだつもりです。先入観も見栄も捨て、ただ子供のように手放しで、自分が向き合うモノを広げた両腕に受けとめる……そんな姿勢を」

孝弘は愕然とした。それはまさしく、マサンバ・オジャカンガスが求めてやまない学芸員の理想。科学の針には掛からない真の感動を釣り上げるためのヒントだった。

孝弘は自分がいかに疲れていたかを実感した。記者たちの馬鹿馬鹿しい比喩にさらされ、彼らのあまりにも人間的な思いこみを否定し続けるうちに、自分は美の理解者ではなく単なる客観主義者になってしまっていたようだ。

マシューが真面目な顔で続ける。

「ミワコさんはあなたよりずっと学芸員に向いています。彼女は純真な受け皿とデータベースに直結された分析能力を兼ね備えています。彼女はちゃんと冷静に確認実験をしましたよ」

「実験……」

自分でも視線が泳ぐのが判った。マシューは薄い唇の端を一度上げてから、

「ミワコさんは恋人たちにデートのリハーサルをさせてみたんですよ。雄花は笊の奏でるフィボナッチ・リズムで励起します。雌花の持つフィボナッチ数列は葉や花弁の並びに表われているので、もしかしたら雄株は雌株を視認するのでは、と。彼女は故郷のリズムを流して雄花を呼び出し、雌株の立体画像を映してみました」

「まさかそれで時ならぬ雪が？」

「いいえ。これは駄目でしたよ。普通にリズムを聞かせるのと同じ反応に終わりました。

ピンナップに効果がないとすると残りの条件は寝室。つまり、海水との接触です。振りかけるまでもなく粒子接触で充分でした。容器の蓋を開けて潮の匂いが流れ出しただけで効果は覿面《てきめん》。雪と見紛《みまご》うほどの量が降って大騒ぎになってしまったのは我々の誤算でしたが」

「誤算は私のほうにもあった」ユリウスが無表情に口を挟んだ。「ミワコが実験に際して録っていた情動記録が君のほうにも流れてしまった。彼女はこの雌雄の邂逅を、君と一緒に見たい、と強く思ったようだ。当然、君には情動記録を受けとめる能力はないが、AA権限で命じられた〈ムネーモシュネー〉はあらん限りの力でそれを模倣変換《エミユレート》してしまった。〈ムネーモシュネー〉にはもうあんな危険なことはさせないつもりだ。今は情報逆流の阻止が我々のチームの最重要課題になっている」

伸び上がるピンクの丘。甘さと胸の痛み。ではあれがラヴ・ソングに反応する雄花から感じ取った美和子の鑑賞記録だったというのか。

孝弘は目を見開いたまま何も言えなくなってしまった。

ユリウスがチェロのひと弾きのように宣言した。

「ミワコはこのまま好きにさせる。キルケの柿落しは現状のままの企画で進めてくれ。いいね」

夕闇の辺境テュレーノス・ビーチに正装の男女が溢れていた。バートル便でやってきた観客たちは海上に白く浮かび上がるキルケ・ホールに目を馳せ、貝殻の形に開いたステージをしげしげと眺める。多少のロマンチシズムを持つ人々は、髪の長い裸体のビーナスが現われそうだね、と囁き合っていた。

ステージの上にビーナスはいなかったが、一粒の歳経りた黒真珠のようにベーゼンドルファー・インペリアルグランドがセッティングされていた。

下手《しもて》の舞台袖では二人の学芸員がライトアップされた海上を指差して打ち合わせに余念がなかった。この海域にイダルゴの蓮を運び終えたロブと、海を管理する側のアレクセイ・トラスクだ。百五十株の蓮は、キルケ建設の反対派だったアレクセイの不承不承の海洋管理によって、ステージを囲むようにたゆたっている。タイムマシン・バイオテックによって開花直前に調整された蕾は桃色に色づいて今やはちきれんばかりだった。

キルケが見渡せる海岸に佇む孝弘は、遠景の蓮とピアノを何度も見比べていた。蓮が咲く以外、何も起こらないかもしれない。それが美和子にとっていいことなのか悪いことなのかが彼には判断できなかった。

美和子の采配を認める気持ちが自分の中に根づいていなかった。実験で彼女の仮説は証明されたものの、過度の感情移入はどうしても違和感があった。彼女の学芸員らしい賢《さか》しげな表情を一度でも目にしていたらまた違っていただろうに、孝弘はついに自分の妻に会えないまま今日を迎えてしまったのだった。

足元に打ち寄せる波が、どうだろうどうしよう、どうだろうどうしよう、と繰り返す。

たかが波にこんな形容をしてしまうとは、確かに行き来するエネルギーは〈迷い〉の表われだな、と孝弘が闇にまぎれて苦笑したその時、〈ムネーモシュネー〉がマシューからの通信を受け取った。

承認するといきなり、

——タシロさん！　ミワコさんを知りませんか。マンシッカ氏はどこに。

彼は裏返った大声だった。

——美和子は知らないが、ユリウスならさっき案山子と一緒にVIPボックスに入っていったのを見たけど。

どうしたんだと訊く間もなくマシューはさらに叫んだ。

——タシロさんもホールへ来てください。大変なんです。〈ムネーモシュネー〉から情動記録エリアが消失してるんです。

——なんだって？

——ミワコさんもいません。正確に言うと〈ムネーモシュネー〉から籍を抜かれています。

——バカな。学芸員を辞めたってことか？

――判りません！

マシューはもう泣き声に近かった。

キルケへ繋がる栈橋を走りながら、孝弘は〈ムネーモシュネー〉に頼んで美和子を呼び出そうとした。

しかし女神は感情のない声でこう答えるのみ。

――〈ムネーモシュネー〉および下部システム〈三美神たち《カリテス》〉に該当者は見つかりません。

街灯に照らされてエントランスホールへの石段を駆け上がり、待ち合いの客たちを押しのける。赤い絨毯を敷き詰めた螺旋階段を二階へと昇っている時、孝弘の耳に開幕五分前のベルが届いた。

と同時に、頭の中で、ぷつり、とかすかな気配。

「〈ムネーモシュネー〉？」

――上位データベース〈ガイア〉が起動しました。〈ムネーモシュネー〉および〈カリテス〉は、これより〈ガイア〉と協働します。

廊下の向こうからマシューが息を切らせて走ってきた。

「タシロさん、〈ガイア〉とは？」

孝弘は彼に答えず、ＶＩＰボックスのクッション付き扉を力一杯開いた。

「ユリウス！　美和子と〈ムネーモシュネー〉に何をした！」

跳び上がった案山子とは対照的に、ＳＡ権限保持者はファーストネームを呼び捨てにされたにもかかわらず極めて悠然と振り返る。

「ああそうか。起動時間だったな」

「美和子をどうした」

睨みつける孝弘に、彼は穏やかな視線を向けた。

「〈ガイア〉へ移ってもらったよ。あらゆるデータベースが個別に持っていた情動記録ブロックを分離発展させた新天地だ。汎地球的規模のシステムだよ」

ユリウスの言葉は交響曲を伴わない静かなものだったが、うまく脳裏に意味を成してくれない。

彼はゆったりと腹の上で手を組んで続けた。

「我々はイメージ検索の地平の向こうに感動をそのまま保存する糸口を見つけた。しかし、マシュー、君が幾度も躓《つまず》いたように、情動記録はまだ危うい面も有している。分析する機械と感じる人間との距離は思ったよりも遠かったというわけだ。両者がよりよい関係を結ぶためには、マシンの性能の向上だけではなく人間の歩み寄りも必要なのだ。タカヒロ、ミワコに課した任務とは〈ガイア〉の教育係だよ。つまり彼女は、美の感動を〈ガイア〉

に伝える母親のひとりになったんだ」

「美和子がそんな大プロジェクトに……」

孝弘は呆然と呟いた。ユリウスは、ふう、と大きく息を吐き、指を組み替える。

「信じられないかね。彼女だからこそできるのだが。〈ガイア〉は情動記録に全機能を費やしている。今はまだ生まれたての赤ん坊で、これから『綺麗』や『好き』、『願い』や『夢』を覚えていくんだ。〈彼女〉を養育するためにはそれらをピュアに表現できるミワコの資質が何よりも必要なんだよ」

マシューが震える手をぎゅっと握り合わせて質問した。

「僕のように、感動を解析してしまう押しつけ教育者タイプは向かないってことですね」

「向かないこともない。〈彼女〉の情動にも理知で裏づけされる部分が必要だからね。ただ最初から理屈を言っては赤ん坊も混乱する。もう少し待ってくれないか」

客席の照明が溶暗し、開幕のベルが鳴り渡った。

「タカヒロ」ユリウスはステージに身体を向け直しながら言う。「一番心の距離が近い夫として、美を扱う学芸員の先輩として、ミワコが自分で選んだ初仕事を見守ってやりたまえ」

ナスターシャ・ジノビエフは花嫁のような純白のドレスを身に纏っていた。

優雅な物腰で一礼した老ピアニストは、愛器の上へ一枚の写真を置く。そこに写った人物はあまりにも小さくてコンサート用の双眼鏡では顔がはっきりと見えなかったが、どうやら膝の間にチェロを構えているらしかった。

彼女は皺深い目を細めてどこへともなくわずかに頬笑む。

やがて、潮風の中、ラヴ・ソングが流れ出した。

孝弘は楽屋をくまなく探したあと、エントランスホールの客席モニターに顔を近づけ、じっと目を凝らした。

美和子はいない。いったいどこにいるのだろう。

——一曲目「草原のリボン」。予定通り始まりました。マヌエラの報告が〈ムネーモシュネー〉経由で入る。

——ピアノはまだあまり変化が……いえ、音質が変わりだしました！　ああ、すごい音。広くて深いわ。この調子だとサビではどんなにか……。

牧歌的なメロディが高々とエントランスホールに流れ出す。

孝弘はまだ妻を探していた。

——ロブです。蓮に開花の兆候があります。よかった。一つも開かなかったらどうしようかと。ステージ脇の一輪が咲きそうに見えますね。蕾の先端が少しめくれて……待って。

おいおいやめてくれよ、そんなバカな。照明を！

植物学者の声が急を帯びた。

——やっぱりそうなのか？　嘘みたいだ。一輪だけじゃありません。百五十株、一斉開花するかも。

孝弘は、防音壁に濾《こ》された喝采がかさかさと届くのを聞きながら、ぼんやりとホールを出た。

——二曲目が始まります。「ほら、もっと傍に」。音質は最初から良好だわ。

前庭に出てもピアノの音は追いかけてきた。建物を出たせいか開け放ったステージからの音はかえって大きく聞こえる。

孝弘はなかば自動的に足を繰り出して栈橋を岸のほうへ戻りはじめた。

フーガのように追いかけっこをしながら上昇するサビにかかると、マヌエラの報告に吐息が混じった。

——鳴りすぎです。倍音が割れてきました。ナスターシャ、フォルテを抑えて！　ハンマーが保たないわ。

栈橋の向こうから、黒い影が近づく。

「タカヒロなの？　遅れちゃったわ」

ネネ・サンダースだった。

「もう始まってるみたいね」

「ネネ、美和子を見なかったか」

「ミワコ？」闇の中で黒豹がにやっと意味深長な笑みを浮かべる。「それなら浜にいたわよ」

「ありがとう！」

お礼もそこそこに、孝弘は走り出した。

――蓮が開きます。

ロブがそう言った途端、どーん、と長く低音が轟いた。

観衆たちのざわつきが孝弘のところへまで伝わってくる。

――音つきか！

おっとりしたロブもついに悲鳴じみた声を上げた。

――開花の音がこんなに……。百五十株それぞれ一枚だけ、同時に開きました。スプーン状の花びらが葉を打ちつけ、葉が共鳴を起こし、さらに凪《な》いだ海面に伝わって増幅されるんです。雄株が反応したフィボナッチ・リズムの実体が、雌花の開く音だったなんて……二枚目が落ちます。

さきほどと比べるとわずかに高い音で蓮は二枚目の花びらを開いた。

浜にはチケットが取れなかった人々が大勢集まって、煌々《こうこう》と輝くキルケに目を向けていた。孝弘は人垣を分けて妻のおかっぱ頭を見つけようとする。

海上で開花の第三弾が轟いた。ロブが吐息混じりに言う。

——やっぱり。開花間隔の比は約一・六一八。黄金率です。花びらはフィボナッチ数列的に展開してますから、順当に咲けば今後加速度的に速くなりますよ。ほら、もう四枚目だ。

マヌエラが、あっ、と驚きを発した。

——ナスターシャが拍手を待たずにそのまま三曲目に入ったようです。「花の名よりも」の呈示部《エクスポジション》。

聞き覚えのある旋律が波とともに孝弘へと打ち寄せる。

——五枚目。

開花音と同時に観客がどよめいた。

——マヌエラ、見たかい？

——ええ、ロブ。いま、雄花がひとつ飛んだわ。でも音がもう。E1が完全に割れている。

——間に合うよ。六枚目だ。すぐ、七枚目……。

ナスターシャは「花の名よりも」の展開部《デベロップメント》に差しかかった。

低音部のアルペジオに乗って、クレシェンドしながら一気に上昇するメロディ。

「これは……」孝弘は足を止めてホールを振り仰いだ。

記憶の奥深くで、美和子が「綺麗な曲でしょ」と頰笑んでいた。

聞き覚えがあるのも当然だった。なぜもっと早くに思い出さなかったのかが不思議だった。この曲は、初めて彼女の部屋へ行った時、聞かせてもらったものなのに。

「君はこれをリクエストしてくれてたんだね」

孝弘は泣きたかった。

煌《きら》めきさんざめくラヴ・ソングに重なって、開花の音も忙《せわ》しく速まっていく。どんどん速く。もっと速く。

——雄花が……増えてる。ピアノから溢れてるわ。

——花びらが尽きる。雌蕊《めしべ》が露出するぞ。

上り詰めたメロディが長い和音を歌い上げた。それは透徹したピアノらしい音ではあったけれど、人々の耳には喜びの咆哮のようにも聞こえた。

雄花が白い柱のごとく一気に噴き上がる。「九十七鍵の黒天使」から飛び立ったそれは、風に乗って高く高く舞い上がり、キルケの貝殻を真っ白な霧で包みこんでいく。

人々の声が浜辺を揺るがした。とにかく歓声、何が起こったのかを訊ねる声。

ざわつき動く人垣の切れ目に、孝弘は妻の後ろ姿を見た気がした。

「美和子！」

人の間を縫い、強引に割りこみ、孝弘は彼女に近づこうとする。

ステージの上のナスターシャは静かに鍵盤から手を離した。

雄花の噴出はとめどなく、彼女の白い髪を、こけた頬を、骨ばった肩を、するりと撫でては足元へと降り積もる。

ばんばん、と鋭い音を発して、ピアノの鋼鉄の弦が何本か切れた。

皇帝の花嫁は役を終えたインペリアルグランドに左手を愛おしそうに添える。

そして右手でそっと写真を胸に抱くと、満ち足りた笑みを浮かべて白い夜空を見上げた。

雄花はふわふわの毛に風を受けて長く滞空した後、やがて静かに落ちはじめた。

海上で揺れながら待っているのは、桃色の花弁を精一杯開いた彼らの花嫁だ。窪んだ花弁は彼らの褥《しとね》、いまだ熄《や》まぬ仲間の散華は祝いのライスシャワー。

不毛の地で別れ、か細い歌を杖にして、彼らはようやくそこへたどり着いたのだ。

「美和子……」

後ろ手をして空を見上げていた彼女は、振り向くとにこっと笑った。切り揃えた髪の先が潮風に揺れている。

何を言おうか。何を言うべきか。

逡巡する孝弘のもとへ、美和子はスキップ寸前の足取りで近づく。

左腕に妻の手が絡まった。

「綺麗ね」

妻は夫の腕にすがりながらうっとりとそう言った。

「あなたみたいに上手な説明はできないけど、とにかく、綺麗ね」

綺麗。

言葉は孝弘の中にしんしんと降り積もる。

自分の中にはない言葉だった。長い間忘れていた情動だった。形容詞ではなく感動詞としてこの言葉を使ったのは、いったいどれぐらい前なんだろう。揉め事の解決や美術品の解析に溺れて、自分はこんな呼吸のように自然な気持ちまで失っていたのだ。

美和子は呟く。

「〈ガイア〉、覚えてね。こういうのが『綺麗』なの。この幸せな気分も一緒に覚えてね」

そして彼女は美の惑星の夜気を深く吸い、もう一度、「綺麗ね」と言った。

孝弘はやっとの思いで答える。

「ああ、とても綺麗だ」

――〈ムネーモシュネー〉。

君も覚えておいてくれ。忘れないようにしっかり記憶するんだ。

分析は要らない。ただ、僕は感じている。
究極の美学、天界の音楽、至上の幸せが、今ここにあることを。

美しい科学と文学の殿堂へようこそ

レビュアー
三村美衣

『永遠の森　博物館惑星』に収められた美術品をめぐる九つの物語は、知的で、軽やかで、ロマンチックで、どことなくノスタルジックな香りがする。世界はＳＦ、題材はアート、手法はミステリだが、あらゆるジャンルの壁を越え、読む人の心にここちよく響くのだ。

本書はＳＦ内外から高い評価を受け、二〇〇一年に、ＳＦ作家や書評家によって選ばれる「ベストＳＦ２０００」の国内篇第一位、ＳＦファンの人気投票による「星雲賞・国内長編部門」、そして「日本推理作家協会賞・長編並びに連作短編集部門」を受賞した。

物語の舞台は〈アフロディーテ〉と名づけられた未来の博物館だ。

なによりもこの博物館がすごい。

地球からおよそ三十八万キロ上空に浮かぶ、オーストラリア大陸ほどの表面積を持つ小惑星すべてが博物館の施設なのだ。立派なのは箱だけではない。ギリシャ彫刻や名画、モダンアートはもちろん、宇宙植民時代に創られた絵画や工芸品など未来の遺物に至るまで、それこそ人類が生み出したありとあらゆる芸術品が収蔵されている。さらに劇場では、生きている芸術——音楽や演劇や舞踏が実演される。また惑星の大半は動植物園にあてられ、疑似環境下でさまざまな動植物やウイルスが育成されている。

そして、ルーブルはもちろん、アメリカのスミソニアンをもはるかに凌ぐこの巨大博物館は、音楽・舞台・文芸部門、絵画・工芸部門、動・植物部門に分かれ、それぞれが膨大な知識を集積した独自のデータベースを持っている。学芸員たちは脳外科手術によってこのデータベース・コンピュータに直接接続されており、最新科学技術の助けを借りながら、日々、収蔵品の分析、鑑定、研究をおこなっている。

しかし博物館にテリトリーの壁があるからといって、芸術はそんなことを斟酌《しんしゃく》してくれない。持ち込まれた収蔵品がひとつの部門にすんなり収まることは少なく、しばしば三つの部門間の収蔵争奪戦や、単独の調査では解明できない複雑な用件のたらいまわしが起こる。そこで博物館は、すべてのデータベースに介入できる総合管轄部署を設置し、部門間の調停とグローバルな視座からの分析検討を求めた。

主人公の田代孝弘はこの総合管轄部署の学芸員で、テクノロジーを駆使して収蔵品の秘めたる由来や価値を解き明かすわけだが、しかしこの謎が一筋縄ではいかない。

毒舌で知られる美術評論家が「天上の調べが聞こえる」と絶賛した駄作の再鑑定。のみの市で見つけた古ぼけた人形の名前探し。透明なドームの中に生きた箱庭を閉じこめたバイオ・クロックの意匠盗用問題。小惑星帯で発見された異星人のものと思われる遺物の復元……。縦横無尽の検索能力を持つ博物館のコンピュータをもってしても難解な問題ばかりだ。技法、材料、歴史など、あらゆる方向から対象物を科学的に分析し、膨大なデータから類型パターンを抽出することで、作者の意図や作品の効果を解き明かそうと試みる。いうなれば、優秀なコンピュータと無敵のデータベースを味方につけて、科学捜査とプロファイリングがおこなわれるわけだが、それだけではことがすまないところが芸術の難しさだ。

美や芸術に相対した人が抱く情動は、技巧や姿形や調和といった目に見えるものから喚起されるだけではない。田代の考察は、風土、歴史、文化といった経験や、個人の体験、記憶、はては脳や神経作用にまで及ぶ。ところが、そうやって解き明かそうとすればするほど、どこか遠のいていく感覚がある。美の代弁者であり、案内人である学芸員と人工知能は、その感覚とどうやって向き合うべきなのか。それが連作全話を通して問われる。

本文庫では久しぶりの登場になるので、著者についても簡単にご紹介しておこう。

菅浩江は一九六三年京都で生まれ、日本の歴史や文化を肌で感じながら育ち、現在もこの町で暮らしている。幼い頃から日舞とピアノを習い、日舞は名取り、電子オルガンはプロ奏者として演奏をこなす腕前。普段着のように和服を着こなし、ちょっと典雅な京都弁で鋭い発言を繰り出す、絵に描いたような「京女」だ。

SFを知ったのは、小学生のときにたまたまTVで見た「宇宙戦艦ヤマト」で、科学的なパラダイムが面白くて、自らもSF創作に手を染めた。デビューのきっかけは一九八〇年に、京都を中心に活動する創作同人〈星群の会〉が開催した公開ワークショップ。ゲストによる創作批評用のテキストに掲載された「ブルー・フライト」(『そばかすのフィギュア』所収)が作家・翻訳家の矢野徹の目にとまり、翌八一年、SF専門誌〈SF宝石〉の四月号に転載される。十七歳という若さが話題となったが、実際にこの作品を執筆したのはまだ高校一年生のときだったという。宇宙飛行士をめざす試験管ベイビーの少女が抱える孤独や苦悩を描いた瑞々しい作品は、同世代の若い読者から熱烈な支持を受けるが、〈SF宝石〉はその直後に廃刊となり、残念ながら本格的な作家活動にはつながらなかった。

その後いったんは創作から離れるが、一念発起して上京し、一人暮らしをしながら長篇を執筆。一九八九年にソノラマ文庫から『ゆらぎの森のシエラ』で再デビューを果たした。幻想的な異世界に遺伝子理論を盛り込んだ意欲作だったが、当時の一般読者はヤングアダルト系の文庫レーベルに対する理解が乏しく、黙殺されたというよりもSFの読者には届かなかったというのが実状だろう。だが一九九一年、〈ＳＦマガジン〉に短篇「雨の檻」を発表。同年に新潮文庫〈ファンタジーノベル・シリーズ〉から刊行した幻想的なファンタジイ『メルサスの少年』で星雲賞を受賞、さらに翌年には短篇「そばかすのフィギュア」で星雲賞連覇をなしとげ、ようやくその実力が広く認められるところとなる。

菅浩江の単独著作をあげる。

『ゆらぎの森のシエラ』ソノラマ文庫（一九八九）／創元ＳＦ文庫（二〇〇七）
『《柊の僧兵》記』ソノラマ文庫（一九九〇）／徳間デュアル文庫（二〇〇〇）
『歌の降る惑星《ほし》』《センチメンタル・センシティヴ１》角川スニーカー文庫（一九九〇）
『うたかたの楽園』《センチメンタル・センシティヴ２》角川スニーカー文庫（一九九一）
『鷺娘～京の闇舞』ソノラマ文庫（一九九一）
『メルサスの少年　「螺旋の街」の物語』新潮文庫（一九九一）／徳間デュアル文庫（二〇〇一）
『妖魔の爪』《オルディコスの三使徒１》角川スニーカー文庫（一九九二）
『雨の檻』ハヤカワ文庫ＪＡ（一九九三）　短篇集
『暁のビザンティラ』ログアウト冒険文庫（一九九三）

『氷結の魂』トクマ・ノベルズ（一九九四）
『紅蓮の絆』《オルディコスの三使徒2》角川スニーカー文庫（一九九四）
『巨神の春』《オルディコスの三使徒3》角川スニーカー文庫（一九九五）
『不屈の女神　ゲッツェンディーナー』角川スニーカー文庫（一九九五）
『アンパン的革命』アスペクト（一九九六）エッセイ集
『鬼女の都』祥伝社（一九九六）／Ｎｏｎ　ｎｏｖｅｌ（二〇〇一）／祥伝社文庫（二〇〇五）
『末枯《すが》れの花守《はなも》り』角川スニーカーブックス（一九九七）／角川文庫（二〇〇二）　連作短篇集
『永遠の森　博物館惑星』早川書房（二〇〇〇）／ハヤカワ文庫ＪＡ（二〇〇四）　連作短篇集　本書
『夜陰譚』光文社（二〇〇一）／光文社文庫（二〇〇四）　短篇集
『アイ・アム』祥伝社文庫（二〇〇一）
『五人姉妹』早川書房（二〇〇二）／ハヤカワ文庫ＪＡ（二〇〇五）　短篇集
『歌の翼に　ピアノ教室は謎だらけ』Ｎｏｎ　ｎｏｖｅｌ（二〇〇三）　連作短篇集
『プレシャス・ライアー』カッパ・ノベルス（二〇〇三）／光文社文庫（二〇〇六）
『おまかせハウスの人々』講談社（二〇〇五）　短篇集

『そばかすのフィギュア』ハヤカワ文庫ＪＡ（二〇〇七）短篇集　＊『雨の檻』を増補改訂のうえ改題
『プリズムの瞳』東京創元社（二〇〇七）連作短篇集
『カフェ・コッペリア』早川書房（二〇〇八）短篇集

菅浩江の描く登場人物は、どこか心に傷を抱え苦しんでいる。デビュー作の「ブルー・フライト」のヒロインや、近作ではミステリ『歌の翼に』の先生や子供たち、そして本書に登場する芸術に魅せられた人々にもどこか哀しみの影がつきまとう。彼らは家族やコミュニティといった自分たちを疎外するムラ社会の壁を壊すだけの力も意志も持たず、いつかどこか別の世界へ連れていってくれる笛吹きの到来を待ちつづけている。孤立する要因は、クローンや超能力といったＳＦ的な仕掛けだったり芸事の才能であったりするが、底辺に流れる感情は決して特殊なものではなく、誰もがどこかで経験する挫折や孤独がもたらす痛みだ。自らもアダルトチルドレンであったと告白する菅浩江は、そんな痛みや弱さを客観的に描き、彼らをかろうじて支えているプライドをも突き崩す。そのくせどこかに共感し寄り添う優しさを残し、崩れゆく彼らに慈しみの眼差しを注ぐ。だから彼女の小説は、残酷であると同時に優しい。『鬼女の都』や「そばかすのフィギュア」などで、同人誌に入れ込む少女や「オタク」を主人公としたのもまた、彼らの閉鎖性に痛みを感じているからではないだろうか。

『永遠の森　博物館惑星』は〈SFマガジン〉一九九三年二月号から一九九八年七月号まで、足かけ六年にわたって八篇が掲載されたのち、書き下ろしの「この子はだあれ」を加えた単行本が二〇〇〇年七月に刊行された。不定期で長期の連作だったが、孝弘と美和子のラブストーリーも、ピアノのエピソードも、最終話につながる伏線はすべて雑誌掲載時から張られており、綿密な構成力に驚かされる。

余談になるが、菅浩江が「雨の檻」で〈SFマガジン〉デビューを果たしたのは、奇しくも「ブルー・フライト」発表からちょうど十年目、雑誌こそ違うが同じ四月号でのことだった。短篇に付された「作者あいさつ」には、同人誌時代から抱いていた〈SFマガジン〉への憧れと手が届いた歓びが綴られ、「この原稿を皮切りに始まる十年は、作家としてきっと充実するだろう」という言葉で締めくくられている。

歓びばかりでなく哀しみや悔しさも重ねながら十年がたち、その結実ともいうべき本書は高い評価を受け、さまざまな賞に輝いた。二〇〇一年の〈SFマガジン〉四月号には、〈博物館惑星〉番外篇「お代は見てのお帰り」(『五人姉妹』所収)が掲載され、「ベストSF2000［国内篇］第1位記念」という華々しい銘が打たれた。九一年ごろには「苦節十年」という言葉を口にしていたが、そんな科白の似合わない堂々たるSF作家に成長していた。

芸術という人類の記憶と叡智を収蔵する博物館惑星。

古都の変化を見据え、伝統を愛しつつ、最新科学やテクノロジーに対しても貪欲な菅浩江にとって、物語の舞台としてこれほど最適な装置はない。芸術、音楽、伝統、科学など、彼女の培《つちか》ってきたすべてがこの小説で生かされている。そしてその一方で、叙情性豊かな筆や、説明過剰になりがちなSF魂はあえて抑え、かつての海外SFが持っていた軽妙洒脱な楽しさを再現することに心を砕いた。今こうして文庫版の解説のために再読していても、切なさが胸に沁み、鮮烈なアイデアに興奮をおぼえる。

どうかあなた自身の目と耳と心で、二〇世紀の日本SFの掉尾を飾った、この美しい科学と文学の殿堂を、じっくりご鑑賞ください。

本書は、二〇〇〇年七月に早川書房より単行本として
刊行された作品を文庫化したものです。

コロロギ岳から木星トロヤへ

小川一水

西暦二二三一年、木星前方トロヤ群の小惑星アキレス。戦争に敗れたトロヤ人たちは、ヴエスタ人の支配下で屈辱的な生活を送っていた。そんなある日、終戦広場に放置された宇宙戦艦に忍び込んだ少年リュセージとワランキは信じられないものを目にする。いっぽう二〇一四年、北アルプス・コロロギ岳の山頂観測所。太陽観測に従事する天文学者、岳樺百葉《だけかんばももは》のもとを訪れたのは……異色の時間SF長篇

ハヤカワ文庫

オービタル・クラウド（上・下）

藤井太洋

二〇二〇年、流れ星の発生を予測するウェブサイトを運営する木村和海は、イランが打ち上げたロケットブースターの二段目〈サフィール３〉が、大気圏内に落下することなく高度を上げていることに気づく。シェアオフィス仲間である天才的ＩＴエンジニア沼田明利の協力を得て〈サフィール３〉のデータを解析する和海は、世界を揺るがすスペーステロ計画に巻き込まれる。日本ＳＦ大賞受賞作。

この空のまもり

芝村裕吏

強化現実技術により、世界のすべてに電子タグを貼れる時代。強化現実眼鏡で見た日本は近隣諸外国民の政治的落書きで満ちていた。現実政府の対応に不満を持つネット民は架空政府を設立、ニートの田中翼は架空防衛軍十万人を指揮する架空防衛大臣となった。就職を迫る幼なじみの七海を気にしつつも遂に迎えた清掃作戦は、リアル世界をも揺るがして……理性的愛国を実践する電脳国防青春ＳＦ

ハヤカワ文庫

リライト

法条　遥

一九九二年夏、未来から来た少年・保彦と出会った中学二年の美雪は、旧校舎崩壊事故から彼を救うため十年後へ跳んだ。二〇〇二年夏、作家となった美雪はその経験を元に小説を上梓する。夏祭り、時を超える薬、突然の別れ……しかしタイムリープ当日になっても十年前の自分は現れない。不審に思い調べる中で、美雪は恐るべき真実に気づく。ＳＦ史上最悪のパラドックスを描くシリーズ第一作

著者略歴　1963年京都府生，作家　著書『五人姉妹』（早川書房刊）『メルサスの少年』『末枯れの花守り』『アイ・アム』『プレシャス・ライアー』他多数，本書にて第54回日本推理作家協会賞受賞

HM=Hayakawa Mystery
SF=Science Fiction
JA=Japanese Author
NV=Novel
NF=Nonfiction
FT=Fantasy

永遠《えいえん》の森《もり》　博物館惑星《はくぶつかんわくせい》

〈JA753〉

二〇〇四年三月　十五　日　発行
二〇二一年三月二十五日　七刷

（定価はカバーに表示してあります）

著者　菅《すが》　浩《ひろ》　江《え》
発行者　早川　浩
印刷者　矢部真太郎
発行所　株式会社　早川書房

郵便番号　一〇一 - 〇〇四六
東京都千代田区神田多町二ノ二
電話　〇三 - 三二五二 - 三一一一
振替　〇〇一六〇 - 三 - 四七七九九
https://www.hayakawa-online.co.jp

乱丁・落丁本は小社制作部宛お送り下さい。
送料小社負担にてお取りかえいたします。

印刷・三松堂株式会社　製本・株式会社明光社

ISBN978-4-15-030753-0 C0193

本書は活字が大きく読みやすい〈トールサイズ〉です。